2G

Le Bazar de la Charité

Odile Bouhier

D'après la série créée par
Catherine Ramberg et Karine Spreuzkouski

Le Bazar de la Charité

Michel Lafon

118, avenue Achille-Peretti – CS 70024
92521 Neuilly-sur-Seine Cedex
www.michel-lafon.com

À Pierrot et Louisette, pour leur indéfectible soutien.

À ma chère Véronique et nos happy hours,
qui ont (sup)porté ce joyeux Bazar.

PROLOGUE

4 mai 1897, Paris, Bazar de la Charité, 15 h 30.

Les Champs-Élysées, depuis qu'on y avait construit de belles maisons, tracé des alignements de marronniers, ce n'était plus comme avant, quand les bourgeois n'osaient s'y aventurer. À l'époque, des garennes vagabondaient encore dans les terrains vagues et les potagers, on y croisait des jardiniers et des joueurs de boules. La nuit, des ombres inquiétantes circulaient entre les lumignons des cabarets improvisés dans les masures et les cabanons.

À présent, le bourgeois moderne, son épouse bien en main, s'y promenait et béait d'admiration devant le défilé de landaus armoriés. Et, cette après-midi, sur un terre-plein circulaire bordé de jeunes arbres et de réverbères flambant neufs plantés à intervalles réguliers, le soleil nappait d'une lumière liquoreuse des groupes en conversation devant le Bazar de la Charité. Il trônait cette année-là rue Jean Goujon, sur l'un des derniers terrains vagues de ce très huppé huitième arrondissement, à deux pas du rond-point des Champs-Élysées. Cette réunion annuelle avait pour but de rassembler des fonds pour aider les plus *nécessiteux*.

Émeline abhorrait ce terme hypocrite : « *nécessiteux* »… Bien un mot de riche. Les bourgeois avaient peur de prononcer le mot « pauvre », bien plus parlant, ils vivaient ainsi dans l'illusion, convaincus que ne pas nommer les choses permettait qu'elles n'existent pas. Comme si, derrière la misère, aucune lumière n'était possible. À l'inverse, Émeline ne craignait pas d'appeler un chat un chat et, dans la mesure où elle n'avait pas sa langue dans sa poche, une chatte une chatte. Avec la hardiesse de ses dix-sept ans, elle se mêlait aux autres jeunes filles de son âge venues là, car ce Bazar de la Charité était le lieu idéal pour manifester son entrée dans le monde très fermé du Tout-Paris. *Bazar de la Charité*… Il n'y avait décidément que les imbéciles pour oser une telle association de mots franchement inconciliables ! Avec cette manifestation caritative hautement couverte par la presse, les âmes aristocrates déboulaient de toute la France et se sentaient purifiées d'octroyer quelques miettes aux bas-fonds de leur Belle Époque.

Les grosses fortunes parisiennes profitaient de l'occasion pour s'exhiber, affichant une générosité de façade qui avait le don d'horripiler Émeline. La jeune fille soupira : cette « belle époque » qui rayonnait dans le monde n'était qu'un leurre, elle ne l'était que pour ceux qui avaient les moyens du faste et de l'élégance. Les pauvres de la zone n'avaient rien de « nécessiteux », ils crevaient carrément de faim dans leurs cabanes d'infortune insalubres dressées de l'autre côté des fortifications. Émeline savait de quoi elle parlait, elle avait perdu tous les siens, décimés par la tuberculose et la famine.

Toute cette mascarade l'agaçait au plus haut point : *Qu'ils crèvent*… laissa échapper la jeune anarchiste. Elle avait parlé trop bas pour être entendue, de toute façon avec le brouhaha ambiant, elle ne risquait rien.

Il fallait reconnaître qu'Auguste de Jeansin, président du comité d'organisation de cette foire mondaine, n'avait pas lésiné pour que le lieu soit un voyage dans le temps et projette les invités dans une dimension moyenâgeuse. Grâce à son réseau – celui de son beau-frère plus exactement, le député conservateur Marc-Antoine de Lenverpré –, Auguste de Jeansin avait obtenu à bon prix la « rue du Vieux-Paris » afin de transformer sa cabane en château de contes. Cette œuvre du peintre et décorateur Chaperon, l'une des principales attractions de l'Exposition du théâtre et de la musique qui avait eu lieu quelques mois auparavant, transformait le taudis en palace. De Jeansin comptait bien, en impressionnant la galerie avec ce Bazar le plus couru de la capitale, récupérer de futurs clients et autres potentiels contrats juteux pour le journal qu'il dirigeait – pour l'heure en faillite. De Jeansin, passionné de progrès, se ruinait en brevets de toute sorte : il déposait la moindre de ses inventions, si farfelue fût-elle. C'était un homme qui avait le défaut de ses qualités : il était attachant, mais devenu manipulable à force de s'endetter pour le progrès, donc dangereux malgré lui.

Le décor en carton-pâte et les toiles peintes acquises pour *son* Bazar reproduisaient donc une rue médiévale offrant en tout vingt-deux comptoirs à auvents, des échoppes aux enseignes pittoresques, des étages en trompe-l'œil. Deux jours plus tôt, lors de l'installation des comptoirs de vente, les dames patronnesses s'étaient plaintes des courants d'air et aussitôt la majorité des issues avait été clouée avec soin, confinant à l'extérieur le vent téméraire.

Dans cette vente de bienfaisance organisée par et pour les femmes de la haute, il était de bon ton d'être vu. Si on y était regardé, c'était encore mieux. Or, étant donné le nombre d'aristos et de bourgeois qui avaient rappliqué, on pouvait dire que la sauce avait pris : avec cet événement, le terrain vague de la rue Jean Goujon était définitivement le seul endroit où il fallait être. Les murs, soigneusement tapissés de lierre et de feuillage, donnaient une touche bucolique et assez décalée. Émeline trouvait l'ensemble grandiloquent, chargé, de mauvais goût. Le tout était surmonté d'un vaste vélum qui rendait en ce jour d'été précoce la chaleur plus étouffante encore.

Le terrain pouvait se transformer en bourbier les jours de pluie, c'est pourquoi on avait jeté à la hâte des planches de bois sur le sol, au cas où. Recouvertes d'un tapis rouge de velours, ourlées de plantes luxuriantes et de réverbères à gaz, offrant une impression de faste, elles permettraient en cas d'averse à ces dames et ces messieurs de la haute de ne point salir leurs bottines. Précaution vaine : au soleil qui criait sur Paris ce jeudi de l'inauguration, s'ajoutait l'oppression dégagée par la chaleur et la promiscuité humaines des milliers de personnes présentes. Parmi elles, Émeline repéra une superbe blonde au regard franc qui s'avançait dans l'allée centrale, le port altier dans sa robe de mousseline rose poudrée assortie à son teint de pêche. Alice de Jeansin, la fille aînée de l'organisateur du bordel ambiant. Elle discutait avec son amie Odette de La Trémoille, cocue de la première heure qu'Émeline observa du coin de l'œil. Tout le monde savait que le mari d'Odette collectionnait les maîtresses et ne s'en cachait même pas. Odieux et abusif, il avait pour habitude de coucher, de force si nécessaire, avec ses bonnes. Nul besoin d'avoir inventé la poudre pour convenir que ce grossier personnage n'était qu'un queutard patenté. Émeline le savait de source sûre, l'une des aides-cuisinières de la famille Huchon, nom de jeune fille d'Odette. Véridique : de La Trémoille n'avait pas hésité à engrosser la bonne de sa belle-mère la nuit où sa propre épouse accouchait. La soubrette d'à peine quinze ans avait dû avorter et était morte lors de l'opération, la faiseuse d'anges n'ayant pu juguler l'hémorragie provoquée par l'ablation du fœtus.

Odette tenait de sa mère la fortune que convoitait de La Trémoille. Acariâtre, la veuve veillait au grain et détestait son gendre qui, outre les emmerdes, avait tout de même apporté une particule à sa fille ainsi qu'un descendant : Thomas, sept ans. Ce dernier lâcha la main de sa mère pour prendre celle d'Alice et suivre la jeune fille en direction du cinéma. Émeline fit un effort pour chasser de son esprit le souvenir de son petit frère emporté au même âge par la tuberculose. Elle concentra son attention sur Odette, laquelle se dirigeait vers l'un des comptoirs de vente.

– La Trémoille, fils de pute…, chuchota l'anarchiste dans l'oreille d'Odette en la dépassant.

Elle avait pris soin et un certain plaisir à ne pas prononcer la particule, ce *de* qui permettait d'avoir les yeux plus gros que le ventre. Choquée, Odette de La Trémoille se figea, découvrant la jolie jeune fille qui venait de lui parler.

– Honte à toi d'être sa femme ! invectiva encore Émeline en crachant devant les bottines de la bourgeoise.

Émeline, avalée par la densité de la foule, disparut, repérant deux flics en civil sur place pour sécuriser les lieux. La menace d'un attentat circulait en interne, le préfet de police Maurice Leblanc avait pris au sérieux une lettre anonyme informant qu'un coup se préparait au Bazar, et en mettant sa meilleure équipe sur le coup, celle du commissaire Hennion, il avait tenu à rassurer le Tout-Paris qu'il n'y avait rien à craindre. Cependant, Émeline fut amusée de constater que, pour l'heure, les policiers se contentaient de baguenauder en se rinçant l'œil. Le visage couvert d'une voilette, grimée en bourgeoise dans une robe vaporeuse dont elle n'avait pas l'habitude, Émeline était méconnaissable. Son allure ne correspondant en rien aux photographies de sa fiche de police, elle ne risquait pas d'être repérée. Cependant, habituée à la prudence, Émeline prit tout de même soin de les contourner.

Apercevant la duchesse d'Alençon, présidente du comité de patronage, Émeline la dévisagea un bref instant. Elle dut bien admettre que cette femme du monde irradiait un certain charisme. Le menton haut, précédée d'une réputation dithyrambique, la dame patronnesse avait un visage sur lequel gravité et douceur s'accordaient à merveille. Elle était vêtue d'une robe de percale sombre et unie. Aucune plume, encore moins de ruban : la duchesse arborait une allure sobre, presque austère. Seule touche de coquetterie : des gants assortis à sa pochette et un éventail en soie bordée d'ivoire. Si Émeline ne pouvait savoir qu'il avait été apporté de Bavière, d'où la duchesse était originaire, elle n'en reconnut pas moins une magnifique pièce. La duchesse d'Alençon avait la chance d'avoir épousé un homme extrêmement riche, à la foi inébranlable.

« *Ni Dieu ni maître !* » marmonna Émeline en elle-même en fixant « la » d'Alençon : quand bien même la duchesse était incorruptible, une sale aristo restait une sale aristo, le poison de ses origines coulait dans ses veines, et Émeline ne le tolérait pas !

C'était justement sur le comptoir du Noviciat, tenu par la duchesse, qu'Émeline avait pris soin de cacher sa bombe artisanale. La jeune radicale jubilait intérieurement d'être ici, telle une louve affamée dans une bergerie…

Des mois qu'elle fomentait son coup : être l'instigatrice de l'attentat le plus insolent jamais commis depuis des lustres. Tout ne venait-il pas à point à qui savait attendre ?

Première partie

– 1 –

4 mai 1897, caserne de la Brigade des sapeurs-pompiers de Passy, 15 h 45.

Trente-cinq minutes avant l'explosion.

« *Un loup dans la bergerie* »… Comme à chaque fois que Lucile avait une fulgurance, elle dégainait son carnet et sa mine pour la noter. Ambitieuse journaliste indépendante de vingt-deux ans, elle réfléchissait au titre de son prochain article, lequel relaterait son immersion à l'hôpital Sainte-Anne, dans le service psychiatrique des femmes. Il était question de dénoncer les mauvais – pour ne pas dire abusifs – traitements que subissaient ces patientes. Afin d'être leur égale, elle s'était fait interner, simulant la folie. Une gageure qui avait agrandi le respect qu'elle était capable d'inspirer à certains confrères tandis que d'autres, qui jalousaient la pertinence de ses méthodes, criaient à la fumisterie.

Lucile de Mermet était un roman à elle seule. En 1892, assistante puis élève de Séverine, première femme à diriger un journal – *Le Cri du Peuple* –, Lucile était ensuite devenue « le » secrétaire de Séverine.

À ses côtés, elle avait appris le journalisme, s'était initiée au socialisme et découvert une passion pour la vérité. Lucile l'avait accompagnée à Rome, pour *Le Figaro*, et avait même assisté à l'entretien que le pape Léon XIII avait accordé à la papesse de la presse française. Une magistrale leçon de questions et de réponses que Lucile gardait en mémoire. Séverine avait désormais pris les rennes de *La Chouette*, elle continuait de l'empêcher de devenir moraliste, Lucile lui en savait gré.

En réalisant le reportage sur le quotidien de la prestigieuse Brigade des sapeurs-pompiers de Paris qu'elle était en train de finaliser, Lucile avait rencontré Mattéo. Sergent promis à une belle carrière, âgé de vingt-six ans, Mattéo n'était pas très grand, mais il était fort : la pratique quotidienne du sport et de la gymnastique qu'exigeait son métier achevait de rendre son corps naturellement athlétique aussi sculpté qu'un Rodin. Oui, c'est à un Rodin que Lucile pensait lorsqu'elle admirait les muscles de Mattéo. La douceur langoureuse mêlée à la fermeté de ses étreintes rendait cet amant unique. Ces deux-là se plaisaient, c'était indéniable. Parfois, on ne pouvait pas tout expliquer.

De son côté, Mattéo ne se posait pas de questions. Lucile le comblait sexuellement, il admirait son indépendance d'esprit, sa liberté sensuelle. Toutes les femmes qu'il avait connues avant elle lui semblaient fades et oppressantes avec leurs désirs étriqués de mariage, de famille et de petite vie rangée. Lui qui adorait les voyages et la solitude, forcément, ça ne pouvait pas coller. Avec Lucile, en revanche, aucun malentendu : elle ne voulait pas d'engagement et encore moins d'enfants.

Par-dessus tout, Mattéo adorait la capacité qu'elle avait d'écouter sans juger. Peut-être à elle, un jour, confierait-il son secret… Il se sentait parfois en totale osmose avec les flammes, envahi par un étrange sentiment : celui de communiquer avec elles. De peur d'être considéré comme un malade mental par sa hiérarchie et ses pairs, il n'avait jamais raconté à quiconque qu'il avait, telle une prémonition, senti l'incendie de l'Opéra alors que ce dernier n'avait pas encore débuté. Cela lui avait permis d'être le premier sur les lieux et d'éviter le pire.

Autre avantage : il connaissait comme sa poche les dessous de Paris, les coulisses de ses monuments, celles des tout nouveaux immeubles haussmanniens comme les nombreux chantiers en cours de cette politique des grands travaux qui n'en finissaient pas. Mattéo aimait sa ville, son engagement dans ce corps de métier à part était en quelque sorte la plus belle déclaration d'amour qu'il pouvait lui faire. Sauver ou périr pour Paris et les Parisiens : il incarnait à merveille le chant des sapeurs-pompiers et ses sombres fumées.

Lorsqu'il s'agissait de gestion du danger, Mattéo excellait : sauver était impossible sans un maximum de réactivité. L'immédiateté était chez ce brillant technicien des incendies et des sauvetages ce qui le caractérisait le mieux. Il ajoutait à ce talent une passion pour l'ingénierie et le développement de nouveaux outils d'intervention pour les sapeurs-pompiers : tout le monde s'accordait à dire que la carrière de ce sportif déterminé serait prestigieuse.

Lucile et Mattéo se trouvaient dans le dortoir de la brigade. Il avait réussi à se soustraire à ses exercices de gymnastique pour la rejoindre et l'étreindre. Il n'était pas permis à Lucile de monter dans le dortoir, mais avec ses collègues ils s'organisaient pour que chacun conserve une intimité. Dans ce monde d'hommes et de drames, la légèreté prenait un goût particulier. Chez ces soldats du feu qui, au quotidien, côtoyaient la mort plus qu'à leur tour, il fallait bien que le corps exulte de temps en temps… Conciliante, la hiérarchie fermait les yeux sur l'intimité des recrues tant qu'elle ne nuisait en rien à l'efficacité du groupe. De toute façon, Mattéo était trop indispensable pour qu'on se passe de ses compétences. S'il n'en abusait pas, il savait profiter de ce statut privilégié. Après tout, la journée avait été calme, il avait sauvé le matin un enfant de la noyade, la routine en somme. Avec Lucile, il mettait en pratique le dicton bien connu « après l'effort, le réconfort ».

Le sexe était sans complexe avec elle. Savoir écouter son désir – qu'il soit intellectuel ou charnel – était son leitmotiv, un leitmotiv qu'elle avait érigé en art de vivre. Sans les collectionner, elle avait toujours deux ou trois amants – « Ne mets jamais tous tes œufs dans le même panier » lui répétait Séverine. Elle pratiquait en toute discrétion, mais sans vergogne, la polyandrie, ce qui ne l'empêchait pas de rester chaste lorsque sa concentration l'exigeait, parfois plusieurs mois durant.

Lucile ne manquait pas d'attirer les regards. Les hommes, en majorité, avaient bien du mal à ne pas être subjugués par la délicatesse de ses traits, la fraîcheur de son teint, la grandeur de ses yeux verts comme un lac de montagne. Sa bouche, naturellement ourlée, rappelait certaines icônes. Cependant, en dépit des apparences, elle n'avait rien d'une sainte-nitouche.

– Je pourrai venir te voir, si tu pars un mois…

Mattéo lui caressait les fesses tout en lui parlant. Il était beau, large d'épaules, sec, rasé de frais et surtout il était entré dans le palmarès des meilleurs coups – palmarès personnel très exigeant de Lucile – parce qu'il n'hésitait pas à s'intéresser au plaisir féminin, fait assez rare chez un homme. Lucile lui sourit en se cambrant, toute à son plaisir. Jamais la hiérarchie de Mattéo ne le laisserait s'absenter quatre semaines et tous deux le savaient. Comme ils savaient que Lucile, partant pour une raison professionnelle – elle y tenait, à une époque où l'indépendance du « sexe faible » était réduite à peau de chagrin –, avait besoin d'être seule pour rester focalisée sur son sujet. Les deux amants avaient en commun cette même passion pour leur métier : le souci de la vie des autres.

Originaire de Passy et ses privilèges, Lucile avait les moyens hérités de sa famille. Loin de se la couler douce, elle mettait à profit sa rente pour travailler : elle s'offrait le luxe de réaliser des reportages au long cours pour des quotidiens nationaux prestigieux. Féministe, démocrate et socialiste, elle confrontait effrontément ses idées provocatrices à celles de son père, impassible républicain. Il avait trop d'affection et de tendresse pour cette fille (la seule au milieu de six garçons) dont, au fond, il était fier, pour prendre au sérieux les propos honteusement anarchistes qu'elle défendait parfois. Cultivée et rebelle, le terreau de la réussite…

Mattéo, lui, avait grandi dans le quartier Saint-Médard. Fils de Ramon, un tanneur de la Bièvre descendant d'un marin d'origine espagnole, et de Valeria, une Italienne. Il était fils unique. Sa couleur caramel était le fruit d'un métissage heureux : son grand-père, le père de Ramon, avait, sur la Route des épices et lors d'une escale à Zanzibar, rencontré Zelia. Noire comme l'ébène, elle était morte en mettant au monde Ramon. Selon la légende familiale, Mattéo tenait ses longs cils de sa grand-mère du bout du monde, mais ses yeux rieurs de sa mère italienne. De son père, il possédait la carrure et la peau ambrée que Lucile ne se lassait pas de caresser. Elle ne lui avait pas dit que c'était la première fois qu'elle voyait nu un corps épicé, la première fois qu'elle touchait cette douceur, la première fois qu'elle goûtait à autant de volupté et de sensualité. Elle ne lui avait pas dit qu'elle aimait ça. Pas du genre à s'épancher, Lucile préférait les actes aux grands discours, elle avait du mal avec les promesses et s'abstenait d'en faire. Ça tombait bien, Mattéo était de la même trempe. Suffisamment rare pour que les deux amants s'attachent et se voient avec une régularité notable ces dernières semaines.

– Laisse-toi aller, susurra-t-elle à l'oreille de son amant tandis qu'ils s'étreignaient.

Il mordilla la nuque de la jolie journaliste. Il pouvait sentir combien elle aimait ça, tout son corps frémissait à chaque fois qu'il la touchait. La donzelle avait de la saveur, elle le comblait tout autant, ses courbes l'électrisaient, en elle il se sentait vivant, il oubliait les images de feux et de cadavres qui peuplaient ses jours et ses nuits de pompier. Ignorant bien sûr qu'elle avait d'autres amants, il se sentait unique lorsqu'il la pénétrait. Ils s'embrassèrent pour retenir un flot de gémissements et de frissons incontrôlables.

La profondeur de son regard, naturellement lumineux, s'intensifiait lorsqu'elle atteignait l'orgasme, ses yeux se parsemaient de flammes dorées le temps d'un éclair, comme s'ils s'embrasaient. Forcément, en bon pompier qui se respectait, ce simple fait troublait Mattéo plus qu'il ne voulait se l'avouer.

– 2 –

4 mai 1897, Bazar de la Charité, 16 h 15.
Cinq minutes avant l'explosion.

Le nonce apostolique venu apporter la bénédiction pontificale et inaugurer le Bazar était en train de quitter les lieux – attendu au Vatican dans soixante-douze heures pour une sauterie, il n'avait pas souhaité s'éterniser –, près de deux mille invités piétinaient dans la galerie centrale entre les comptoirs et le cinématographe, attendu comme le Messie.

Ayant calculé que sa bombe devait exploser lors de la bénédiction religieuse, Émeline s'inquiéta que l'engin ne se soit pas encore manifesté. La précision du tempo devait accroître le symbole fort envoyé à cette aristocratie dévote qui l'exaspérait, autant qu'à leur Église. Émeline aimait les symboles. C'est elle qui était à l'origine de l'idée, de l'endroit et de la date de cet attentat. Tous les camarades de la cellule anarchiste qu'elle côtoyait n'avaient pas approuvé son choix à l'unanimité, la tendance était à la non-violence. À force d'obstination et de conviction, elle était parvenue, en secret, à décider quelques camarades de l'aider à finaliser ce projet terroriste. Des mois que son groupe préparait cette action ; elle ne comprenait pas pourquoi la dynamite qu'elle avait soigneusement cachée dans le fond d'une statue mise en vente par la duchesse ne se décidait pas à accomplir son devoir. Erreur d'aiguillage ? Quelle marche les camarades qui l'avaient aidée à construire la bombe artisanale avaient-ils ratée pour que l'explosion ne se déclenche pas ? La colère en elle le disputait à l'incompréhension. À quoi bon se coltiner ces putains de bourgeois si elle ne pouvait en découdre, il fallait que ça pète !

Elle tenta de se frayer un chemin jusqu'au comptoir pour une ultime vérification, en vain. À 16 h 17, la majorité du public se pressait désormais vers la salle du cinématographe, emportant Émeline à contre-courant de sa direction. La chaleur était suffocante, les robes aux tissus amidonnés, leurs traînes aussi longues qu'un chemin de table se touchaient en permanence dans cet endroit exigu et étouffant. D'un coup d'un seul, Émeline perçut son pouls s'emballer. Elle ralentit, prit le temps de recouvrer son souffle ; son cœur battait la chamade. Le frou-frou des étoffes résonnait, assourdissant, dans l'esprit d'Émeline.

La jeune fille soupira en s'adossant à une cloison du décor. Elle avait soif, se sentit mal et dut redoubler d'attention en reconnaissant le jeune homme qui avançait sur sa droite : Victor Minville. Il portait un plateau recouvert d'appétissants petits-fours. Émeline détourna la tête pour ne pas qu'il l'aperçoive. Le beau gosse était aide-cuistot au Palais, l'hôtel qui jouxtait le fond du Bazar. Émeline n'avait pas les moyens de s'offrir le luxe du restaurant, si elle côtoyait Victor c'était lors des meetings anarchistes du Boucan, une gargote politisée et connue de tous. Émeline avait constaté lors de certaines réunions le charme évident de Victor. Pourtant, selon Émeline, il restait beaucoup trop non-violent et dans la théorie. Ils n'avaient pas la même vision de la révolution. Victor n'était pas informé du projet d'attentat secret qu'Émeline avait piloté. Pas question de se faire repérer si près du but.

– Mesdames et messieurs, le spectacle d'images animées va commencer ! annonça soudain la voix d'un élégant monsieur en livrée, qui agita une sonnette en cuivre.

Jamais elle ne parviendrait à rejoindre le comptoir de la duchesse, elle devrait attendre la fin de la séance pour aller au rapport. L'excitation qui électrisait les rangs des spectateurs termina de la convaincre de profiter du spectacle avant de s'enquérir de ses explosifs qui n'explosaient pas. Par manque de place, le reste de la foule s'était agglutiné devant les tourniquets d'entrée, profitant gratis du programme.

C'était tout de même une chance d'assister à cette projection d'images animées quelque peu expérimentale. De Jeansin, l'organisateur, en était fou et cette séance était sa marque de fabrique, son initiative. Il jubila en comptant le nombre de spectateurs, calcula que la file d'attente s'étendait sur plus de deux cents mètres : s'il avait pu prédire ce succès, il aurait vendu le ticket d'entrée au prix fort. Il était en outre très fier de son organisation : afin que personne ne truande, il avait rétréci l'entrée de la salle du cinématographe, installé un tourniquet avec un système de son invention qui permettait de comptabiliser le moindre passage.

Émeline repéra Alice de Jeansin. La bonne de cette dernière, Rose, jolie brune réservée, avait pris en charge le petit Thomas de La Trémoille, laissant le champ libre à un jeune bourgeois de faire sa cour à Alice. Émeline reconnut Julien de La Ferté. Ce riche orphelin, connu sur la place de Paris pour ses idées conservatrices et réactionnaires, ambitionnait une carrière politique. *Aussi laid que bête*, se gaussa Émeline intérieurement en constatant qu'Alice s'ennuyait sec.

Émeline avait du mal à détacher ses yeux d'Alice. Elle se sentait attirée comme un aimant. Elle avait déjà eu l'occasion de croiser la jeune de Jeansin à cheval, au bois de Boulogne et, comme à chaque fois, Émeline ressentit des picotements, une chaleur dans son bas-ventre, un désir, un frémissement l'envahir. Cette excitation charnelle la troublait. Elle s'en voulait de désirer une fille, bourgeoise de surcroît. Émeline était en lutte permanente contre tout et même, surtout, contre ses propres désirs. Elle n'avait jamais appris l'importance de la douceur, la vie ne lui en avait pas laissé le temps.

Une déflagration retentit soudain, brève et décevante, en même temps que l'obscurité s'abattit dans la salle de cinéma. « *Un pétard aurait fait plus de bruit* », pesta Émeline, mortifiée, qui ne comprenait décidément pas ce qu'ils avaient fichu avec la dynamite. La foule ne manifesta aucune inquiétude, tout juste un sursaut. Émeline entendit même derrière elle une fillette s'enthousiasmer, convaincue que le bruit signifiait le début des festivités. *Qu'ils crèvent tous…*

Lorsque, à peine trente secondes plus tard, des flammes commencèrent à lécher les rideaux et embraser le local, des cris de panique retentirent. Il était quatre heures passées de vingt minutes. L'insurgée trépigna de satisfaction en constatant que les flammes se propageaient à la vitesse de l'éclair dans ce qui ressemblait de plus en plus à un décor de *La Basoche*. Enfin son heure de gloire arrivait. « *Combien coûtent les mensonges ?* » fut la dernière question qu'Émeline entendit avant de s'évanouir. La voix était celle d'une enfant.

– 3 –

4 mai 1897, caserne de la Brigade des sapeurs-pompiers de Passy, 16 h 10.

Dix minutes avant l'explosion.

Tarif unique, non négociable, jamais gratuit. Exacte philosophie de Lucile. Si elle vendait ses articles au plus offrant, elle n'en tirait pas un bénéfice faramineux : continuer à autofinancer des enquêtes longues, fouillées et sociétales, qu'elle proposait ensuite aux lecteurs de plus en plus nombreux à apprécier sa plume acerbe, était bien tout ce qui lui importait. Humaniste, sa quête de justice et de vérité prenait tout son temps. Jamais aucun journaliste, femme de surcroît, n'avait été autorisé à rencontrer Dreyfus depuis son incarcération lointaine. Lucile tenait avec cet entretien *le* reportage de l'année. Lorsque ses parents avaient appris son projet d'enquête sur l'île du Diable – rencontrer Dreyfus alors que se dessinait de plus en plus son innocence et que pointaient un autre coupable et de nombreux responsables –, ils lui avaient spontanément proposé de demander à leur ami le préfet Leblanc d'étudier sa requête d'autorisation. Au même moment, l'une de ses conquêtes, un député, lui avait également proposé d'en parler à Leblanc. Lucile ignorait que le préfet de police devait plusieurs services et autant de milliers de francs à ses parents comme à son amant.

Toujours était-il que Leblanc avait signé l'autorisation de Lucile : peu importait à la jeune reporter de savoir qui de ses parents ou de son amant avait convaincu le préfet, seule comptait l'obtention de ce sésame. Quinze jours de traversée éprouvante, quinze jours sur place à vivre dans les mêmes conditions que Dreyfus, quinze jours de traversée retour durant lesquels elle aurait le temps de peaufiner ses articles.

Elle calcula qu'au plus tard, elle serait revenue à Paris pour le bal du 14 Juillet. Excellente date pour retrouver son pompier, convint-elle en observant Mattéo. Suspendu à une barre horizontale, ce dernier, le corps svelte, musclé et en sueur, faisait des tractions. L'énergie de cet homme la sidérait, ils avaient fait l'amour, mais il n'était pas fatigué, restant toujours dans l'action. À se demander s'il lui arrivait parfois de dormir. Un couple de perruches, installées sur une commode dans une cage, se mit à piailler. Lucile sourit intérieurement. Son prochain départ pour l'île du Diable se profilait pour la semaine suivante, il s'agissait de terminer son enquête à la BSPP et de livrer son reportage fissa. Elle s'étira de tout son long dans les draps, nue, profitant de ces instants glanés.

Elle avait insisté auprès de la hiérarchie militaire pour bénéficier d'un uniforme de pompier, le temps de son immersion à la BSPP. Elle arguait que cette technique lui permettait de se glisser dans la peau des personnages sur lesquels elle travaillait, tels des objets d'étude. En se fondant dans les univers qu'elle investissait, elle parvenait à les incarner ensuite par ses mots. Elle ne précisait pas que, dès que s'offrait l'occasion de ne pas porter un corset, elle la saisissait, appréciant le confort vestimentaire et la liberté de mouvements qu'offraient les vêtements masculins.

Elle boutonna le pantalon de l'uniforme militaire exceptionnellement taillé à sa taille, bleu marine et serré en bas par un élastique. Elle ajusta son pull rayé, arrangea ses cheveux agités par les récents ébats et saisit son appareil photographique. Le flash crépita, immortalisant Mattéo torse nu en plein effort. Un filet de transpiration coulait le long de sa joue, Lucile se surprit à y voir une allégorie de la Vierge en pleurs.

– Tu n'as jamais peur ?

– De quoi ?

Lucile n'eut pas le temps de lui répondre « de faire ce métier », il sauta sur ses pieds pour se retrouver devant elle et l'embrasser.

– De mourir, ou de vivre ? demanda-t-il en déposant un tendre baiser dans le cou de Lucile.

Il tourna soudain les yeux vers la fenêtre entrouverte comme si un fantôme venait de s'immiscer. Ils se trouvaient au cinquième étage, la vue plongeant sur la Seine était majestueuse, la lumière du soleil éclaboussait l'Arc de Triomphe, c'est pourquoi Lucile ne voyait pas pourquoi la gravité avait subitement envahi Mattéo.

– Tu ne sens pas ? demanda-t-il, inquiet.

Lucile huma l'air ambiant : aucune odeur.

– Non. Quoi ?

– Le feu, la fumée, tu ne sens rien ? insista-t-il en s'approchant de la fenêtre.

Il fixa attentivement Paris, ferma les yeux comme s'il s'en imprégnait, puis s'activa sans aucune raison, ce qui laissa Lucile perplexe un bref instant. Lucile comprit que Mattéo ne plaisantait pas lorsqu'elle le vit chausser ses bottes de cuir noir sans les lacer, attraper sa veste antifeu et crier :

– Ça va partir !

Lucile ne fit aucun commentaire et le talonna.

Ils glissèrent le long d'une rampe verticale pour débouler dans la cour. À l'autre bout du couloir, dans la salle de bains de la caserne, un soldat terminait de se raser. L'homme s'essuya rapidement et sortit en courant.

– Au feu ! Au feu ! confirma Mattéo alors qu'aucune alerte n'avait retenti et qu'aucun incendie n'était déclaré.

Dans la salle de repos jouxtant la salle des opérations, au rez-de-chaussée de la caserne, le major Arthur Krebs, ingénieur pompier chef de garde, buvait un thé avec une petite dizaine de sapeurs de retour d'un entraînement de natation. Ils étaient en train de discuter joyeusement lorsqu'ils entendirent Mattéo.

Ce dernier fit irruption, suivi de près par Lucile.

– On chausse ! On chausse !

Le major Krebs ne regrettait pas d'avoir intégré à son équipe ce brillant pompier. La qualité que possédait Mattéo – sentir un naufrage, de quelque nature qu'il soit, avant qu'il ne survienne – restait un atout considérable. Krebs n'y voyait là aucune magie noire ni aucun don tombé du ciel, plutôt un sérieux avantage pour gonfler les statistiques de sa caserne. Il n'était pas rare que, grâce à Mattéo, ses équipes arrivent sur le lieu d'un accident alors que celui-ci venait tout juste de se produire. Cela augmentait les chances de sauvetage. Non négligeable lorsqu'il s'agissait de rendre des comptes à la hiérarchie, défendre la réussite de sa brigade et obtenir un budget. Le nerf de la guerre pour cet ingénieur militaire qui savait que le progrès du matériel pour combattre les feux et améliorer la prise en charge des accidentés exigeait des moyens.

Il avait eu du mal, dix ans auparavant, à imposer le recrutement du jeune métis. La réticence raciste à peine masquée de sa hiérarchie l'avait outré. Ce Mattéo était un excellent élément, c'était tout ce qui comptait et Krebs avait au final obtenu gain de cause. Personne ne le regrettait, le jeune homme portait haut et fort les couleurs, mais surtout les valeurs de la Brigade des sapeurs-pompiers de Paris ; son travail et son investissement étaient exemplaires, pour ne pas dire visionnaires.

Dans la salle des opérations, Mattéo observait le plan mural tout en chargeant sur son épaule son barda d'intervention. En quelques secondes, l'alerte s'était propagée dans toute la caserne, des pompiers descendaient les escaliers en courant.

Lucile comprit sur-le-champ qu'elle assistait, en direct et aux premières loges, à une intervention de la BSPP. Jamais aucun journaliste n'avait eu l'opportunité de vivre et couvrir une telle plongée dans les coulisses de cette brigade d'élite. Un privilège trop rare dans la carrière d'un reporter pour la laisser filer.

– Je peux venir ? demanda Lucile, happée par l'effervescence, son appareil photographique déjà en bandoulière.

Mattéo la scruta d'un seul coup d'œil : elle avait rassemblé ses affaires, était fin prête. En guise de réponse, il lui tendit un casque en laiton.

– Tu ne me quittes pas d'une semelle et tu m'obéis, c'est compris ?

– Oui !

Lucile se sentit pousser des ailes, elle avait raison de croire dur comme fer à sa bonne étoile… Sinon elle, qui lui permettait d'être toujours au bon endroit au bon moment ?

*
* *

– Grimpe !

Lucile s'exécuta et s'enfonça au fond de l'hippomobile qui démarra en trombe. Mattéo sauta à l'intérieur alors que la voiture sortait de la caserne, suivie de l'utilitaire. L'homme en charge de la pompe à vapeur était paré, tout avait été inspecté à peine deux heures auparavant. Le matériel était opérationnel en permanence, dans le moindre détail. Comme toujours, l'équipe de Mattéo était la plus rapide, les manœuvres fondamentales auxquelles Krebs astreignait ses hommes quotidiennement payaient.

– Allez ! Allez ! Ça décale !

Lucile sourit, elle n'avait pas encore eu l'occasion lors de son immersion chez les sapeurs d'entendre en situation cette expression utilisée pour chaque départ en intervention.

– Euh… oui… Mais on va où, sergent ?

Krebs jeta un coup d'œil interrogateur à Mattéo, qui répondit à sa place :

– Les Champs et sans traîner !

Aucun avertisseur de rue n'avait encore retenti, pourtant Mattéo semblait sûr de lui, c'est pourquoi le cocher lança ses chevaux ventre à terre en direction du pont de l'Alma.

Dans la voiture, Lucile se fit toute petite. Deux pompiers terminaient d'enfiler leur pantalon, trois autres laçaient leurs bottes tout en écoutant les consignes de leur chef d'équipe : Mattéo rappelait la particularité des immeubles haussmanniens nouvellement construits. C'était probablement sur l'un de ces bâtiments qu'ils allaient intervenir, le terrain de guerre des pompiers de Paris.

Mattéo scrutait Paris avec ses jumelles, se demandant où se vérifierait son intuition. Mais toujours aucun signe avant-coureur d'un incendie, pas même une quelconque fumée.

C'est alors qu'une explosion sourde retentit puis, avec une immédiateté sidérante, un bouquet d'étincelles embrasa le ciel. C'était si inouï qu'avant de comprendre que Mattéo avait senti juste, Lucile se demanda, l'espace d'un bref instant, pourquoi on tirait un feu d'artifice à cette heure et ce jour de l'année.

– Entre les Champs-Élysées et la place de la Concorde, cria Mattéo, concentré.

Sous leurs yeux, ils regardèrent, impuissants, les étincelles se transformer en une flamme haute et vive. Comme si, longtemps enfermée, elle sortait d'une boîte de Pandore et se déchaînait.

Le feu. Lucile fixa Mattéo qui tendait l'oreille. Il ne connaissait que trop bien les bruits successifs d'un incendie : lorsqu'il se déclenche, lorsqu'il se déchaîne… Chaque étape du brasier avait un son différent et Mattéo possédait le don – à moins que ce ne soit une malédiction – de les reconnaître. Au crépitement naissant, il sut que le brasier s'annonçait puissant et qu'il fallait faire vite.

– Putain, c'est le Bazar de la Charité ! 17 rue Jean Goujon, indiqua-t-il au cocher.

Rien à voir avec un immeuble. Heureusement, Mattéo, qui ne cessait d'agrandir sa connaissance de la topologie de sa ville, avait pris ses renseignements sur le montage de la structure.

– Un terrain vague au milieu d'habitations huppées. L'édifice est en bois, du sapin je crois, ajouta-t-il, la mine grave.

Les pompiers terminaient d'enfiler leur combinaison antifeu lorsque l'hippomobile surgit quai Debilly en direction du Bazar. De rares mais puissantes flammes zébraient désormais l'horizon là où il y avait eu l'explosion.

– Il n'y a même pas de fumée, que des flammes… Ça n'a pas l'air normal…, remarqua un sapeur, intrigué.

– Attentat ? questionna Lucile.

– J'en sais pas plus, mais ça crame bien, répondit Mattéo.

Le cocher fouettait ses chevaux à tour de bras. À l'arrière, sur le marchepied, le responsable de la pompe se tenait en équilibre et jetait des fagots de bois à plein foyer pour en obtenir le rendement maximum et maintenir la pression nécessaire à la projection de l'eau. Plus ils se rapprochaient du Bazar, plus la foule se densifiait. Ils doublèrent une fourmilière d'ecclésiastiques. Le cocher, concentré, pilotait ses chevaux avec fermeté et dextérité, l'attelage se faufilait.

– Le problème, c'est le toit, confirma Mattéo. Il est en toile bitumée et à l'intérieur c'est un vélum qui cache le plafond.

– Putain, les cons !

La voiture n'avait pas encore freiné que deux premiers sapeurs sautèrent à terre pour dérouler la lance.

– On ne se laisse pas impressionner, d'accord ? ordonna Mattéo, sidérant de calme et de maîtrise. Le duo, on fait bien attention à son servant…

L'un des deux sapeurs concernés terminait d'enfiler son casque, le second portait à courte distance la réserve d'oxygène. Les entraînements permettaient d'avancer au même rythme, de n'être qu'un.

C'est alors que Lucile se figea, se souvenant :

– Il y a le cinématographe, cette année…

Mattéo grimaça.

– C'est inflammable ? demanda le cocher.

– Très…, confirma Mattéo.

Deux ans après son invention, l'utilisation du cinématographe restait relativement nébuleuse, cependant, en étudiant la question, Mattéo avait cru comprendre que la pellicule était en effet dangereusement inflammable.

– On va vite le savoir, prévint le cocher qui n'attendait aucune réponse, la mine pessimiste devant les flammes de plus en plus denses.

Lucile s'abstint de déconcentrer Mattéo qui, ayant à peine touché terre, courait déjà sur le trottoir longeant l'édifice. Il avait repéré le robinet d'eau de la ville, il brancha la lance puis rejoignit ses équipiers. Dépités, ces derniers constataient avec sidération que toutes les issues – portes et fenêtres – étaient clouées.

Ils contournèrent l'édifice. La seule entrée était aussi la seule sortie, deux portes dont les battants s'ouvraient vers l'intérieur. Inimaginable ! Une vraie souricière ! Les portes étaient bloquées, probablement par des corps tombés sous la pression de la foule.

– Ça crame ! Laissez-nous sortir ! Au secours !

Des hurlements provenaient de l'intérieur. Quelques badauds et cochers s'étaient précipités pour tenter de forcer l'ouverture. Rien à faire, quelque chose empêchait l'ouverture des battants, interdisant tout accès. Très vite, l'embrasement fut total.

Mattéo, calme malgré les cris de panique provenant de l'intérieur, repéra de l'autre côté de la rue des lambourdes sur lesquelles était adossé un palefrenier. Le type, stupéfié par le subit départ d'incendie – aucune prémice, aucune fumée annonciatrice – ne bougeait pas. Mattéo fit signe à ses collègues et à six, trois de chaque côté, au pas de gymnastique, ils se saisirent de la poutre. S'en servant comme bélier, ils prirent leur élan et défoncèrent la porte du Bazar. La trouée n'était pas large, mais des bras paniqués en jaillirent, les hurlements des prisonniers redoublant de l'autre côté. Les pompiers retinrent leurs haches de peur de blesser les survivants. Mattéo cria en direction de Lucile tout en baissant la visière de son casque antifeu :

– Va prévenir le commandant que c'est sérieux !

Lucile le regarda s'acharner sur la porte avec ses équipiers. C'est à ce moment seulement qu'elle entendit les avertisseurs sonores retentir dans Paris.

« *Les renforts ne vont pas tarder à arriver* », songea Lucile. Elle n'avait pas encore pris la mesure de la gravité de la situation. Elle n'avait pas encore compris que la mécanique de l'horreur était enclenchée, que les flammes rongeaient le contreplaqué du Bazar tel un démon, qu'à l'intérieur les tissus et les délicates dentelles de Venise des robes et des traînes ne faisaient qu'attiser son venin maléfique, que dans l'entrelacs de bois de charpente en sapin vieux de plusieurs centaines d'années, où s'étaient accumulées poussières et brindilles ramenées par des volatiles, un énorme volume de bois sec, les flammes allaient se propager avec une facilité déconcertante.

Personne ne l'avait encore compris, c'était tout bonnement inconcevable, l'incendie n'avait débuté que depuis quelques secondes.

– 4 –

4 mai 1897, Bazar de la Charité, 16 h 23.
Trois minutes après l'explosion.

– Vous trois, vous continuez à dégager le passage. On doit absolument entrer. Si le feu touche le toit… Venez !

La mission prioritaire de Mattéo, en plus de l'évacuation des blessés, était de circonscrire le violent début d'incendie. Le feu prenait ses aises, il était bien le seul. Pas le temps pour les pompiers d'avoir des états d'âme ni de prêter attention aux prisonnières et prisonniers du Bazar. La fournaise se propageait à la vitesse de l'éclair, forcément on avait connu moins inflammable qu'une bâtisse provisoire construite en sapin verni. Les soldats du feu réussirent à percer une faille au ras du sol, sur le côté de la porte droite. Repoussant un corps tassé contre le bois, Mattéo se faufila par l'ouverture, suivi de ses camarades à qui l'on fit passer la lance. À l'intérieur, la foule en panique, piétinant les corps des premiers qui avaient tenté d'ouvrir les portes, rendait l'infiltration périlleuse.

– Les gars, on a un risque de propagation avec le vélum, mais on ne se laisse pas impressionner !

Mattéo hurlait en vain ses ordres, personne n'y prêta attention, fantômes dans le brasier. La meute hurlante n'avait d'yeux et d'ongles que pour les portes toujours fermées.

Dans l'obscurité et la fumée – pas un brin d'air –, l'équipe de Mattéo avançait avec prudence et détermination, concentrée sur sa mission : approcher du feu. Faire fi des cris de douleur, des hurlements de panique, des gens assis par terre, épuisés et couverts de suie. Passer les femmes tétanisées par les flammes arrogantes qui dansaient de plus en plus près de leurs robes à la mode, bouffantes de glycérine.

En troupeau aveuglé et terrifié, les gens ne voyaient pas passer les sapeurs, camouflés derrière leur ARI, un appareil respiratoire isolant qui ressemblait au scaphandre utilisé en plongée sous-marine. Même Victor, l'ami d'enfance de Mattéo, ne les vit pas tant la panique grimpait. Le jeune homme, dévoué et courageux, éteignait avec ses mains la robe en mousseline d'une fillette qu'une étincelle avait atteinte. Les flammes couraient de gauche à droite, se rassasiant des décors en carton-pâte, se régalant des planches de bois de la bâtisse provisoire. Provisoire… Comme la vie… Cette épithète semblait avoir été inventée pour cette situation.

Les pompiers purent enfin dresser leur lance et l'eau jaillit, miraculeuse. Mattéo dirigeait la manœuvre.

– On avance ! On fait attention à son servant ! Allez, on ouvre en grand la lance, je veux pas que ça passe.

Tout allait si vite… Maintenant que les flammes s'étaient propagées le long des parois, elles prenaient de l'ampleur vers le haut et n'allaient plus tarder à atteindre le plafond.

Protégés par leurs appareils respiratoires, les pompiers évoluaient dans l'atmosphère toxique et asphyxiante qui régnait.

– Attention ! hurla Mattéo, les yeux levés vers une flamme plus imposante et qui, la première, lécha le vélum.

Le sapeur sut immédiatement que la situation virait à la catastrophe, que leur unique alternative était impérativement, à défaut d'avoir pu endiguer le début de la propagation, de limiter au maximum les dégâts. Il espéra que, dehors, les collègues assuraient, que les portes avaient été débloquées, que les gens allaient pouvoir sortir au plus vite de cet enfer avant qu'il ne devienne leur tombeau.

Il s'empara de la lance dans laquelle s'empêtrait son équipier, afin d'exercer la technique du jet diffusé d'attaque, complexe à réaliser, mais en principe efficace pour combattre les flammes de plus de dix mètres de hauteur. Mattéo maîtrisait la bague de contrôle de débit comme personne et une puissante gerbe d'eau envahit le couloir brûlant.

Soudain, une déflagration figea l'assemblée.

Mattéo se baissa face au mur de feu qui surgit. Une seconde après, le plafond commença par se crever, la toile de vélum descendit, clouée dans le bitume. La foule se figea dans un cri. Talonné par ses soldats du feu, Mattéo continua de progresser, avec difficulté, car les gens, subjugués, ne bougeaient plus d'un pouce. La rumeur des flammes, déchaînées par l'aubaine du plafond à dévorer, saturait l'espace confiné. La plupart des personnes furent tellement sidérées par la danse du feu inédite qui s'offrait à eux, par l'enchaînement inouï et quasi chorégraphié des scories incandescentes qui tombaient, par sa propagation effarante de gauche à droite et de droite à gauche, par les portes qui ne s'ouvraient pas, par l'air qui manquait, qu'elles se trouvaient incapables de la moindre réaction. Elles étaient non seulement entourées par les flammes, mais les poutres, rongées par le brasier, n'allaient plus tarder à s'effondrer sur elles. Plusieurs centaines de kilos chuteraient, éventrant l'édifice de pacotille.

– Vite ! Poussez-vous !

*
* *

Le feu qui gémissait dans le Bazar secouait au-dehors, comme un écho, les branches des arbres. Les flammes, impressionnantes, virevoltaient vers le ciel d'un bleu qui s'était foncé d'un coup sous le poison rougi du brasier.

– C'est grave ?

À part être sourd et aveugle devant cette assourdissante frénésie de flammes, il était difficile de ne pas s'en rendre compte.

Le préfet Leblanc ne souffrait d'aucune cécité, en revanche, il avait pour habitude de se vautrer dans le déni. Cette méthode personnelle – tout balayer d'un revers de la main, s'obstiner à ne voir que le verre à moitié plein – avait jusqu'à présent servi une carrière ambitieuse. Opportuniste, il comptait bien ne jamais se retrouver sur le bord de la route de la profusion et du luxe.

– Oui ! Faut pas rester là, sans vous commander, monsieur le préfet.

Le major Krebs, arrivé sur place avec les renforts, ne quittait pas des yeux le toit du Bazar, entouré par les flammes.

– C'est le toit le problème : il est couvert de goudron, ça va être pire s'il s'effondre.

Leblanc leva les yeux, le souffle de chaleur s'accroissait, mais il ne voyait pas pourquoi le toit céderait. Il avait signé de sa propre plume l'autorisation d'installer ici même le Bazar au propriétaire du terrain, de Lenverpré, lequel lui avait assuré que toutes les consignes de sécurité seraient respectées et à jour. Leblanc l'avait cru sur parole et s'était contenté d'empocher l'argent.

Cet argent lui permettait de chapeauter en secret la crapuleuse division de renseignements et de fichage qui espionnait les gens sur la simple base de leurs convictions politiques. En revanche, Leblanc n'avait jamais été un homme de terrain. Les cadavres le répugnaient, il ne s'était jamais retrouvé pris dans une fusillade et n'avait même jamais procédé à une arrestation. En devenant préfet de police, Leblanc avait rapidement transformé son service en une force monolithique dans le but d'assurer la sécurité des Parisiens, de combattre le crime, mais aussi en commettant de terribles abus de pouvoir.

– Le feu se comporte comme l'eau, expliqua Krebs, pédagogue malgré la situation. Il prend le chemin le plus court tout en cherchant à se nourrir. C'est l'affaire d'un instant, vous savez. Il s'infiltre partout et ne s'arrête pas.

– Ça va sentir mauvais, c'est tout. Il ne se passera rien d'autre, tança le préfet.

Leblanc avait les mauvaises odeurs en horreur, y était particulièrement sensible et, pour les contrer, avait la fâcheuse manie de se parfumer à outrance. Lorsqu'une flamme lécha soudain le mur à une cinquantaine de mètres devant eux, l'odeur du feu emporta tout.

Le commandant des pompiers fit une moue sceptique, l'embrasement qui décupla donna raison au professionnel. Leblanc blêmit.

*
* *

À l'intérieur du Bazar, la foule prisonnière des flammes avait l'apparence d'une colonie de fourmis frénétiques. Chacun tentait de se frayer un passage, sans savoir dans quelle direction aller, le feu se faufilait de toutes parts. Tout alla très vite : le vélum tendu au plafond se gonfla d'air chaud, telle une montgolfière. De la fumée s'échappa de la toiture, l'appel d'air attisa encore plus le brasier, le plafond de toile brûlait le goudron. Les cordages de la toile craquèrent dans un tonnerre étourdissant, le feu perfora le vélum avant de le déchirer. Les regards se tournèrent vers le plafond et l'on commença à entendre des cris de terreur lorsque le toit céda, fléchit sous son poids et s'abattit sur la foule sidérée.

*
* *

– De quoi vos hommes ont-ils besoin ?

– Plus de lances ! répondit Krebs, la mine grave.

Leblanc n'avait d'autre choix que se plier à l'urgence de la situation.

– Très bien, très bien. Vous aurez tout ce qu'il vous faut.

Leblanc était devenu expert en promesses jamais tenues. Ça ne coûtait rien, c'était efficace comme méthode, injectant dans le cerveau de votre interlocuteur une lueur d'espoir, propice à la manipulation. Leblanc avait lu cette théorie dans un magazine scientifique de renom et adopté ce précepte. Remonter le moral des troupes pour qu'elles retournent sur le champ de bataille à sa place était tout ce qui importait à cet homme.

Il jeta un œil furtif à sa montre de gousset. Il avait un dîner à l'Élysée et comptait bien ne pas se mettre en retard, c'est pourquoi il décida de s'éclipser discrètement. Il n'eut pas le temps de tourner les talons qu'une voix le héla.

– Leblanc ! Vous êtes là !

Il se composa un visage grave et concentré.

– Ah ! Hennion ! Je vous cherchais ! mentit-il.

Le commissaire Hennion était le nouveau chef de la Sûreté générale, un service à part que le Président avait voulu afin de redorer le blason de la police politique. Stratégie et organisation, deux domaines dans lesquels Hennion se sentait comme un poisson dans l'eau. C'était un homme droit et charismatique dont la barbe grisonnante assortie à ses costumes adoucissait un visage grave.

Lorsqu'il marchait, on avait l'impression qu'il se dirigeait vers quelque chose de grand, même quand il traversait la rue.

Ses bureaux de la rue des Saussaies étaient à deux pas, à 16 h 20 il était en train de regarder par la fenêtre de son bureau, au sortir d'une réunion, lorsqu'il avait soudain assisté à la montée des flammes en bas des Champs-Élysées, sans aucune fumée prémonitoire. Comprenant immédiatement qu'il s'agissait du Bazar de la Charité, il avait accouru. Dans la mesure où son service était en charge des enquêtes terroristes, il savait que la manifestation caritative avait été menacée. Hennion l'avait placée sous haute surveillance : six policiers en civil arpentaient les abords et l'intérieur de l'édifice.

– Qu'est-ce qu'on a, Hennion ? demanda Leblanc, tentant de masquer son impatience.

– Une dizaine de blessés, gravement brûlés.

Il ne précisa pas qu'un de ses hommes avait été touché au bras gauche par les flammes.

– Bien. Bien. C'est pas terrible, mais pas catastrophique.

Hennion ne fit aucun commentaire, il savait la propension de son supérieur à relativiser pour mieux régner.

*
* *

À l'intérieur du Bazar, alors que le toit venait de céder, une pluie de goudron commença à s'abattre sur plusieurs personnes, brûlant instantanément leurs chairs. Les gestes pour se protéger ou pour fuir arrivaient trop tard.

– On est en train de rôtir ! hurla une voix d'homme terrorisé en se projetant vers la trouée dans la porte.

Alors, sous l'averse du goudron brûlant, la panique et la bousculade s'emparèrent de l'assemblée terrifiée. Ils comprenaient, trop tard, que cette journée bénie des dieux avait été choisie par le diable pour en faire leur tombeau.

*
* *

Dehors, la frénésie régnait. De nombreux hommes – les cochers, les palefreniers, tout ce petit peuple qui avait été prié d'attendre dehors que leurs patrons et patronnes fassent leurs emplettes – aidaient à dégager les issues condamnées afin de permettre la fuite des personnes coincées à l'intérieur. Une brèche s'était ouverte par laquelle se tordaient les survivants en hurlant, sortant péniblement un par un. Lorsque, dans un fracas démesuré, le Bazar s'écroula sous la consternation générale, Leblanc, hypnotisé, se boucha les oreilles.

– 5 –

4 mai 1897, Bazar de la Charité, 16 h 25.
Cinq minutes après l'explosion.

Mattéo emprunta un couloir enfumé, entra sur la gauche. Le feu gagnait en intensité, n'épargnant rien ni personne sur son passage, le moindre centimètre carré de bois se retrouvait en proie aux flammes.

– Attention ! Méf' plus plus ! Une autre lance, rapidement. Point d'attaque ici !

– Reçu !

– Vous restez tous sous ARI !

– Reçu, sergent !

– Il y a quelqu'un ? C'est les pompiers ! hurla-t-il tout en ouvrant du pied une porte.

Aucune réponse. Il régla sa lampe, avança, regarda derrière ce qu'il restait des comptoirs. Il arriva devant une paroi grillagée. Le feu dévorait tout.

– On commence à être dépassés, on s'écarte ! ordonna-t-il à ses collègues.

– Ça brûle en dessous, ça risque de s'effondrer.

– On se replie, ça devient dangereux.

Mattéo se tourna vers les flammes et tendit l'oreille. Il perçut un grincement, puis une explosion, et posa un genou à terre.

– Attention ça s'effondre, ça s'effondre !

– Sortez !

Ses équipiers s'exécutèrent. Sauf un. Garden.

– J'ai encore des gars au fond. Il faut que j'aille les chercher.

– Négatif, Garden. Pas tout seul.

Les yeux exorbités, Garden regardait en direction du mur de flammes. Totalement inconscient, sans se soucier du danger, il courut et traversa la montagne de feu.

– Garden ! Reviens !

Une nouvelle explosion projeta Mattéo à terre. Accroché à sa lance, il arrosait en direction du couloir de feu en reculant. Ça cramait de partout, il suffoquait et, la mort dans l'âme, il abandonna son équipier prisonnier du brasier, traversa en courant le rez-de-chaussée gangrené par les flammes. Échappant de peu à la chute d'une colonne de feu, il se projeta par la brèche de la porte à l'extérieur et s'effondra. Le major Krebs le secoua immédiatement de sa torpeur.

– Tous vos équipiers sont sortis ?

Mattéo retira son ARI, prit le temps d'avaler un demi-litre d'eau et, retrouvant son souffle, s'écria en avisant le brasier qui avait tout détruit.

– Garden ! Il est resté…

Garden s'était retrouvé assis, encerclé par les flammes. Le bruit étourdissant, la proximité des flammes qui semblaient le narguer l'avaient paniqué. Et à cet instant il avait compris que la sangle de sa hache attachée dans le dos le retenait coincé dans un amas de ferraille. Les flammes léchaient ses bottes. Il avait hurlé *« Je suis coincé ! Je suis coincé ! »*, hélas personne ne pouvait l'entendre.

Il avait alors retiré sa hache et sa veste en feu, traversé le Bazar en ruines en titubant, la respiration haletante, le bas de pantalon, les bras ainsi que le dos en feu. Il s'était écroulé sur le dos et avait perdu connaissance.

Mattéo observait la scène d'apocalypse qui régnait aux abords du terrain décimé. Jamais Garden ne reviendrait. Avec ses équipiers, ils avaient circonscrit le feu, ça n'avait pas suffi, ils n'étaient pas parvenus à empêcher le mal, ce dernier s'était déchaîné en un temps record. Krebs, compatissant, lui tapota l'épaule avec pudeur.

– On repart, sergent ! On passe à la suite !

Mattéo vit alors le cheval blanc d'une hippomobile garée aux abords du Bazar. Touché par une plaque de goudron tombé du toit lors de son effondrement, le canasson se cabrait, transformé en torche vivante dans l'indifférence générale. Le sapeur se releva précipitamment et tenta d'éteindre l'animal. Il n'en eut pas le temps, la superbe monture s'écrasa dans un lourd fracas, succombant à ses brûlures. Le sapeur comprit que la lutte restait toujours inégale : cet incendie, même contenu, était loin d'être terminé.

– Suspicion de plusieurs foyers dans les immeubles alentour, sergent, l'informa Krebs, confirmant ses craintes.

– Bien reçu, commandant.

L'action était ce qui avait toujours sauvé Mattéo, c'est pourquoi il fit le signe militaire à son supérieur et rejoignit ses équipiers pour continuer le combat.

– 6 –

4 mai 1897, Bazar de la Charité, 16 h 30.
Dix minutes après l'explosion.

Lors de l'effondrement du Bazar, des flammes s'étaient immiscées par les fenêtres ouvertes dans quelques habitations adjacentes. Grâce à leur célèbre échelle accrochée, les sapeurs avaient réussi à atteindre les départs de feu et les circonscrire, évitant le pire. Ils avaient reçu l'ordre d'évacuer les occupants, par mesure de sécurité. Mieux valait prévenir que guérir.

Sauf que ce n'était pas l'avis de la vieille couturière aveugle qui vivait au sixième étage, le plus menacé. Elle était la dernière à évacuer, mais refusait obstinément de suivre Mattéo.

– Venez, madame. Je dois vous mettre en sécurité.

– J'ai passé ma vie ici. Je suis née dans cette maison, j'ai quatre-vingt-trois ans, alors la sécurité est le cadet de mes soucis. Je ne bougerai pas.

– Ne rendez pas mon travail plus difficile qu'il ne l'est déjà, ordonna le pompier en lui prenant le bras.

La vieille dame continua de parler, mais se leva en s'appuyant sur Mattéo. Elle avait du mal à marcher, il la guida jusqu'à la fenêtre ouverte de son salon. C'était là que ses collègues les attendaient et il se demanda comment elle allait réussir à enjamber la rambarde puis descendre l'échelle.

– Quand j'avais huit ans, il y a eu la famine. J'ai connu la guerre, elle m'a pris mes deux garçons. Puis la Commune. Ils m'ont dit de partir. Je suis restée ici. Mes frères sont morts. Et vous voulez que je parte à cause de quelque chose que je n'arrive même pas à voir ?

Grâce à l'agilité de Mattéo qui parvint à la porter en équilibre, la vieille femme se hissa sur l'échelle sans cesser de bougonner. Pour la descente, un pompier l'aidait à poser son pied sur chaque barreau et elle ressassait encore lorsqu'elle toucha terre. Au fond, peut-être était-ce une chance, en ce jour fatidique, d'être aveugle et d'en avoir vu d'autres que le drame qui se jouait en bas de l'immeuble.

*
* *

À peine dix minutes après le début de l'incendie, il ne restait plus rien des décors en papier, des échoppes moyenâgeuses, des jolies toilettes des dames patronnesses : tout avait été réduit en cendres, les rêves de charité partis en fumée.

La résistance, dehors, s'organisait avec les moyens du bord.

Le pire était que plus de mille personnes étaient encore coincées sous les décombres. Des cadavres, entassés devant les issues bloquées qu'ils avaient en vain tenté de forcer, empêchaient ceux qui n'étaient pas encore morts de sortir de l'enfer. Impossible, sans risquer de se brûler soi-même, de tendre sa main en secours. Quelques hommes s'étaient déshabillés et avaient noué leurs vêtements les uns aux autres : ils tendirent ce lien improvisé aux gens coincés. Ces derniers pouvaient s'accrocher aux tissus et escalader le tas de cadavres et, enfin, se dégager des cendres brûlantes.

Plus loin, un jeune palefrenier prit l'initiative de saisir une fourche, non pour ramasser les cadavres, mais pour la tendre aux rescapés bloqués à l'intérieur. Malheureusement, si beaucoup parvenaient à s'extraire de l'enfer, ils mouraient quelques minutes plus tard et dans d'atroces souffrances de leurs trop graves brûlures.

Les blessés accouraient de partout. Ceux qui n'étaient pas brûlés souffraient de terribles contusions : dans la panique, nombreux étaient ceux que le mouvement de foule avait surpris et fait chavirer. Encore avaient-ils eu la chance miraculeuse de ne pas mourir ensevelis et étouffés.

– 7 –

4 mai 1897, Bazar de la Charité, 16 h 35.
Un quart d'heure après l'explosion.

Sur le trottoir qui courait rue Jean Goujon, difficilement praticable tant secouristes et blessés envahissaient l'espace, Julien, le jeune homme qui un quart d'heure auparavant contait fleurette à la jolie Alice de Jeansin, était aussi effondré que les restes du Bazar. Seules quelques poutres, noircies, terminaient de brûler au milieu d'épais tourbillons de fumée. Le feu avait fait l'effet d'une tornade, détruisant tout sur son passage. Julien était parvenu à sortir indemne.

Un homme d'une trentaine d'années, le cocher des de Jeansin et mari de Rose, la discrète bonne au service d'Alice, secoua Julien par l'épaule :

– Monsieur ? C'est vous ?

– Ah ! Jean ! parvint à prononcer Julien, le regard hagard.

– Où sont Alice et Rose, monsieur ?

– Je… je ne sais pas… Je tenais Alice par la main. On a couru… et maintenant je ne la retrouve plus. Je… Je ne comprends pas, je n'ai pas lâché sa main, je…

– Et Rose ? le coupa Jean, inquiet.

– Je… Je ne sais pas…

Jean, paniqué, regardait avec angoisse autour de lui, cherchant la silhouette de Rose dans la cohue des blessés.

En vain. Alors, impuissant, il se laissa choir sur le trottoir et, contemplant le désastre, commença à pleurer en silence.

*
* *

Face au Bazar se trouvait un loueur de voitures. Il proposait en majorité des hippomobiles, ce qui ne l'empêchait pas d'avoir en stock quelques modèles à moteur, les toutes premières automobiles, avec des bidons d'huile. Ainsi, les pompiers réquisitionnaient le précieux liquide, réputé apaisant contre les ravages du goudron. Il s'agissait de le verser au plus vite sur les brûlés qui étaient parvenus à se dégager du piège de feu. Des centaines de personnes, hagardes, déambulaient en quête de soins. Quelques-unes geignaient, d'autres pleuraient en silence, des hurlements, parfois, déchiraient le brouhaha. Les familles des blessés commençaient à arriver, tentant de reconnaître les leurs. Les survivants étaient nombreux à être défigurés, leur peau en lambeaux, certains étaient méconnaissables, d'autres, touchés aux jambes et aux pieds, ne pouvaient plus marcher. La Croix-Rouge avait à la hâte tendu une tente dans la cour du loueur de voitures, improvisant en urgence les premiers soins. Des ambulances affluaient, emportant les blessés les plus sérieux vers les hôpitaux de la capitale.

Lucile, qui prêtait main-forte aux secours, versa de l'huile sur la tête d'une enfant d'à peine cinq ans, l'une des premières victimes touchées par la pluie acide du goudron. Grâce à sa petite taille, la fillette, toute habillée en broderie anglaise, était parvenue à se faufiler dans la brèche percée par les pompiers lorsqu'ils étaient entrés.

La pauvre gamine avait reçu une goutte de goudron. Cette simple goutte avait glissé sur sa charlotte, enflammé ses longs cheveux, abîmé sa robe. L'enfant avait dû avoir terriblement peur et souffrir le martyre.

– Mon ange, mon ange !

Une dame arrivait en agitant ses bras, la fillette leva les yeux et reconnut sa mère.

– Maman ! Maman !

Elles s'étreignirent, puis la mère se rendit compte que la moitié des cheveux de la fillette avait été roussie par les flammes. Le visage était indemne, même si les cils et les sourcils aussi avaient été brûlés, ce qui lui donnait un air de poussin effaré.

– Oh mon Dieu, tu es sauve ! s'exclama-t-elle en avalant un sanglot.

Elle la serra contre son cœur, reconnaissante à Dieu ou à la providence.

Lucile leur tendit une gourde remplie d'eau. Elle ne regrettait pas d'avoir gardé sa tenue de pompier. Les femmes, empêtrées dans leurs jupons et corsets brûlés, avaient des allures de revenantes en haillons. Elles avançaient avec difficulté, soulevant les taffetas de leur robe, leurs jupons et, pour certaines, leur traîne, particulièrement à la mode en ce début d'été. L'eau qu'avaient utilisée les pompiers pour maîtriser le brasier rendait le terrain boueux et glissant à certains endroits, accentuant l'atmosphère de champ de bataille.

La petite fille, déshydratée, ne se fit pas prier et avala goulûment plusieurs gorgées.

– Merci, souffla la mère, attendrie.

– Merci, madame, répéta l'enfant en rendant la gourde à Lucile.

– Tu étais à l'intérieur ?

Lucile s'était agenouillée pour se mettre à la hauteur de la fillette.

– Oh oui, madame. J'allais au *pestacle* des images…

– Spectacle, Solène, spec-ta-cle, reprit la mère comme si c'était le moment.

– Tu t'appelles Solène ?

L'enfant, subjuguée par la douceur de cette jeune femme habillée en pompier, opina en silence.

– Et tu as quel âge, ma chérie ?

– Cinq ans.

– Tu as été courageuse, Solène, c'est bien…

Lucile sortit de sa poche une friandise qu'elle lui donna.

– Qu'est-ce qu'il s'est passé ? Tu te souviens ?

– Ça a fait « boum » pour dire que la fête commence, expliqua la gosse en s'emparant du bonbon.

Solène ne semblait pas encore en état de s'exprimer normalement et Lucile remarqua qu'elle luttait contre la nausée lorsque les images de ce souvenir lui revenaient à l'esprit.

– Il y a eu une explosion, c'est ça ? demanda Lucile en levant les sourcils pour encourager Solène à continuer.

– Oui… La réponse était hésitante, comme si elle choisissait ses mots avant de parler : oui, il y a eu une *essposion*.

Cette fois, sa mère, rattrapée par la conscience du danger auquel sa fille venait d'échapper, ne la reprit pas.

– Et après ?

– Ben après… J'ai reçu du chaud sur ma tête, j'ai eu mal alors j'ai couru et un monsieur très gentil m'a aidée à sortir…

C'était la seconde personne à lui parler de ce « monsieur très gentil », mais l'enfant bâillait, la journaliste n'insista pas.

– Tu as été très courageuse, Solène, bravo, répéta Lucile en lui caressant la joue.

Puis elle se releva et indiqua à la mère une tente de secours, dressée à la hâte. La croix rouge peinte sur la toile de jute faisait grise mine.

– Vous devriez aller voir le docteur là-bas, il vous donnera une pommade.

– Merci, répondit une nouvelle fois la maman en prenant son enfant dans les bras. Viens, mon ange.

Lucile les regarda s'éloigner. « Ça a fait boum », avait dit la môme. L'explosion d'une bombe pouvait-elle être à l'origine de ce brasier meurtrier ?

– 8 –

4 mai 1897, Bazar de la Charité, 16 h 40.
Vingt minutes après l'explosion.

Les pompiers avaient rappliqué de toutes les casernes de Paris. Aidés par les palefreniers du coin, ils entamaient le travail éprouvant d'extraction des cadavres des décombres.

Certaines victimes étaient encore entières. Avant qu'elles ne fondent totalement, on s'échinait à les tirer par les bras jusqu'au trottoir. Là, d'autres sapeurs ou bénévoles prenaient le relais et bientôt l'entassement des gisants devint préoccupant. Ils continuaient de brûler, l'odeur et la fumée qu'ils dégageaient devenaient insoutenables.

On prenait la mesure du nombre croissant de victimes.

*
* *

À l'intérieur des décombres, le spectacle n'en était pas moins affligeant.

Littéralement débordés par le lot de cadavres carbonisés et en mille morceaux qu'il fallait évacuer sans tarder sous peine de ne plus pouvoir les identifier, les soldats du feu avaient réquisitionné les boîtes en carton des boutiques voisines de l'avenue Montaigne, afin de récupérer les poussières, les cendres, les dents et les bijoux calcinés des victimes. Une dizaine de sapeurs avançaient dans le noir, péniblement, à la lueur d'une seule et unique lampe de casque. Le modèle, inventé par le major Krebs et Mattéo, en était au stade expérimental et son rayonnement, relatif, permettait pourtant d'avoir une vision proche efficace.

– On regarde bien partout, on met les morceaux dans les boîtes. Et faites gaffe où vous marchez, les gars !

Mattéo avait repris des couleurs. En bon soldat, il savait le sacrifice inhérent à ce métier, sa vocation.

– J'ai une jambe !

À l'aide de la lampe casque, ils découvraient des restes de corps, presque entièrement carbonisés. L'un d'eux était sans jambes ni bras, et la boîte crânienne avait disparu. La paroi abdominale avait éclaté sous la pression des gaz intérieurs, laissant échapper les viscères calcinés. Les masses musculaires avaient implosé, mettant à nu les fémurs, les humérus. Il manquait au cadavre deux dents à la mâchoire supérieure du côté droit.

– 9 –

Bazar de la Charité, 16 h 50.
Trente minutes après l'explosion.

Dans l'urgence. Tout s'était fait dans l'urgence…

Devant l'ampleur des dégâts et de la catastrophe, le préfet Maurice Leblanc prenait sur lui pour ne pas céder à la panique dans la mesure où il était celui qui avait signé à tour de bras toutes les autorisations nécessaires à l'installation de ce Bazar de la Charité. En échange, son ami Marc-Antoine de Lenverpré avait su se montrer généreux. Ce dernier agissait en qualité de garant pour son beau-frère Auguste de Jeansin, directeur d'un quotidien national et président d'honneur de cette vente de charité. C'était lui, Auguste de Jeansin, qui avait eu l'idée d'installer le décor en carton-pâte et de proposer le cinématographe afin d'appâter le chaland et d'épater la galerie. Pour une réussite, c'était une réussite : plus de mille personnes avaient été décomptées à l'intérieur du Bazar au moment où l'incendie s'était déclaré.

Or, trente minutes après le début de l'incendie qui avait ravagé le Bazar, Leblanc apercevait certains contours qui se profilaient : de Jeansin avait assuré avoir pris toutes les précautions de sécurité requises, Leblanc lui avait fait confiance, ce n'était pas la première fois qu'ils faisaient affaire et jamais Auguste de Jeansin n'avait failli. Cependant, concernant le baraquement de pin verni qui abritait l'illustre Bazar cette année, il apparaissait que la construction provisoire ne répondait à aucune norme de sécurité et les emmerdes pointaient. Si l'enquête mettait au jour les pots-de-vin dont il avait bénéficié, Leblanc pouvait dire adieu à son ambition de diriger un jour un ministère.

Ils pénétrèrent à l'intérieur du Palais de l'industrie dont la destruction était imminente. Le sol était jonché de déchets. Leblanc se concentra : le chef pompier Krebs avait dirigé la prise en charge des blessés. Les ambulances avaient transporté les plus grièvement atteints dans les hôpitaux, saturés ; certains avaient préféré rentrer chez eux, on pouvait les comprendre, quitte à souffrir, autant souffrir dans des draps de soie, entourés des siens.

Restaient les cadavres qui s'amoncelaient – ou ce qu'il en restait.

Leblanc avait du mal à contenir un haut-le-cœur, les odeurs des chairs cramées mélangées aux effluves de transpiration et de pisse étaient difficilement supportables, il avait beau renifler son mouchoir parfumé, ses narines respiraient la putréfaction du monde. Leblanc détourna le regard lorsqu'ils passèrent devant des pompiers occupés à entasser des dizaines de tibias.

– Qu'est-ce que vous proposez, Krebs ?

– Voilà, je propose qu'on les abrite ici… Le directeur m'a assuré qu'il y aura l'électricité dans une heure. Les familles pourront alors tenter d'identifier leurs proches.

– Dans la mesure où rien ne ressemble plus à un tibia qu'un autre tibia, je ne vois pas très bien comment ils vont faire !

– Un bijou, un vêtement…

Leblanc talonnait Krebs, des sauveteurs s'échinaient à rassembler dans des boîtes des restes d'un même corps carbonisé réduit en poussière.

– Très bien, très bien. Réquisitionnez ce palais, ordonna Leblanc qui n'avait pas envie de s'étendre sur les détails morbides.

Cette affaire puait autant que le charnier qu'il avait sous les narines. Le préfet de police ne pouvait pas se contenter de fuir ses responsabilités. Une fois n'était pas coutume, il allait devoir monter au créneau, occuper l'espace. Le temps pour de Lenverpré et son beau-frère de Jeansin d'organiser une parade.

Leblanc avait beau s'en défendre, la stratégie politique le passionnait.

Le préfet, dans ces moments, concentrait son esprit sur du beau : il réfléchit aux discours qu'il allait prononcer, il excellait dans l'art de l'hommage, ses diatribes étaient souvent citées en exemple. Faisant fi de la désolation du décor – le chantier de démolition allait débuter pour laisser place à la construction du Petit Palais – il traversa le champ de bataille en imaginant la tenue qu'il porterait pour tous ces enterrements auxquels il ne manquerait pas d'assister. Pour finir, rêver à la poitrine généreuse de sa maîtresse lui permit de ne pas blêmir devant les organes carbonisés des innombrables victimes.

*
* *

La réputation de fouineur qui précédait le journaliste de *La Chouette* n'était pas suffisamment précise : Hugues Chaville était teigneux autant qu'impétueux.

Si Séverine était le mentor de Lucile, la jeune reporter considérait Hugues, l'autre protégé de Séverine, comme son grand frère. Plus âgé que Lucile, Hugues l'avait formée, lui apprenant des nombreuses ficelles du métier ; Lucile, en fidèle petite sœur de cœur, le couvrait auprès de Séverine lorsque, parfois, il dérapait. Les deux reporters étaient trop différents pour être concurrents, au contraire leur approche complémentaire ravissait les lecteurs et le talent de leur « marraine » Séverine se cachait là : être parvenue à marier deux compétences qu'*a priori* tout opposait.

Hugues n'avait pas reconnu immédiatement Lucile à qui l'accoutrement et le casque de sapeur donnaient une allure masculine.

– Qu'est-ce que tu fous dans ce déguisement ?

– Top secret… Je suis en immersion pour un reportage. Et toi ? Tu es là depuis longtemps ?

Hugues venait d'arriver. Mine de rien, il éluda la question de Lucile.

– On sait ce qui s'est passé, exactement ?

– Répondre à une question par une autre question… À d'autres ! C'est même toi qui m'as appris que c'est la pire des feintes, se moqua Lucile. Tu ne veux pas me dire d'où tu viens, c'est ça ?

– Ce que tu peux être chiante avec tes raccourcis à deux sous !

C'était vrai, il enviait parfois cette sagacité toute féminine que possédait sa cadette.

– Alors c'est vrai… Tu as une chérie ? poussa Lucile en humant le cou d'Hugues.

Le bruit courait à la rédaction qu'Hugues côtoyait une « personnalité », seule Séverine était dans la confidence, c'est pourquoi Lucile tentait d'en savoir plus.

– … Le dernier Spurway, dis donc ! Très chic. Très cher. Très rare. Une sacrée cocotte, apparemment !

Hugues haussa les épaules.

– Arrête tes conneries ! C'est pas le moment !

Il retint un sourire, fut à deux doigts de craquer, mais continua :

– Sérieusement, Lulu, qu'est-ce qui s'est passé au Bazar ?

– Il y a eu un incendie, mon cher. Je n'en sais pas plus, mentit-elle grossièrement.

Il leva les yeux au ciel, pas dupe de la fourberie de sa jeune consœur.

– Ça aussi, c'est moi qui te l'ai appris ?

– Quoi ?

– … Mentir aussi mal ?

Il avisa soudain l'appareil à soufflet qu'elle portait.

– Tu as réussi à prendre des photos ? demanda-t-il, curieux.

Son intonation masquait mal son admiration.

– Ça me regarde, mais ça se pourrait…, le taquina Lucile.

– D'accord, admit-il dans un profond soupir. Oui, j'ai une chérie.

– Tu es amoureux ? enchaîna Lucile.

– Ça me regarde, mais ça se pourrait…

– D'accord, admit-elle à son tour. Je suis arrivée avec les premiers sapeurs, j'ai tout vécu en direct avec eux, ils n'ont rien pu faire. Et, oui, j'ai fixé ce que j'ai pu, ajouta-t-elle en tapotant l'objectif de son appareil.

– Tu es la meilleure, mais je ne t'apprends rien, n'est-ce pas, Darling ?

C'était chez lui une marque d'affection que d'appeler sa petite sœur de cœur « Darling ».

– Mate un peu qui arrive…, dit-il en avisant le trottoir d'en face. Auguste de Jeansin…

De Jeansin et de Lenverpré. Le président d'honneur de la vente avait pris un coup de vieux en quelques heures, touché de plein fouet par la catastrophe. À ses côtés, son beau-frère parlait en faisant de larges gestes. Le cigare qu'il portait à sa bouche crachait des volutes dans l'air.

– Toujours partout à se montrer, celui-là, ironisa Lucile qui avait reconnu le député conservateur.

Hugues, mine de rien, détourna la tête et ralentit. Il avait passé l'après-midi avec Adrienne, l'épouse de Lenverpré. Pas question de mettre Lucile dans la confidence.

À l'heure qu'il était, Adrienne avait dû rentrer chez elle, mais il n'allait pas se charger, lui, de prévenir son mari. Adrienne… C'est elle qui portait la dernière création de ce parfumeur à la mode, Hugues avait encore son odeur sur lui. Si elle n'avait pas été dans ses bras au moment de l'incendie, elle aurait dû se trouver à l'intérieur du Bazar et peut-être serait-elle morte à l'heure qu'il était. Hugues comprit aux frissons qui le parcoururent que pour rien au monde il ne voulait perdre cette femme : depuis qu'il l'avait goûtée, il ne pouvait plus s'en passer. Elle avait les cheveux couleur du feu auquel elle venait d'échapper, des yeux frondeurs et vert d'eau comme la mousse sous la pluie, un caractère aussi trempé que fougueux. Hugues tenait à elle, un point c'est tout.

– Toujours partout, on peut dire ça…, convint Hugues en suivant du regard de Lenverpré, qui ne pouvait le voir.

Adrienne était arrivée bouleversée à leur rendez-vous : son mari, fou de rage d'avoir appris qu'elle s'était renseignée sur la procédure de divorce, avait envoyé leur fille Camille dans un pensionnat à l'étranger. Ce type était un enfoiré de première classe, Hugues s'abstint pourtant de tout commentaire. C'était jouissif – n'en déplaise aux derniers événements dramatiques – de voir l'homme le plus riche de Paris, en lice pour la prochaine présidence du Sénat, totalement impuissant au milieu du carnage ambiant, cherchant sa femme parmi les victimes ou les survivantes alors qu'elle l'attendait paisiblement chez eux.

En avançant avenue de Friedland pour rejoindre la rue Jean Goujon, Hugues et Lucile tombèrent sur une dizaine de journalistes de faits divers qui battaient le pavé devant le domicile de la duchesse d'Alençon, espérant une confirmation de sa disparition dans l'incendie du Bazar.

– Regarde-les, soupira Hugues, consterné. On dirait des charognards, ils sont incapables d'imagination…

– Ils perdent leur temps, mais je ne vois pas ce que l'imagination vient faire dans l'histoire.

– Tu as vu l'état des cadavres ? On n'est pas près de savoir où est la duchesse. En revanche…

Il s'arrêta de parler, le regard soudain attiré par deux hommes en pleine conversation sur le trottoir d'en face. Lucile suivit son regard et découvrit le préfet Leblanc en pleine discussion avec un pompier, haut gradé à en croire ses insignes. Malgré le contre-jour, elle reconnut le major Krebs. Les deux hommes se dirigeaient vers le Palais de l'industrie.

– Tu le connais, le type avec Leblanc ?

– Non, mentit Lucile à qui Hugues avait également appris à ne surtout pas dévoiler ses arrières, à défaut de les assurer.

– … Mieux vaut s'adresser au bon Dieu qu'à ses saints, ajouta Hugues en traversant pour talonner le préfet et son interlocuteur.

Lucile sourit. Sans son collègue dans les parages, elle pouvait investiguer à sa guise ; au contraire de lui, elle ne se fiait ni au bon Dieu ni à ses saints, juste à sa logique, presque son instinct : elle avait commencé sa journée sur le terrain avec les pompiers de la BSPP, elle comptait bien la terminer sans les lâcher des yeux. Elle laissait les grandes huiles aux autres.

Mattéo, qu'elle avait croisé tout à l'heure entre deux sauvetages, lui avait fait part de ses inquiétudes quant à l'identification des cadavres. Le feu avait rendu méconnaissable la grande majorité des victimes. Il ne voyait pas comment les médecins légistes pourraient lever le voile sur ce mystère. Un détail que le sapeur lui avait décrit avait suscité l'intérêt de Lucile : seules les dents des brûlés étaient intactes.

Depuis plusieurs années, Lucile s'intéressait à l'odontologie. Elle assistait aux congrès internationaux qui avaient lieu chaque année avec les plus éminents spécialistes. Les progrès en amalgame, dent sur pivot et autre traitement des caries étaient considérables, les recherches allaient bon train. La communauté des dentistes du monde entier communiquait et se réunissait pour évoquer les technologies et résultats d'expériences. Lucile était par exemple allée à Chicago, Berlin et Bordeaux pour interviewer les pontes de l'odontologie chirurgicale. À cette occasion, elle avait fait la connaissance du Dʳ Oscar, brillant dentiste récemment diplômé, coqueluche du Tout-Paris. Chercheur passionné, Oscar préparait une thèse sur l'art dentaire en médecine légale.

Lucile, quant à elle, ambitionnait d'écrire un dictionnaire psychanalytique des dents. Elle s'était dès l'enfance intéressée aux maux de dents : la première fois qu'elle avait entendu sa mère parler des « maux de dents » de son frère aîné, Lucile, alors âgée de huit ans, avait compris « mots dedans ».

Son frère souffrait d'une maladie rare, l'hétérotopie dentaire par genèse. Le garçon avait parfois une dent qui faisait irruption à un endroit improbable du corps. Enfant puis adolescent, il avait subi plusieurs extractions à la cuisse, dans le dos et même dans le pied. Lucile avait été marquée par le courage de son grand frère. Aujourd'hui, ses crises se distançaient, il en avait de moins en moins. Lucile en était témoin : grâce à un psychiatre, lequel permettait à son frère de libérer sa parole, ce dernier guérissait peu à peu de ses « maux dedans ».

Afin que son dictionnaire soit le plus complet possible, Lucile entreprenait de décoder le langage secret des dents. Elle archivait ses constats, notait ses découvertes, parfois de simples intuitions, sur la symbolique des dents et de leurs maux. Lors d'un congrès, Lucile avait rencontré une fillette qui avait développé un kyste dermoïde avec plus de trois cents dents. Le pire était que dans les foires, certaines victimes de cette malformation étaient exposées, droguées à la morphine pour supporter leurs douleurs.

En devenant amie avec Oscar, ce professeur de médecine peu conventionnel, elle avait trouvé un complice dans l'art dentaire et ses multiples mystères. Si Lucile se consacrait à leur étude dans le but de comprendre la vie, voire l'améliorer (son frère n'était-il pas un exemple ?), Oscar élaborait sa thèse en odontostomatologie médico-légale pour apprivoiser la mort. Ils échangeaient souvent au sujet de leurs résultats ou doutes respectifs en la matière, c'est pourquoi la jeune femme prit l'initiative d'envoyer un télégramme à l'expert afin de l'informer de la catastrophe en cours.

Elle ne pensait pas se tromper en affirmant qu'il n'allait pas passer à côté de cette opportunité macabre afin de mettre en pratique ses dernières recherches.

*
* *

– Monsieur le préfet !

Leblanc se figea, sortant de ses pensées érotiques. Il se composa un visage grave et se retourna. Chaville était remarquablement mince et gardait un air juvénile, c'en était presque rageant tant la maturité lui allait bien. Il portait un costume sombre, avait les cheveux noirs et ondulés, la mâchoire serrée, les lèvres pincées avec sévérité. Ses yeux marron dégageaient une telle concentration qu'ils donnaient l'impression de vous photographier. Leblanc n'eut pas le temps de prendre la parole, Chaville dégaina sa question :

– Monsieur le préfet, confirmez-vous que la duchesse d'Alençon fait partie des victimes ?

Leblanc se racla la gorge pour se donner une contenance, il détestait être pris au dépourvu. « Ne jamais confirmer ni invalider une information non vérifiée, cela peut être fatal dans l'opinion », se rappela-t-il.

– Il est trop tôt pour se prononcer…, fut tout ce qu'il trouva à dire.

En voyant son secrétaire, aussi fidèle qu'un aide de camp, courir vers lui chargé d'une dépêche télégraphique, Leblanc comprit immédiatement que la rumeur colportée par Chaville était à deux doigts de se transformer en scoop.

Il déplia le message : « Ma sœur Sophie-Charlotte est-elle indemne ? »

C'était signé : « Élisabeth, Impératrice d'Autriche. »

Il ne remarqua pas la dextérité d'Hugues Chaville : le journaliste savait lire à l'envers et décrypta le message, confirmant que la rumeur était fondée.

Sissi. La sœur de la duchesse d'Alençon. On s'inquiétait de l'autre côté de la frontière.

Leblanc s'épongea le front.

À contrecœur, il dicta immédiatement à son secrétaire un télégramme à l'intention du Président chez qui il était attendu pour dîner : « *Je reste sur place. Nombreux cadavres à identifier.* »

Si la tragédie se doublait d'un incident diplomatique, ils n'étaient pas au bout de leurs peines et lui-même pouvait y laisser sa carrière.

– 10 –

4 mai 1897. 12 rue Boileau, 21 h 20.
Cinq heures après l'explosion.

Jean, le mari de Rose et cocher d'Auguste de Jeansin, avait eu du mal à se faufiler avec ses chevaux hors du périmètre des Champs-Élysées, saturé de voitures de secours et de véhicules des pompiers. Il ne cessait de penser à Rose et Alice, introuvables comme nombre de dames piégées dans le Bazar. La panique et la désorganisation régnaient, il espérait donc que les jeunes femmes, blessées, étaient à l'abri dans un hôpital. Après avoir raccompagné son patron rue Boileau, chez lui, Jean était bien décidé à repartir à leur recherche.

Loin du faste de Garnier, la façade de l'hôtel particulier construit par Guimard était élégante et simple, Mathilde de Jeansin répétait qu'en Italie on la dirait pseudo-florentine. La seule note brillante donnée par le jeu subtil de tonalités différentes, où dominait l'ocre, était rompue de temps à autre par des ajouts de pierre meulière et quelques briques turquoise. Le campanile était massif, mais discret, l'auvent de l'entrée coiffé de tuiles dont les couleurs se mariaient avec celles des pignons.

Jean leva la tête vers l'appartement de service, au dernier étage : aucun éclairage ne trahissait la présence de Rose.

Au premier, la chambre d'Alice, elle aussi, restait éteinte, confirmant son absence. Jean soupira, son dernier espoir s'envolait.

En avisant la mine tracassée de son patron, Jean comprit que ce dernier avait lui aussi gardé l'espoir de leur retour.

– Ne vous inquiétez pas, monsieur, nous allons les retrouver.

– Oui. Merci, Jean.

La porte s'ouvrit sur une élégante femme brune. Quarante et un ans, le visage baigné de larmes, Mathilde de Jeansin déboula. Auguste, fébrile à l'idée d'annoncer à son épouse qu'il n'avait pas trouvé Alice, eut un moment d'hésitation en voyant sa femme descendre le perron. Oubliant les convenances, Mathilde se jeta dans les bras de son mari.

– Auguste ! Auguste ! Elle est vivante ! Elle est là ! Elle est là ! C'est un miracle…

Auguste était parvenu à ne pas pleurer de tristesse, mais laissa exploser des larmes de joie et, incapable de rien dire, étreignit sa femme.

– Elle va bien. Elle dort dans sa chambre, précisa Mathilde d'une voix chevrotante.

La tension se relâchait après ces heures d'angoisse.

– Mon Dieu ! dit enfin Auguste de Jeansin en implorant le ciel. Merci !

Jean, resté jusque-là en retrait et silencieux, n'avait rien raté de l'échange de ses patrons. Si Alice était là, Rose devait y être également. Il voulait juste en avoir le cœur net et s'approcha.

– Madame…

Mais Mathilde ne l'avait pas entendu.

– Et Adrienne ? demanda-t-elle soudain à son mari. Tu as des nouvelles de ma sœur ?

Démuni, Auguste hocha la tête de gauche à droite.

– Il faut garder espoir, Mathilde…

Elle eut bien du mal à ne pas sombrer dans une nouvelle crise de larmes. C'est alors que, sortant de sa torpeur, elle remarqua Jean, de plus en plus fébrile.

– Rose est là ? articula le cocher.

– Oh Jean ! Pardon… Je suis désolée, Alice est rentrée toute seule…

Jean prit sur lui pour accuser le coup. Mathilde et Auguste échangèrent un regard bienveillant.

– Il faut garder espoir, décréta le maître de maison avec une infinie douceur. C'est vous qui me l'avez dit.

– Oui, monsieur, convint le cocher en opinant du chef, le cœur brisé.

– 11 –

4 mai 1897, Sûreté générale, rue des Saussaies, 23 h 20.
Sept heures après l'explosion.

Le major Krebs et le commissaire Hennion avaient en commun, outre une belle-famille par alliance – leurs épouses respectives étaient cousines germaines –, le sens du devoir et de la justice. L'équité l'emportait chez ces deux hommes qui se comprenaient malgré leurs différences : Krebs, fougueux ingénieur, militaire pompier, chercheur passionné de technologies, pionnier de la professionnalisation et de l'entraînement gymnastique des sapeurs. Hennion, taiseux commissaire de police aux méthodes rigoureuses et aux résultats exemplaires, épris de vérité et de modernité, depuis peu à la tête du service le plus explosif de la capitale.

Krebs n'avait pas eu le temps de retourner à la caserne et portait toujours sa lourde et encombrante combinaison antifeu.

Hennion regardait par la fenêtre en direction du Bazar. Quelques heures auparavant, il terminait une réunion et se tenait au même endroit, satisfait d'avoir bouclé le rapport du dossier d'enquête en cours, demandé dans l'urgence par le cabinet du Président et qui concernait la nouvelle recrue de l'ambassade d'Allemagne à Paris. Les conclusions des hommes d'Hennion n'étaient pas définitives, cependant il apparaissait peu probable que le type en question soit membre du contre-espionnage. Désormais, la nuit était tombée sur les cendres du Bazar. Une sombre fumée chargée de poussières continuait d'osciller vers le ciel.

L'heure était aux premières constatations en ce début d'enquête.

– Combien de morts ?

– Trop tôt pour le dire, plusieurs dizaines pour le moment, hélas le chiffre, vous pensez bien, n'a rien de définitif et risque de considérablement augmenter.

Hennion, plongé dans ses réflexions, opina en silence.

La duchesse d'Alençon n'avait pas encore été identifiée parmi les cadavres, la pression diplomatique montait d'autant plus que son oncle, un quelconque baron de Bavière – retenir les titres aristocratiques pompait royalement Hennion – avait été victime d'une attaque cardiaque lorsqu'il avait appris la nouvelle de sa disparition.

La femme de chambre de la duchesse, qu'on avait interrogée, était quant à elle catégorique : la duchesse portait des bottines bleues ce matin, lorsqu'elle avait quitté ses appartements. Le problème était que toutes ces dames portaient peu ou prou les mêmes, car il s'agissait du modèle à la mode cette année : des lacets, un talon bobine et de couleur bleue. Et que le feu rendait tout ce qu'il touchait aussi noir qu'une nuit sans lune.

Deux inspecteurs étaient chargés en ce moment même de reconnaître les souliers princiers parmi les vêtements, accessoires et bijoux carbonisés, exposés à la morgue improvisée du Palais de l'industrie. Hennion restait prudent : jamais le juge ne signerait un certificat d'identification sans preuve tangible.

– Où en êtes-vous de l'évacuation et de l'identification ?

– Les décombres sont ratissés par ma meilleure équipe. À la moindre information, je serai prévenu. En revanche, les identifications s'annoncent laborieuses… J'ai demandé à Leblanc qu'un ou deux autres légistes rejoignent l'équipe sur place, car ils sont débordés…

– Parfait. Tu me tiens au courant.

Mattéo fit irruption dans le bureau du commissaire sans frapper.

– Major, pardonnez mon interruption, mais regardez ce que j'ai trouvé…

Il tendit à son supérieur une élégante boîte réquisitionnée chez le chapelier de l'avenue de l'Alma. Krebs se pencha pour découvrir des restes de dynamite.

– Nom de Dieu ! Une bombe !

Hennion s'approcha et constata, dépité, l'engin explosif.

– Où l'avez-vous trouvée ?

– Dans les décombres, au fond.

Hennion étala le plan du Bazar devant eux.

– Où, exactement ?

Consciencieux, Mattéo prit le temps d'observer le plan du local avant de pointer un endroit. Hennion soupira, nerveux.

– Vous êtes sûr, sergent ? questionna le commissaire comme s'il espérait le contraire.

– Oui, parfaitement, répondit Mattéo en vérifiant. C'est là qu'on l'a trouvée.

– Et merde ! marmonna Hennion.

Par deux fois et sans aucune hésitation, Mattéo avait pointé l'emplacement du comptoir de la duchesse d'Alençon. Ce ne pouvait être un hasard : il semblait clair qu'en plaçant la bombe sur le stand de la sœur de l'impératrice Sissi, les terroristes comptaient ériger cette attaque en symbole.

Hennion ne précisa pas tous ces détails à ses interlocuteurs – la discrétion et le silence étaient une seconde nature chez ce flic aguerri aux trahisons. Il sentit qu'il avait besoin d'être seul pour se concentrer quelques instants, c'est pourquoi il saisit la boîte des mains du jeune pompier.

– Merci, sergent. Bon boulot.

Ce fut tout. Hennion replongea dans ses réflexions, signifiant la fin de cet entretien. Les premiers témoignages des blessés recueillis sur le lieu même de l'incendie relataient la même version : une explosion, puis des flammes et leur virulente propagation.

Le policier ne comprenait pas : certes, il avait reçu une lettre anonyme l'informant qu'un coup des anarchistes se préparait au Bazar. Cependant, l'inspecteur en immersion dans la cellule politique l'avait formellement démenti, les nouveaux anarchistes n'étaient pas des terroristes et prônaient les actions non violentes. Par ailleurs, deux spécialistes en explosifs avaient passé l'installation de l'événement au peigne fin, aucune bombe n'avait été dénichée.

Il décrocha le combiné du téléphone mural – la Sûreté générale et la BSPP étaient les deux services que le préfet de police avait dotés en priorité des dernières modernités – afin, justement, de prévenir Leblanc. Aucun doute que la nouvelle tournure des événements allait achever de le réveiller.

Deuxième partie

– 12 –

5 mai 1897, Saint-Mandé, domicile du baron et de la baronne de Chapuis, 4 h 20.

Douze heures après l'explosion.

Ce fut une nuit tranquille, presque une fugue, songea la baronne en prenant soin de fermer la portière, sans la claquer, de la rutilante Mercedes au volant de laquelle son amant se trouvait.

Ils rentraient de Trouville où ils étaient partis en fin de matinée de la veille. La baronne avait prétexté se rendre au Bazar de la Charité pour rejoindre ce jeune amant qui lui permettait de vivre des moments torrides comme elle n'en avait jamais connu. Il n'était jamais trop tard pour s'ouvrir aux plaisirs de la chair, les seuls que son baron de mari ne parvenait à satisfaire. Ce dernier, en voyage d'affaires, ne rentrait que le lendemain. Un déplacement immuable et mensuel réglé comme du papier à musique. La baronne soupçonnait depuis longtemps son mari d'avoir une liaison, elle n'avait jamais cherché à en avoir le cœur net. Ça ne l'intéressait pas. Il lui avait fait deux filles, c'était suffisant et il en était bien d'accord. Depuis la naissance de la petite dernière, Pauline, huit ans auparavant, ils faisaient chambre à part, la baronne n'était pas ennuyée par la rareté des assauts de cet époux taiseux et cela lui convenait parfaitement. C'était même tout ce qui lui importait, elle qui avait subi à répétition ceux de son oncle lorsqu'elle était enfant.

Elle avait prévu de rentrer discrètement avant le réveil des domestiques et se pencha par la fenêtre ouverte alors que son Roméo de pacotille lui souriait largement.

– On dirait bien que je suis tombée amoureuse, beau gosse…

Elle avait parlé en lui envoyant un clin d'œil à peine perceptible et regarda, satisfaite, la voiture disparaître dans la nuit.

Les pensées encore au creux des bras de son jeune amant, la baronne avançait vers son hôtel particulier lorsqu'une voix la sortit de sa torpeur :

– Madame de Chapuis ! Madame de Chapuis !

Sa femme de chambre arrivait en courant à sa rencontre.

– Madeleine ? ! Mais qu'est-ce que vous faites ici en plein milieu de la nuit ? !

– Oh, madame ! Où étiez-vous passée ? On vous cherche partout !

La baronne n'eut pas le temps de lui servir son mensonge. En s'approchant, elle remarqua la panique et les yeux rougis par les larmes de sa femme de chambre. Comprenant que quelque chose de grave était arrivé, elle s'exclama :

– Attendez ! Que se passe-t-il ?

– C'est votre fille, madame. La petite dernière. Il est arrivé malheur. Elle vous a désobéi, elle est quand même allée au Bazar, elle voulait vous faire la surprise…

La baronne blêmit :

– Où est Pauline ?

– … Elle était au Bazar lorsqu'il y a eu le feu. Elle… elle est brûlée… ils l'ont conduite à l'hôpital, car vous n'étiez pas là.

Le Bazar… Le feu… Les mots cognaient la baronne.
– Mon Dieu ! Où est-elle ?
– À l'hôpital.
– Quel hôpital ?
– Beaujon, madame. Monsieur est déjà sur place…

*
* *

Avec la liberté – la sienne et celle de la presse – pour credo et le capitalisme – cet avilissement de la pensée bourgeoise – en méfiance, Hugues Chaville avait le bon goût d'être locataire d'un appartement sur l'île Saint-Louis, son archipel. Le quartier, populaire et bon marché, avait le mérite d'être central.

Lui qui était anticlérical ne se lassait pourtant pas d'admirer, vautré sur son canapé, l'arrière de la cathédrale Notre-Dame. Il était aux premières loges de ce qu'il estimait être la plus belle vue de Paris. Surtout, l'emplacement lui permettait d'être à deux pas du Palais de justice et de la préfecture de police. Facile, en outre, de rejoindre rapidement, en longeant la Seine, la rue des Saussaies, siège de la nouvelle Sûreté générale dirigée par Hennion. Non négligeable quand, comme lui, on était le spécialiste des affaires politiques, policières et judiciaires et qu'on chassait le scoop.

Cossu, confortable, son appartement était chaleureux avec son mélange de teintes pourpres et boisées ; l'espace, envahi de globes terrestres, beaucoup de livres, autant de dictionnaires et d'encyclopédies, était surtout conforme à l'idée que ce grand voyageur se faisait du monde.

Deux machines à écrire posées l'une face à l'autre – en tapant sur la première, il avait vue sur l'arrière de Notre-Dame et la pointe de l'île de la Cité. Il était entouré d'eau, se sentait le démiurge de Paris. Lorsqu'il s'asseyait en face, tournant le dos à la rumeur de la ville, il tapait en regardant le décor de son appartement, ses objets rapportés de ses expéditions qui s'entassaient sur le manteau de sa cheminée. C'était cette cheminée qui avait achevé de convaincre le reporter lorsqu'il avait visité le logement. Il adorait, l'hiver, se faire une petite flambée en fin de journée. Le bruit du bois crépitant dans l'âtre, la lueur des flammes qui dansaient donnaient alors aux papiers qu'il écrivait une suavité ambrée. C'était indéniable. L'exposition, en outre, était idéale : le matin, puis en fin de journée, la lumière éclaboussait son piano.

En réalité, il avait pris conseil en matière de décoration auprès de Lucile. C'est elle qui avait suggéré les deux machines à écrire, afin de bénéficier de deux points de vue pour travailler. « Tu verras, j'ai fait ça chez moi, c'est bon pour l'inspiration. » Elle n'avait pas oublié d'être maligne, cette petite.

Il n'était d'ailleurs pas rare, lorsque Hugues était en voyage, que Lucile occupât le lieu pour arroser les plantes et nourrir son chat. Elle était ravie de délaisser son ouest parisien, cossu et calme, le temps de quelques semaines par an, pour le centre de Paris. C'est en vivant ici, à deux pas des halles, qu'elle avait pu réaliser l'enquête fouillée sur les petits et gros trafics du ventre de la ville.

Hugues était en pleine consultation d'un document confidentiel édifiant, en bas la Seine se la coulait douce.

Personne ne savait, pas même Séverine, qu'il investiguait sur le service de renseignements mis en place par Leblanc. Il apparaissait que Marc-Antoine de Lenverpré était très impliqué – trop ? – dans l'organisation de cette « brigade secrète ». Tout à l'heure, juste après l'incendie et alors que régnait la panique, Hugues avait remarqué que de Lenverpré était entré par une porte dérobée dans le bâtiment de la Sûreté générale. Hugues savait de source interne que de Lenverpré se rendait souvent rue des Saussaies, parfois sans être accompagné par Leblanc, voire en son absence. Ce curieux passe-droit commençait à inquiéter Hugues : que tramait l'homme d'affaires et député aux ambitions démesurées ? Visait-il la présidence du Sénat ? Convaincu que ses idées « sauveraient la France de la vermine », selon ses propres déclarations, volontiers provocateur, de Lenverpré estimait qu'il y avait deux sortes de gens sur Terre : les supérieurs et les inférieurs. Il le répétait à l'envi, précisant avec ce qu'il pensait être de l'ironie que tout le monde savait dans quelle catégorie il se rangeait.

Hugues se rappela les mots que Lucile avait prononcés lors de l'incendie du Bazar de la Charité : « *Toujours besoin de se montrer partout, celui-là.* »

Cependant, quelque chose chiffonnait le journaliste : sa source policière, un brigadier de la préfecture, lui avait expliqué que de Lenverpré avait obtenu, « en prévision de son élection à la présidence du Sénat », une « valise diplomatique », un avantage octroyé à certains diplomates, au chef de l'État et au président du Sénat. Or, de Lenverpré n'était ni diplomate ni président et pas encore au Sénat. La source d'Hugues avait été formelle : quelqu'un du cabinet du ministre des Affaires étrangères était corrompu, de Lenverpré avait dû grassement le payer pour obtenir ce passeport et l'immunité qu'il procure.

Pourquoi cette urgence à posséder ce privilège ? Comment de Lenverpré pouvait-il être si sûr de devenir le prochain président du Sénat ? Décidément, péter plus haut que son cul et mettre la charrue avant les bœufs était tout Marc-Antoine de Lenverpré.

Le problème avec ce genre de types, c'était qu'à force de s'estimer invincibles, ils se croyaient intouchables.

Sachant que le bonhomme était capable du pire, il y avait de quoi s'inquiéter.

Dans le cas de de Lenverpré, il était si convaincu de sa prochaine et totale victoire à la présidence du Sénat, si certain que Leblanc resterait *ad vitam* à sa botte, qu'il lui était impossible ne serait-ce que d'envisager la possibilité du contraire. Il avait toujours tout obtenu, tout de suite : à force d'être gâté par la vie et les combines, de Lenverpré était incapable de se représenter qu'un minuscule et dérisoire grain de sable puisse à tout moment compromettre ses plans. Contrairement à lui, Hugues avait appris de la vie l'importance de toujours garder un plan B sous le coude.

Apparemment, l'incendie du Bazar rendait fébrile plus que de raison l'homme qui se considérait comme le gouverneur de Paris, Hugues en aurait mis sa main à couper. Que tramait encore le chef de rang des conservateurs ?

Préoccupé, Hugues saisit sa veste et son couvre-chef – une casquette en toile à la mode – mais n'eut pas le loisir d'ouvrir sa porte, quelqu'un frappa discrètement deux coups brefs, puis trois secs, respectant un code.

– Adrienne ?

– Oui, c'est moi…

Elle n'eut pas le temps de terminer sa phrase, Hugues avait déjà ouvert. Adrienne était livide, Hugues la fit entrer et referma la porte. Il avait pris soin de vérifier que personne n'avait vu sa maîtresse. Si de Lenverpré découvrait leur liaison, elle serait en danger.

– Qu'est-ce qui se passe, trésor ? lui demanda-t-il en la serrant contre lui.

Adrienne ne répondit pas immédiatement. Elle poussa un profond soupir en se dégageant de l'étreinte de son amant puis le fixa intensément, toujours sans un mot.

– Dis-moi ce qu'il y a, Adrienne…

Elle prit une profonde inspiration et se lança :

– J'étais censée y être, moi, au Bazar, j'aurais pu être l'une de ces malheureuses…

Hugues marqua un temps d'arrêt, abasourdi, puis la jaugea : elle devait être sous le choc.

– Écoute… On est tous bouleversés… Mais il faut que tu rentres chez toi, ils doivent être morts d'inquiétude…

– Non, je ne peux plus rentrer chez moi. Il fera tout pour que je ne revoie plus Camille.

– Peut-être que la joie de savoir que tu n'es pas morte fera que…

– Tu ne le connais pas. C'est un monstre !

Hugues, impuissant face au dégoût d'Adrienne, tenta de la raisonner.

– D'accord. Mais tant que vous n'êtes pas divorcés, tu dois être prudente…

– Justement… S'il croit que je suis morte…

Elle laissa sa phrase en suspens, observant la réaction d'Hugues. Sur le visage du journaliste, un mélange d'inquiétude et de soulagement. Et cette gravité mélancolique qui, dès le premier jour, avait rassuré Adrienne.

– La majorité des corps est méconnaissable…, précisa-t-elle inutilement.

Il la serra contre lui et embrassa sa nuque avec une incommensurable délicatesse.

– S'il croit que je suis morte, ça change tout, tu comprends…

Hugues, bouleversé, opina du chef en silence. Elle se laissa aller dans ses bras et murmura :

– Le seul moyen que j'ai de protéger ma fille, c'est de la retrouver et m'enfuir avec elle…

– T'enfuir ? Mais où ?

– Le plus loin possible de lui. À l'étranger. Peut-être à Londres…

– Londres ? Tu comptes faire comment pour emmener Camille à Londres ? Tu n'as pas d'argent, on ne sait même pas où elle est…

– Justement… Il la fera revenir pour mon enterrement.

– Que veux-tu que je te dise ? On dirait que tu as réponse à tout, convint Hugues, désemparé. Et quand elle apprendra que sa mère est morte, tu y as pensé, à ça ? À l'horreur que ce sera pour elle ?

Adrienne détourna le regard, Hugues comprit que oui, elle y avait également réfléchi et, vraisemblablement, avait déjà une idée pour y remédier. Il soupira, impuissant. Au contraire de son mari, Adrienne pensait à tout.

– Adrienne, enfin, c'est de la folie ! Si ton mari…

Adrienne le coupa. Elle semblait soudain perdue et fragile.

– Hugues… Je sais, c'est horrible de profiter de cette catastrophe, mais je n'ai pas le choix… J'ai besoin que tu sois avec moi… Si tu doutes ou que tu n'es pas d'accord avec mon projet, dis-le-moi maintenant et je m'en irai.

Il tenta de détourner son regard de celui d'Adrienne, il n'y parvint pas. Adrienne ne baissait pas ses yeux pleins de larmes. Que pouvait-il répondre à cette femme qu'il aimait contre toute logique, éperdument ? Que pouvait-il dire d'autre que « Je vais t'aider » ? Il la pressa de nouveau contre lui, sentit sa tension, son épuisement, puis l'embrassa tendrement, un long baiser sans équivoque. Enfin, il murmura dans le creux de son oreille « Je suis là… »

*
* *

Lucile, intriguée de n'avoir aucune nouvelle du Dr Oscar, s'était présentée à son domicile. Elle était arrivée au moment même où le dentiste rentrait d'une journée et d'une nuit harassantes dans son laboratoire de la faculté. Il devait être le seul homme de Paris à n'être pas encore au courant de la catastrophe qui venait d'endeuiller Paris. Exception faite du miaulement d'un chat errant, le quartier de l'Odéon était calme à cette heure.

D'origine cubaine, Oscar, comme tout bon scientifique qui se respectait, n'accordait aucune importance au quotidien de la vie, le désordre qui régnait dans son appartement, aux couleurs des Caraïbes de son enfance, le confirmait – entassement de mâchoires animales et humaines, de dossiers et de notes, de revues scientifiques, d'articles conservés. Sur l'une des piles, Lucile remarqua une dizaine de télégrammes non ouverts, reconnut le sien et sourit : elle appréciait ce chercheur fantasque qui ne vivait que pour et par les dents, si étrange que cela puisse paraître.

Sachant qu'il rédigeait actuellement sa thèse, que ses recherches et travaux prenaient le rare temps libre que sa profession lui permettait, elle commença par prendre des nouvelles, tandis qu'il leur préparait un café. Ils devisèrent au sujet de ses interrogations sur l'émail et la matière.

– Tu veux dire que, sans ses dents, l'homme perdrait l'équilibre ?

– Absolument. Elles sont un peu comme des capteurs ultrasensibles, tu sais. Elles permettent de récolter des informations, par exemple la température, la pression, tout un système de perception ultrasophistiqué, un référentiel spatial si tu préfères, qui participe à la verticalité de la posture.

– Un référentiel spatial, répéta-t-elle, admirative… C'est joliment dit.

Tout cela la passionnait, elle aussi, cependant elle ne releva pas, cherchant comment annoncer la raison de sa venue à son ami. Comme s'il avait lu dans ses pensées, il servit le café, s'assit sur le bord de sa banquette et lui demanda :

– Alors, qu'est-ce qui t'amène ?

– Eh bien…, commença Lucile en raclant sa gorge. Tu n'as pas l'air de le savoir, mais le Bazar de la Charité a cramé cet après-midi.

Oscar, comme sidéré, écarquilla les yeux tel un pantin.

– Mais non ?

– Je t'assure. C'était horrible !

– Merde alors ! Que s'est-il passé ?

– Un accident, un attentat, je ne sais pas, l'enquête est en cours.

– Mais, attends ! Il y a des victimes ?

– Oui… Pas mal, en fait…, expliqua-t-elle en s'asseyant à son tour.

Oscar, réalisant qu'en tant que dentiste du Tout-Paris, il était probable qu'il en connaisse pléthore, reposa sa tasse de café sans l'avoir vidée, sous le choc.

*
* *

Si l'extérieur de la demeure des de Jeansin était typique des récentes constructions imprégnées d'Art nouveau, si le parc qui la cintrait figurait un jeu subtil de tonalités différentes, l'intérieur, de bon goût, mais sans ostentation, n'avait rien des courbes et des arabesques réputées. Le mobilier révélait le classicisme du couple aristocrate. Au premier étage, s'ouvrant sur le parc à l'arrière de la maison, la chambre d'Alice n'était pas sans rappeler celle d'une princesse peuplant les livres d'enfant.

Cette journée n'avait pas été ordinaire, forcément la nuit qui l'accompagnait était à son image : le calme qui régnait sur Paris n'avait rien d'apaisant, il ressemblait à une vengeance.

Alice, agitée, ne parvenait pas à fermer l'œil, malgré l'épuisement. Son petit frère Paul et sa petite sœur Marguerite l'avaient rejointe pour un moment de câlins et de confidences à voix basse.

– Les flammes, elles étaient grosses ? demanda Paul, impressionné.

À dire vrai, Alice écoutait les questions de son petit frère de sept ans d'une oreille peu attentive. Sa cadette, Marguerite, onze ans, se consacrait à son activité favorite : coiffer les longs cheveux blonds de sa sœur aînée, comme s'il s'était agi d'une poupée. Ses gestes doux apaisaient Alice : certes, elle avait survécu à l'incendie du Bazar, mais n'en restait pas moins bouleversée.

– Il ne faut plus y penser, chaton, répondit-elle mécaniquement à son petit frère.

Alice avait parlé les yeux dans le vide. Elle semblait ailleurs. Sa tête était lourde, les flashs de l'incendie assaillaient son esprit. Les flammes d'abord, puis la panique, les chutes, les bousculades, la violence des hommes à l'égard des dames pour passer, coûte que coûte. Alice se rappela que Julien lui tenait la main.

Elle aurait aimé que son esprit se brouille, ne pas se rappeler que Julien s'était ensuite conduit comme un pleutre : il avait lâché sa main lorsqu'elle avait commencé à suffoquer. Elle avait tenté de le retenir, mais il l'avait ignorée et abandonnée. Mais le pire… Le pire était que, dans sa fuite, il n'avait pas hésité à pousser Rose dans les flammes. C'était la dernière image que se rappelait Alice : Rose, hurlant, écrasée par la chute d'une poutre en feu, prise au piège. Ensuite, Alice avait vacillé, évanouie.

Lorsqu'elle avait rouvert les yeux, c'était un bel inconnu qu'elle avait vu. Il la portait au milieu des flammes, l'avait sauvée en la sortant du brasier, puis était retourné dans le feu pour, de nouveau, porter secours. C'était à lui qu'elle pensait. Elle ne parvenait à se souvenir si elle avait eu le temps de lui donner son prénom.

Le visage de son sauveur et celui de Rose l'obsédaient. Les larmes qui envahirent les yeux d'Alice allumèrent son regard d'une teinte ambrée. Elle revit l'image de Julien bousculant son amie dans les flammes… Et comprit soudain que Rose devait être morte.

Une larme coula sur sa joue. Son petit frère lui prit la main.

– Tu as failli mourir ?

Alice retint ses sanglots sans parvenir à répondre.

– Paul, laisse-la tranquille…, dit Marguerite.

La porte s'ouvrit soudain sur Auguste de Jeansin. Il sourit en voyant sa tribu :

– Allez ! Au lit, mes ouistitis… Soyez gentils, votre sœur a besoin de repos.

Immédiatement, Marguerite planta un baiser sur la joue de sa sœur aînée, puis entraîna son petit frère.

Une fois seule avec son père, Alice s'écroula dans ses bras.

– Papa… !

– Ma chérie…

De Jeansin, bouleversé, étreignit Alice. La jeune femme pleura doucement.

– Papa… Rose…

Elle ne parvenait pas à en dire plus, sa voix était hachée par de profonds trémolos.

– Jean est parti fouiller les hôpitaux, assura Auguste, confiant. Il va finir par la retrouver, j'en suis certain.

– Ça ne sert à rien, Papa, parvint-elle à dire en maîtrisant ses larmes.

Alice se dégagea doucement des bras de son père.

– Mais bien sûr que si, insista-t-il. C'est la cohue et la panique partout, il faut garder espoir…

– Rose est morte, parvint à prononcer Alice, la voix lourde de sanglots.

– Comment ça ? blêmit Auguste.

– Julien l'a poussée dans les flammes. Elle est tombée. Elle ne bougeait plus…

Voyant son père livide et grave, Alice fut convaincue qu'il la croyait, c'est pourquoi elle s'effondra.

– Oui, Papa, il l'a tuée…

Abasourdi, Auguste encaissa la nouvelle. Il n'était pas question de mettre en cause Julien, ce futur gendre fortuné, pour un fait aussi grave. Il comprit qu'Alice était troublée.

– Enfin, Alice ! Comment peux-tu… ? Julien est incapable d'une chose pareille, dans la confusion, ton esprit ou tes yeux t'auront joué des tours !

Alice avait maintenant ravalé ses larmes et la colère s'empara d'elle.

– Puisque je te dis que je l'ai vu faire ! Il l'a tuée ! Il faut que tu me croies.

Auguste de Jeansin savait que les femmes étaient de grandes sensibles, il avait appris – d'abord avec sa mère, puis avec son épouse – qu'il ne fallait pas les brusquer. Tout autant que lui, que cette catastrophe avait éprouvé, sa fille, c'était évident, avait besoin de sommeil.

– Tu es en état de choc, Alice. C'est normal, il faut que tu te reposes… Surtout, n'en parle pas à ta mère, elle est très inquiète… On n'a toujours pas retrouvé Adrienne…

Alice eut un profond soupir : mon Dieu ! Sa tante ! Elles s'étaient croisées, bien sûr. Abattue, Alice n'eut pas le courage de demander à son père s'ils avaient des nouvelles de son amie Odette de La Trémoille. Docile et obéissante, elle prit sur elle et n'insista pas.

– Essaie de dormir un peu, ajouta son père avant de quitter sa chambre.

Elle avait envie de rester seule et ne le retint pas. Allongée sur son lit, Alice tenta de réfléchir. Lorsque son regard tomba sur la photo encadrée d'elle et Julien en beau hussard, elle envoya de rage et de dépit le cadre valser à l'autre bout de la pièce.

Elle ne s'était jamais posé beaucoup de questions sur son avenir, tracé et rectiligne. Sa vie s'écoulait, rythmée par les activités de toute jeune bourgeoise qui se respecte. Elle n'avait jamais connu de grands drames ni de vrais malheurs, son monde était feutré et confortable, elle était heureuse, en tout cas pensait l'être.

Cet incendie changeait la donne.

*
* *

Le commissaire et le préfet avaient tous deux un air abattu. Hennion était d'une pâleur spectrale et ses traits accusaient une extrême fatigue. Il était appuyé contre son bureau encombré de photos du Bazar parti en fumée, les bras croisés, et attendait que Leblanc ait terminé de lire le premier rapport d'enquête.

– Mais enfin, c'est évident, Hennion ! éructa soudain Leblanc en se redressant. L'assassinat du Président Carnot, ça ne leur a pas suffi, les salopards ! C'est un coup des anarchistes ! Vous l'avez, votre preuve !

Le préfet pointa la boîte du chapelier.

– Cette bombe n'est pas une preuve, rétorqua Hennion. Regardez…

À l'aide d'un pinceau, le commissaire épousseta cendres et poussières couvrant la dynamite et découvrit une montre reliée au montage explosif.

– Les explosifs ne sont pas éventrés, la plupart des mèches pas consumées, le réveil, là, s'est bloqué. Cette bombe n'a pas explosé, le système ne s'est pas déclenché.

– Et alors ? Il n'y avait peut-être pas qu'une seule bombe ! S'il y en avait une, il y en avait peut-être une deuxième, assura Leblanc, ferme. Peut-être même plus, suggéra-t-il.

Hennion, qui avait appris avec le temps à ne pas s'emballer devant les habituelles suppositions grandiloquentes de son supérieur, resta calme et mesuré.

– Mes hommes ont vérifié avant l'inauguration, aucune bombe.

– La preuve qu'ils n'ont pas bien fait leur travail ! vitupéra le préfet.

– Je ne crois pas. Ces explosifs étaient vraisemblablement planqués dans la seule sculpture monumentale du Bazar. Un Dalou, offert pour la vente par la duchesse elle-même. L'engin explosif a été introduit dans le socle de la sculpture avant son installation rue Jean Goujon et transporté ici, en même temps. Dalou a confirmé que quelqu'un est entré dans son atelier en pleine nuit la veille de la livraison, il n'a rien déclaré à la police, car il n'y a pas eu de vol.

– Qu'est-ce que vous voulez que ça me fasse ? Ils ont posé leur bombe là, au milieu des enfants, de leurs parents et de leurs bonnes, et vous avez besoin d'autres preuves ? !

– La vitesse de propagation du feu le suggère, même si rien n'est certain… C'est une simple hypothèse, ça peut tout à fait être autre chose.

– Ça suffit ! le coupa Leblanc, à cran. Pas besoin de vous préciser qu'on s'impatiente, là-haut ! Ils ont besoin de réponses, et vite !

Il se dirigea vers la sortie.

– Là-haut, ils attendront, réagit le policier, impassible. Il n'est pas question d'accuser les anarchistes sans preuve. Nous ne leur donnerons pas l'occasion qu'ils attendent pour passer à l'acte.

Leblanc se figea.

– Vous commencez à m'emmerder avec vos preuves dont je me fous ! Elles ne vous ont pas suffi, vos années passées dans les colonies pour insoumission ? C'est moi le responsable du maintien de l'ordre dans cette ville ! C'est moi qui dois rendre des comptes aux plus grandes familles de Paris ! Alors dépêchez-vous, trouvez-moi la cause de ce merdier !

Leblanc posa la main sur la poignée de la porte, s'apprêta à ouvrir, mais suspendit son geste sans se retourner pour gronder.

– Balancez-moi des équipes dans tous les hôpitaux ! Faites vérifier immédiatement parmi les blessés s'il y a des anarchistes.

Leblanc s'éloigna dans le couloir, il n'avait même pas pris la peine de fermer la porte.

Hennion fixait les explosifs intacts, les yeux graves.

– 13 –

5 mai 1897, hôpital Beaujon, 4 h 45.
Douze heures et vingt-cinq minutes après l'explosion.

Les soignants couraient dans tous les sens, des grands brûlés étaient assis ou allongés à même le sol tant ils étaient nombreux ; les lits manquaient. En quelques heures, l'hôpital s'était transformé en cour des miracles.

Lorsqu'elle pénétra dans le hall, l'odeur d'éther à laquelle elle n'était pas habituée la saisit à la gorge. Grâce à une constitution physique solide, la baronne de Chapuis et les siens avaient été préservés de l'horrible expérience de l'hôpital, elle avait accouché chez elle, dans la douceur de la soie, c'est pourquoi elle prit sur elle pour ne pas ressembler à une biche aux abois dans ce milieu hostile et se précipita vers l'accueil au mépris de la file d'attente de parents éplorés en quête d'informations.

– Je viens voir ma petite fille ! Je suis Mme de Chapuis.

Elle avait fait au plus vite, mais il avait bien fallu que le cocher prépare la voiture.

La soignante, trop occupée, ne répondit pas.

Le hall se divisait en étoile, proposant aux visiteurs plusieurs couloirs. La baronne ne savait lequel emprunter. Où aller ? La panique allait la submerger lorsque, heureusement, son mari, qui avait reconnu sa voix, déboula en trombe au bout de l'un des couloirs, et la héla :

– Jeanne !

– Oh ! Jacques ! parvint-elle à prononcer malgré l'émotion qui l'étreignait.

Il lui tendait la main, elle l'attrapa et ils disparurent au pas de course.

– Viens, c'est par ici !

*
* *

– Je cherche ma fille...

La soignante ne leva pas le nez de son registre :

– Quel nom, dites-vous ?

– De La Trémoille. Odette de La Trémoille.

– Ah..., dit la soignante en se figeant.

Elle considéra un instant la femme qui se tenait devant elle. Le regard aiguisé malgré quelques rides d'expression, Sidonie Huchon portait une robe noire, sobre, mais de bonne facture à voir la finesse des dentelles. Taillée sur mesure, elle avantageait la silhouette de cette femme gironde que la vie n'avait pas épargnée. Mme Huchon... Ainsi, c'était donc elle, la belle-mère de La Trémoille, cet obsédé sexuel notoire, ce chaud lapin de Paris...

– Vingt-trois ans, des cheveux châtains, des yeux bleus..., précisa la Huchon, qui s'impatientait.

– Je sais comment est votre fille, madame. Mais, non, je ne l'ai pas vue.

Puis la soignante fit volte-face et s'éloigna, laissant la Huchon à son désespoir.

Les dortoirs étaient saturés de blessées dont les plaintes se faisaient écho. En outre, obéissant aux ordres du préfet de police, plusieurs condés en uniforme arpentaient les salles. La Huchon se fraya tant bien que mal un passage entre les lits, à l'affût de chaque visage.

Elle dut se pousser lorsqu'une équipe médicale déplaça le lit d'une jeune fille largement brûlée au torse et au bras. Le diagnostic de son bras gauche, notamment, était inquiétant, le feu l'avait brûlé jusqu'aux tendons, pourtant elle demandait à quitter les lieux. Le personnel médical ne pouvait se douter qu'il s'agissait de la jeune terroriste Émeline. Ils insistèrent, arguant que des soins étaient nécessaires, mais l'insolence de sa jeunesse eut raison de leurs inquiétudes. Elle piqua plusieurs doses de morphine, puis s'éclipsa sans demander son reste.

Malgré le brouhaha des soignants, Mme Huchon continuait de scruter chaque blessée. Soudain, elle remarqua deux grands yeux bleus au milieu d'un visage brûlé à vif. Les flammes avaient entièrement détruit le cuir chevelu. La jeune femme geignait, ses mots restaient inaudibles. La Huchon, tétanisée, s'approcha en silence.

– Odette… ? murmura-t-elle, comme si elle craignait de réveiller un mort.

Tout d'abord, la blessée n'eut aucune réaction.

– Odette, ma chérie ? insista la Huchon, bouleversée d'avoir retrouvé sa fille.

– Madame… S'il vous plaît… prononça alors la jeune brûlée aux yeux bleus. Aidez-moi…

Il ne s'agissait pas de la fille de Mme Huchon, mais de Rose, la bonne des de Jeansin, défigurée, méconnaissable.

– Je suis là, ma chérie, ça va aller, continua la Huchon.

C'est alors que son regard tomba sur les mains de la jeune femme : ni bague Cartier ni alliance de diamants, un simple anneau en or, une modeste chaîne en argent autour du poignet… Les mains d'une bonne !

Dépitée, Mme Huchon s'écarta.

– Prévenez mon mari que je suis vivante…, supplia Rose, incapable de se rendre compte qu'il était impossible de la reconnaître. Il s'appelle Jean… Je vous en supplie…

La Huchon, emportée par sa quête familiale, ignora les supplications de la bonne des de Jeansin et s'éclipsa. Elle avait suffisamment à faire avec son propre malheur et continua d'arpenter l'hôpital.

Au deuxième étage, elle avisa la blouse blanche du Dr Malo, la mine concentrée sur une blessée.

– Docteur Malo ! Je cherche Odette ! dit-elle en se précipitant vers lui.

Le médecin leva la tête et reconnut Sidonie Huchon. Il lui avait diagnostiqué une dégradation pulmonaire brutale sept mois auparavant. Le problème était que le mal s'était aggravé : depuis cinq semaines, la dame toussait encore plus et crachait du sang. Pas bon signe. En revanche, égaré par la fatigue et le nombre de malades à gérer, il ne voyait pas de quelle Odette parlait Mme Huchon.

– Ma fille, docteur. Odette de La Trémoille. Elle était au Bazar…

Le Dr Malo prit le temps de réfléchir tout en terminant d'ausculter la blessée allongée. Il n'eut pas le temps de répondre à la Huchon qu'il n'avait pas vu sa fille parmi les blessées qu'il avait auscultées, que Marc-Antoine de Lenverpré s'imposa. L'homme, d'habitude maître de ses émotions, semblait fébrile et mal à l'aise au milieu des malades. Il ne prit même pas la peine de saluer Sidonie Huchon.

– Moi, c'est ma femme que je cherche, docteur… Adrienne de Lenverpré.

Il présenta une photo de son épouse.

– Un visage comme le sien, on ne l'oublie pas…

Le Dr Malo jeta un œil à l'image, puis déclara, le visage grave :

– Je ne sais pas. Allez voir à la morgue.

– Comment cela, à la morgue ? s'énerva le député. Ma femme n'est pas morte !

De Lenverpré, refusant d'en écouter plus, haussa les épaules en s'éloignant vers la sortie. D'un pas nerveux, le regard baissé sur ses pensées, il manqua de percuter une soignante, laquelle arrivait en courant :

– Docteur Malo ! Vite ! C'est la petite Pauline, son pouls est à 112 !

Le docteur Malo prit le temps de dire à Mme Huchon, tout en s'éloignant au pas de course :

– Je suis désolée, madame… Je n'ai pas vu votre fille.

Sidonie Huchon prit sur elle pour demander à une sœur infirmière, en train de vérifier la perfusion d'une blessée :

– Ma sœur… Excusez-moi… Où se trouve votre morgue ?

La bonne sœur qui s'affairait avait un teint aussi pâle qu'une morte, pourtant elle ne l'était pas.

– Deuxième sous-sol, indiqua-t-elle, concentrée sur sa manipulation.

Comme si c'était une manie, presque une marque de gratitude, Mme Huchon ne prit même pas le temps de remercier la secouriste et fonça vers les escaliers. N'ayant aucune confiance en la mécanique des monte-charges, elle préférait user ses bottines.

*
* *

L'hôpital grouillait de drames qui ne demandaient qu'à voler en éclats. Le service pédiatrique n'était pas en reste. La baronne et le baron de Chapuis se soutenaient, faisant les cent pas devant la porte fermée d'une chambre. Derrière eux, les parents de la baronne trônaient sur un banc. Le vieux monsieur lisait *Le Figaro*, son épouse se tournait les pouces. Plus loin, Aglaé, seize ans, la fille aînée des Chapuis, était prostrée. Du coin de l'œil, elle observait sa mère.

– Le médecin a préféré l'hospitaliser, ça va aller, expliqua Jacques de Chapuis à son épouse Jeanne, bouleversée.

– Il n'a rien dit de tout ça, l'interrompit la mère de Jeanne.

La mère de la baronne se gardait bien de faire un esclandre, cependant elle était indignée que sa fille soit restée introuvable toutes ces heures. Elle avait découché, c'était évident.

– Il a dit qu'elle devait être allongée, les pompiers l'ont emmenée chez vous, mais tu n'étais pas là. Alors ils l'ont amenée ici.

– Maman ! Maman, mais tu étais où ? insista l'adolescente en larmes.

La porte de la chambre fermée devant laquelle ils attendaient s'ouvrit brusquement, le Dr Malo en sortit et les salua, invitant les parents à entrer. La baronne de Chapuis profita de l'aubaine pour éluder les sous-entendus de sa mère et la question de sa fille aînée.

– Ne t'inquiète pas, lui dit-elle en l'embrassant sur le front. Ça va aller, ma chérie. Elle se remettra vite.

En entrant dans la chambre d'hôpital dans laquelle Pauline était plongée dans un profond sommeil, la baronne se rendit compte qu'elle avait parlé comme pour se convaincre elle-même.

*
* *

Prises au piège dans leurs toilettes bouffantes, engoncées dans leurs corsets et jupons, les femmes s'avéraient majoritaires parmi les victimes et les blessés. Un bruit courait dans la capitale, commençant à se répandre comme la lèpre :

à l'exception de quelques ouvriers et valets, les hommes, notamment ceux de la haute, avaient tous détalé sans prêter secours aux enfants ou aux dames. Pire : afin d'échapper au brasier, ils n'avaient pas hésité à les piétiner, voire leur passer dessus à coups de canne. Plusieurs victimes seraient mortes étouffées et non brûlées. Pour la plupart méfiantes et sur la réserve, certaines langues se déliaient pourtant. Lucile avait le talent de les repérer et les écouter.

Contrairement à son collègue et grand frère de cœur Hugues, elle ne chassait pas le scoop, mais matière à un article qui permettrait un angle sociétal incitant à la réflexion. Elle prenait le temps de trouver le « héros » du jour, ce « jeune monsieur très gentil » qui, en tête brûlée – sans mauvais jeu de mots –, avait risqué sa vie pour en sortir plus d'une du piège de feu. Lucile souhaitait proposer à Séverine, sa rédactrice en chef, un portrait croisé de cet homme et de celles qu'il avait sauvées. Pour l'heure, si le jeune sauveur était dans beaucoup de mémoires, il restait introuvable. Il fallait espérer qu'il n'ait pas péri.

Afin de se mêler aux hommes, d'apprécier leurs points de vue – toujours cet amour des contre-allées plutôt que des grands axes – et grâce à sa tenue de pompier, Lucile avait réussi à se faufiler dans l'aile de l'hôpital réservée aux messieurs. Elle constata qu'en effet, parmi les blessés, seuls des hommes à l'allure modeste – ouvriers, palefreniers, cochers et laquais en livrée – se reposaient ou attendaient d'être soignés. Pour le coup, ici, on avait respecté la règle « les femmes et les enfants d'abord ».

Lucile scruta l'assemblée fatiguée et somnolente, tentant de reconnaître le « monsieur très gentil » dont la témérité avait marqué celles qu'il avait sauvées. Une dame avait accepté de lui décrire l'inconnu, jeune, mais Lucile ne reconnut personne qui ressemblait à son signalement.

Elle repéra un petit groupe de rescapés du Bazar en train de jouer aux cartes et s'approcha d'eux. Après de brèves et discrètes présentations, les bonshommes s'exprimèrent, outrés.

– J'ai tout vu, commença le plus vieux. J'ai vu les pompiers arriver, j'ai vu le feu, dès qu'ils ont été là, le feu a été éteint. Mais le mal était déjà fait, les gens brûlés…

– Le cinéma était en contrebas, construit sur un plancher qui s'est effondré dès que l'incendie s'est déclaré, ce qui fait que les gens ne pouvaient même pas atteindre la porte pour en sortir.

– J'en ai vu assommer à coups de canne de pauvres femmes. Avant de leur marcher dessus…

– Et alors, les secouristes sont arrivés à faire une brèche dans le mur et c'est comme ça qu'il y a eu des gens de sauvés.

Soudain, les hommes se turent, avisant l'irruption de cinq policiers en uniforme. Les types n'avaient pas l'air commode, obéissant à l'ordre de mettre la main sur le ou les éventuels anarchistes planqués parmi les blessés.

C'est alors que Lucile observa, au fond du dortoir, un blessé qui, à la vue des condés, enfilait ses souliers sans bruit. Elle nota qu'il avait un air juvénile, était blessé au visage, au torse et aux mains. Surtout, il correspondait en tout point aux descriptions du sauveur de ces dames.

– Ils ont fui comme des pétochards…, ressassa le plus vieil homme blessé. Jamais rien vu de pareil… Les salauds ! Écrivez-le dans votre article ! demanda-t-il à Lucile.

Lucile opina du chef en silence, suivant du regard le jeune homme. Apparemment, le héros, en train de se carapater discrètement, fuyait la police.

*
*   *

Alice de Jeansin avançait dans la cour pavée de l'hôpital Beaujon, slalomant comme elle pouvait au milieu des soignants. Ces derniers se pressaient, amenant toujours plus de femmes blessées sur des brancards. Alice réalisait sa chance inouïe d'être indemne. Cela, elle le devait au bel inconnu qui l'avait sauvée des flammes et non à Julien, avec lequel elle devait se fiancer dans quelques jours. Elle ne pouvait s'empêcher de ressasser l'idée que Julien avait tué Rose. Elle était tiraillée, incapable d'en parler à Jean, leur cocher et mari de la disparue.

Lorsque ce dernier avait annoncé, après une nuit à chercher sa femme dans tous les hôpitaux de Paris, qu'il se rendait à la morgue, Alice avait souhaité l'accompagner. Rose était sa bonne, mais surtout sa confidente. Sa mère avait bien tenté de l'en dissuader – « Ça va être un choc, ce n'est pas un endroit pour toi ! » –, elle n'avait pas cédé.

– Je préférerais que vous m'attendiez ici, mademoiselle Alice, dit soudain Jean, alors qu'ils se trouvaient devant la porte d'entrée du bâtiment. La morgue, c'est pas un endroit pour vous, assura-t-il.

– Laissez-moi vous accompagner !

Elle n'était pas en porcelaine et commençait à en avoir assez d'être traitée comme telle. Jean, pétri de tristesse et de sévérité, enleva son couvre-chef et fixa sa jeune patronne.

– J'insiste, mademoiselle, asséna-t-il en triturant sa casquette. Et puis… Je préfère être seul…

Alice s'arrêta net, comprenant que Jean avait raison. Elle se devait de lui laisser son intimité pour ces retrouvailles dramatiques.

Dans la cour se poursuivait un ballet perpétuel et chaotique de médecins, d'infirmières et d'ambulances qui déposaient de nouveaux blessés. Alice, mal à l'aise et démunie, scruta le ciel comme on implore un dieu.

*
* *

Au deuxième sous-sol, Mme Huchon n'y voyait goutte. Le couloir menant à la morgue était plongé dans l'obscurité. Elle avança à tâtons :

– … Il y a quelqu'un ?

– Qu'est-ce que vous voulez ? La morgue est fermée.

– Je cherche ma fille. Odette de La Trémoille.

– On n'a pas rentré de femme, tantôt.

– C'est impossible ! J'arrive du Bazar, on m'a dit de venir ici.

– Ah ! Si c'est le Bazar, c'est pas chez nous, c'est la morgue improvisée au Palais de l'industrie.

– Mais pourquoi on ne m'a rien dit !

– Parce que personne ne sait plus où donner de la tête dans des cas comme ceux-là, pardi.

*
* *

Dans la cour de l'hôpital, Alice, assise sur un banc, observait le ballet des médecins et chirurgiens qui allaient et venaient. Elle percevait des échanges auxquels elle ne comprenait rien – le charabia scientifique et médical lui était parfaitement étranger. Tous semblaient épuisés et arboraient la même mine d'une gravité déconcertante.

Soudain, son regard fut attiré par la silhouette d'un jeune homme. Reconnaissant celui qui l'avait sortie du brasier incandescent, elle se figea.

– Monsieur… ?

Leurs yeux se rencontrèrent, il s'arrêta, subjugué et ravi de la voir.

– Vous êtes vivante !

Elle se précipita vers lui, refrénant l'élan profond qu'elle ressentait de se jeter dans les bras de son sauveur.

– Vos blessures ? demanda-t-elle. Comment allez-vous ?

– Ça va, ça va. Mais vous ?

À l'affût, Victor scrutait alentour afin de vérifier qu'aucun policier n'était dans les parages. Il s'arrêta de parler. Il venait de repérer un groupe de flics en uniforme. Ils avançaient vers eux, tirant un homme entravé malgré ses brûlures.

– Fouillez tout le bâtiment, ordonna celui qui semblait diriger ses collègues.

Sans réfléchir, Victor plaqua Alice contre le mur et l'étreignit, ce qui fit que, lorsque les policiers les dépassèrent, ils ne purent voir le visage du jeune homme, blotti contre Alice.

– Qu'est-ce que vous faites ?

La jeune fille, bouleversée par ce contact physique, était écarlate.

– Rien du tout, assura Victor, un brin espiègle.

Elle n'était pas dupe et avait bien compris le manège de son sauveur, sa réaction lorsqu'il avait aperçu les condés.

– Vous fuyez la police ? questionna-t-elle alors qu'il desserrait son étreinte.

– Pas du tout, répondit Victor dans un sourire charmeur. Mais je dois y aller, ajouta-t-il en la dévorant des yeux. Vous venez avec moi ?

Alice se sentit frissonner et, incapable de parler, fit non de la tête.

– Je ne peux pas..., parvint-elle à articuler. Je dois attendre un ami...

– Je comprends... À bientôt j'espère...

Elle le regarda s'enfuir sans parvenir à se résoudre de ne plus jamais revoir ce beau gosse insolent.

– Tous les matins, je fais du cheval au bois de Boulogne ! cria-t-elle soudain dans sa direction. À la plaine des Hêtres ! précisa-t-elle, haussant encore la voix.

Elle n'en revint pas de lui avoir confié ce lieu qu'elle aimait arpenter seule.

– J'y serai ! répondit-il avant de disparaître dans Paris.

Dans le sens opposé de Victor, des policiers arrivaient en courant pour grimper aux étages. Alice leur envoya un sourire, ils la saluèrent poliment en passant devant elle.

*
* *

La petite Pauline de Chapuis, brûlée aux deux jambes et aux cheveux, était enrubannée de bandelettes.

La baronne de Chapuis contenait mal son inquiétude tant sa fille chérie ressemblait à une momie. Elle semblait endormie, ses joues étaient brûlantes. La baronne lui caressait le front avec une infinie douceur et l'embrassait tandis que le Dr Malo expliquait ce qui s'était passé.

– C'est impressionnant, mais ce qui m'inquiète, c'est cette poussée de fièvre.

La fillette, sous les caresses de sa mère, entrouvrit les yeux avec difficulté. Ce simple clignement lui coûta, son énergie semblait au point mort, c'est pourquoi l'infirmière se pencha sur elle pour l'encourager :

– Regarde, ta maman est là…

– Oui ma chérie, je suis là…

La baronne avait du mal à contenir un sanglot.

Reconnaissant sa mère, la fillette, rassurée, esquissa un sourire de bonheur. Ses joues en feu rappelaient les couleurs de l'incendie, elle replongea dans un état cotonneux.

– Ce qui m'inquiète également, ce sont les cloques qui s'infectent…, continua le médecin, concentré et soucieux. Il lui faut une transfusion au plus vite.

*
* *

Le Palais de l'industrie était plongé dans l'obscurité, les techniciens s'évertuaient à installer l'électricité, mais rien ne fonctionnait, c'est pourquoi les familles qui attendaient d'entrer pour identifier l'un des leurs avaient été priées de patienter à l'extérieur. Sidonie Huchon, déterminée, remarqua une porte dérobée par laquelle s'engouffrait un ouvrier. Mine de rien, elle profita de l'occasion et se glissa à sa suite.

Plongée dans la pénombre, la morgue improvisée faisait froid dans le dos. Mme Huchon frémit et, prenant son courage à deux mains, souleva un premier drap. Elle retint un cri et un haut-le-cœur : le cadavre était totalement carbonisé, les traits méconnaissables, les chairs à vif. Même les bijoux dont la dame s'était parée pour se rendre au Bazar étaient noircis, son collier en partie fondu. Odette était allergique aux tours de cou, ce n'était pas elle.

Après avoir arpenté la première rangée de gisants, la Huchon entama la suivante. Écartant un énième tissu, elle se figea un long moment, reconnaissant sa fille. Bouleversée, elle défaillit.

– Odette…, murmura-t-elle. Ma petite fille…

Elle tomba à genoux, pleura longtemps en silence. Après lui avoir pris son mari pendant la guerre franco-prussienne, cette fois la faucheuse lui volait Odette. Elle pleura encore en pensant à Thomas, le fils de sa fille et de son gendre, cet incapable. Alors, elle se ressaisit et sécha ses larmes. Il y avait cette maladie en train de l'emporter dans un tourbillon de toux et de sang, elle aussi n'allait plus tarder à mourir. Auparavant, elle se devait de protéger son petit-fils. Alors, prenant la main d'Odette dans la sienne, elle retira discrètement les bijoux de sa fille. Le feu les avait noircis, cependant ils n'avaient pas fondu. Elle glissa l'alliance de pierres précieuses et la superbe monture Cartier dans sa pochette. Jamais son gendre n'hériterait de sa fortune.

Ensuite, elle retourna à l'hôpital Beaujon. Il y avait cette bonne, rescapée du Bazar et défigurée qu'elle avait croisée tout à l'heure. La jeune femme avait les mêmes yeux qu'Odette… Elle dormait, assommée par la morphine que l'infirmière venait de lui injecter. Sidonie Huchon assura qu'elle était sa mère et demanda à parler au Dr Malo.

– Il est débordé, mais si vous voulez l'attendre…

La soignante lui présenta une chaise à côté du lit et quitta la salle. Enfin seule, la Huchon retira le modeste anneau à l'annulaire de la bonne endormie, enfila la riche alliance de sa fille à la place, n'oublia pas de lui retirer la discrète chaîne en argent qui enroulait son poignet, puis veilla cette jeune femme qu'elle ne connaissait pas et qui, par le hasard de cette catastrophe, allait remplacer sa fille.

– Madame Huchon…

Elle avait piqué du nez et s'était assoupie trois minutes, l'infirmière lui secouait doucement l'épaule pour la réveiller. Elle reconnut le Dr Malo lorsqu'elle ouvrit les paupières. Ce dernier terminait d'ausculter la blessée dans le lit à côté de la Huchon. *Son* Odette… Toujours évanouie.

– Votre fille est sous morphine à cause de la douleur. Mais ça va aller.

– Ses blessures au visage, c'est grave ?

– Oui, assez. Mais elle va s'en remettre.

– Elle va rester défigurée ?

– Il y a de fortes chances, je suis vraiment désolé…

La Huchon, la mine grave, réfléchit un bref instant.

– Je veux ramener ma fille chez moi, annonça-t-elle soudain.

– C'est un peu tôt, tempéra le Dr Malo. Elle a besoin de soins…

– Je paierai une infirmière. Ma fille sera mieux à la maison, croyez-moi.

Ils avaient besoin de lits, il était épuisé et incapable de s'opposer, c'est pourquoi le médecin acquiesça et tendit le bon de sortie à Mme Huchon :

– Comme vous voulez. Je vous appelle des brancardiers.

Deux minutes plus tard, Rose, inconsciente et devenue Odette de La Trémoille, quittait la salle de l'hôpital. Jean ne la vit pas. La mine déconfite, il retardait le moment de descendre à la morgue, cherchant encore sa femme dans les étages, vivante, parmi les blessées. Ignorant que le sort était parfois d'une ironie douteuse, il entra, l'espérance chevillée au corps, dans le dortoir que Rose – devenue Odette – venait de quitter.

La Huchon fit un détour au Palais de l'industrie, se faufila jusqu'au cadavre de sa *vraie* fille, attacha le bracelet dérobé à la bonne qui désormais remplacerait la mère de son petit-fils. C'était pour lui qu'elle avait cédé à cette mise en scène.

Alors, la Huchon s'agenouilla aux côtés de son enfant et lui fit ses adieux.

– Pardon, ma chérie. Pardon…

– 14 –

5 mai 1897, 5 h 20.
Treize heures après l'explosion.

Il avait bien fallu que Jean se rende à l'évidence.

Après avoir espéré une dernière fois qu'il trouverait Rose parmi les rescapées à Beaujon, il s'était aventuré à la morgue de l'hôpital où le gardien, pas très aimable, l'avait envoyé au Palais de l'industrie.

Il ne pensait pas que Mlle Alice l'aurait attendu. Pourtant, elle était toujours dans la cour de l'hôpital lorsqu'il en sortit. Elle tint à l'accompagner à la morgue improvisée du Palais, l'attendit dehors.

Il ne fallut pas longtemps à Jean pour revenir. Alice comprit immédiatement qu'il avait trouvé la dépouille de Rose en remarquant son regard hagard, les yeux brouillés par le chagrin, surtout le fin bracelet qu'il tenait dans la main.

Cette chaîne en argent qu'il avait récemment offerte à son épouse et qu'elle ne quittait pas.

*
* *

Le commissaire Hennion avala son troisième café. Il avait réussi à dormir vingt minutes, assis dans son fauteuil, un sommeil certes réparateur, mais insignifiant. Pressentant que les prochaines heures ne seraient d'aucun repos, il alluma une cigarette et reprit son analyse des plans du Bazar étalés sur son bureau.

Sans prendre la peine de s'annoncer, le préfet Maurice Leblanc fit irruption, talonné par M. de Lenverpré. Hennion leva la tête et, les voyant, se demanda comment les deux hommes, tirés à quatre épingles, rasés de frais, parvenaient à rester aussi dignes dans l'adversité.

Leblanc balança une fiche anthropométrique barrée de la mention « Anarchiste » sur le bureau du policier. La photographie était celle de Victor Minville.

– Cet anarchiste était à l'hôpital parmi les blessés. Il aurait été embauché aux cuisines de l'hôtel du Palais, un mois avant l'ouverture du Bazar.

Hennion fixait le portrait sans broncher.

– Un anarchiste qui veut travailler à l'hôtel du Palais, juste derrière le Bazar, vous ne trouvez pas ça suspect ? insista Leblanc.

– C'est lui le terroriste, assura de Lenverpré. C'est lui qui a posé cette foutue bombe…

Hennion, surpris, s'enfonça dans son fauteuil.

– À l'heure qu'il est, on ne sait pas si c'est une bombe, expliqua-t-il.

De Lenverpré lui renvoya un sourire sarcastique.

– En tout cas, les services de police ont l'air plus efficaces que les vôtres, monsieur Hennion…

Tentant de masquer son agacement, Hennion se détourna.

– Rappelez-moi combien de personnes ont péri dans cet incendie ? insista de Lenverpré, de plus en plus caustique.

– Les chiffres sont encore provisoires, tempéra le commissaire, pragmatique. Une centaine, apparemment.

– Plus d'une centaine ! lui rappela de Lenverpré. Les hôpitaux sont saturés, c'est le bordel pour localiser les blessés. Ma femme a disparu dans cet incendie ! annonça le député, le regard noir.

Hennion encaissa la nouvelle. Il fallait espérer que l'épouse du député soit finalement localisée parmi les rescapés, sinon le député était capable d'exiger une minute de silence rien que pour elle. Ce type était capable de tout pour flatter son ego, Hennion le savait. Il s'abstint pourtant de tout commentaire.

– Retrouvez cet homme ! vitupéra de Lenverpré. Et vite !

– Bien, monsieur, répondit le policier avec un calme qui le surprit lui-même.

Lorsque de Lenverpré et Leblanc quittèrent son bureau, le commissaire se fit la réflexion que, décidément, dans les cages d'un cirque, tous les animaux sont calmes.

*
* *

Une pluie fraîche avait rincé la terre de sa poussière, mais les rayons du soleil étaient revenus frapper sans merci les pentes de Belleville que grimpait le funiculaire. Coups de marteaux furieux des ouvriers qui érigeaient des échafaudages, roulement des chariots sur les pavés, vociférations, sifflements, le tout résonnant en une cacophonie dans ces ruelles étroites et tortueuses : on était loin du calme des beaux quartiers. Victor, bras en écharpe, sauta du tramway juste avant l'église Saint-Jean-Baptiste, emprunta une ruelle adjacente dans laquelle grouillaient vignerons et artisans.

Il se faufila jusqu'au Boucan, une salle de cabaret dont il poussa la porte. À l'intérieur, la gargote aux allures de caveau était pleine d'une activité fébrile et bruyante. Un orchestre jouait de la musique légère, quelques clients étaient vautrés sur les banquettes de velours rouge. Victor traversa la petite salle pour rejoindre les escaliers et grimper à l'étage. Derrière le comptoir du bar, le patron du bouge le salua d'un signe de tête. Félicien Janvier avait cinquante ans, une belle tête charismatique et beaucoup d'affection pour Victor, c'est pourquoi il sembla soulagé de le voir en vie, malgré ses blessures.

Au premier, Victor pénétra dans une salle enfumée. Il scruta la pièce, repéra près de la fenêtre quatre jeunes ouvriers attablés, en pleine conversation avec deux jeunes filles, dont Émeline, le bras enrubanné d'une épaisse couche de bandelettes, paralysé dans une écharpe. Des anarchistes. Ils étaient, évidemment, en train de parler de l'incendie du Bazar. Émeline, convaincue que la bombe qu'elle avait posée était à l'origine du massacre, feignait de ne pas le savoir. Lorsque Victor se planta devant l'un d'eux – Octave, vingt-cinq ans, physique rebelle –, le groupe se tut.

– Alors, ça y est ? demanda Victor, agressif. Tu es content, tu l'as fait péter ta putain de bombe !

Octave, provocant, souffla la fumée de sa cigarette dans le visage de Victor afin de l'importuner. Ce dernier esquiva, mais ne baissa pas les yeux pour autant.

– On prend le fric et on se barre, c'était le plan qui était prévu ! continua Victor. Qu'est-ce que tu ne comprends pas là-dedans ? On n'est pas des terroristes !

– Des centaines d'aristos viennent de crever comme des chiens, pour moi c'est tout ce qui compte. Alors tes scrupules…

Victor, furieux, attrapa Octave par le col et le colla au mur.

– Aucune de ces femmes ne méritait de mourir comme ça !

– Je n'en ai rien à foutre, moi ! éructa Octave en le repoussant violemment. Comme ces pleins aux as n'en ont rien à foutre de la gueule du peuple !

Victor, consterné, lui jeta un regard méprisant. Octave le toisait.

– Tu vois, cette bombe, ajouta-t-il avec morgue, ce n'est pas moi qui l'ai posée. Mais j'aurais bien aimé.

Le patron du cabaret, et père d'Octave, fit irruption.

– Victor, il y a des flics partout ! cria-t-il. Qu'est-ce qui t'a pris de te faire remarquer au Bazar ! Tu as attiré la flicaille sur nous et tu nous les amènes en plus.

– Monsieur a joué les héros de ces putains de bourgeoises, se moqua Octave en faisant signe à ses camarades de partir.

– Connard…, dit Victor entre ses dents, tandis qu'ils se dispersaient comme une volée d'étourneaux.

*
* *

Hennion était sur les nerfs. La duchesse d'Alençon n'avait toujours pas été formellement reconnue. Il restait encore une cinquantaine de cadavres non identifiés, trop calcinés pour l'être, il fallait espérer qu'un légiste finirait par les faire parler et parviendrait à établir ce fichu procès-verbal attestant formellement de l'identité de la sœur de l'impératrice : en Autriche on s'impatientait, la pression que Leblanc maintenait sur Hennion à ce sujet empêchait le policier de rester concentré sur l'enquête en elle-même. Cela le contrariait.

Il attendait les résultats des analyses des décombres afin de vérifier si on avait pu déceler les restes d'une autre bombe. Cela avaliserait la thèse d'un attentat terroriste. Si une nouvelle vague d'explosions se préparait dans la capitale, et ce malgré toutes les surveillances policières qu'il avait initiées, le commissaire devait être le premier informé. Cependant, étant donné les centaines de tonnes de débris et de cendres que les pompiers avaient récoltées, Hennion allait devoir prendre son mal en patience pour une lecture claire de la situation.

Un détail le turlupinait : selon les premiers témoignages récoltés, le feu se serait déclaré près de l'entrée du Bazar, à proximité du cinématographe. Or, le projectionniste avait disparu dans l'incendie, anéantissant la chance d'obtenir son témoignage.

Soucieux, il pénétra dans le Boucan. Le cabaret ne lui était pas étranger, il salua familièrement Janvier et grimpa directement à l'étage. Il n'eut pas une seconde d'hésitation et ouvrit la porte de la salle dans laquelle Victor se trouvait.

– Qu'est-ce que tu foutais au Bazar ? !

– Je bossais, c'est mal ?

– J'en étais sûr que tu allais avoir les flics sur le dos ! Tu ne pouvais pas rester discret pour une fois !

– Hé ! Ho ! C'est pas moi qui l'ai posée, ta bombe ! Je suis allé dans le feu, j'ai même risqué ma vie pour sauver ces bonnes femmes, et c'est pas leurs bonshommes qui pourront dire pareil !

Hennion se retint de lui dire que c'était bien là le problème : tout Paris ne parlait que de son exploit, il n'avait pas hésité à retourner plus de vingt fois dans les flammes pour sauver dames et enfants.

– Ces bonnes femmes, comme tu dis, tu as leur nom ? Elles pourraient témoigner en ta faveur, ça effacerait les doutes.

– Non, je ne les connais pas.

– Tu ne les connais pas, tête de mule ! Réfléchis bien, sinon c'est la guillotine.

– J'en sais rien, je te dis… Tu crois que j'ai eu le temps de faire les présentations !

– Reste bien planqué ici, Victor. Tu es recherché, alors ne la ramène pas, compris ? conclut le policier en quittant les lieux.

– Je fais ce que je veux, hurla Victor alors que la porte se refermait. J'ai rien à me reprocher !

En arrivant à son bureau, un télégramme de Krebs informa Hennion que la femme de chambre de la duchesse d'Alençon avait reconnu une paire de bottines semblables à celles de sa maîtresse. La BSPP vérifiait que la pointure des souliers correspondait. Le commissaire accéléra le pas avec le sentiment que l'expression « trouver chaussure à son pied » avait été inventée pour l'occasion.

*
* *

Dans l'obscurité d'une chambre à la décoration surchargée, l'infirmière préposée à la vérification des bandages sur le visage d'Odette de La Trémoille – Rose, en vérité – était concentrée sur sa patiente, endormie. Exception faite des yeux de la jeune blessée, les pansements couvraient son visage entier, la rendant méconnaissable. La supercherie de Mme Huchon fonctionnait, on n'y voyait, c'était le cas de le dire, que du feu.

– Pour la morphine, quelles sont les doses ? questionna Sidonie Huchon, sans rater un geste de la soignante.

– Dès qu'elle souffre, vous lui en donnez. Mais ne dépassez pas trente gouttes par jour.

– Sinon ?

– Sinon… Elle risque de mourir.

L'infirmière sortit cinq flacons de morphine de son sac de soins, les tendit à la Huchon, laquelle les rangea soigneusement dans le tiroir de la table de chevet.

– Le chemin de la guérison sera long, mais votre fille a eu beaucoup de chance…, compatit l'infirmière en se signant.

Mme Huchon raccompagnait l'infirmière lorsque des hurlements d'enfant retentirent. Thomas, le fils d'Odette, rescapé de l'incendie, ne trouvait plus le sommeil, ses nuits étaient peuplées de cauchemars. La Huchon abrégea les politesses et se précipita dans la chambre de son petit-fils. Le garçonnet, en nage, se jeta dans les bras de sa grand-mère.

– Mamie ! Mamie ! Il y a des monstres tout noirs sur mon lit et dans mon armoire, affirma Thomas.

– Non, mon chéri, ce n'est pas possible… Tu as juste fait un mauvais rêve, mon ange.

– Je peux aller voir maman ?

– Bientôt. Quand elle ira mieux. D'accord ?

– Tu promets ?

– Je te le promets. Viens, on chasse tous ces monstres qui n'existent pas…

L'enfant se blottit contre sa grand-mère.

Lorsque Thomas tomba enfin dans les bras de Morphée, Mme Huchon informa le majordome de ses décisions.

– Jacques ? Demandez à Thérèse qu'elle passe la nuit dans la chambre de Thomas. Qu'elle me prévienne dès qu'il se met à pleurer.

– Pauvre enfant…, s'émut le majordome.

– Et envoyez un télégramme à mon gendre.

Le majordome s'inclina.

– Dites-lui qu'Odette a été grièvement brûlée au visage, mais que ses jours ne sont pas en danger et que Thomas va bien. Comme ça, on aura la paix.

– Je m'en occupe, madame. Monsieur devra écourter son voyage en Russie pour accourir au chevet de sa femme ?

Sans relever cette question, la Huchon partit vérifier que « sa » fille dormait et restait paisible. La morphine était efficace, la jeune femme ne souffrait pas.

À peine eut-elle fermé la porte que Rose ouvrit doucement les yeux. La morphine la maintenait dans un état ouateux, pourtant, peu à peu, l'image se fit plus nette autour d'elle.

Reconnaissant un portrait d'Odette face à elle, la rescapée fut submergée par les souvenirs de ses dernières heures… Julien, le fiancé d'Alice, l'avait poussée dans les flammes pour sauver sa peau. Elle se força à fouiller son esprit embrumé et se souvint s'être réveillée à l'hôpital, se rappela que Mme Huchon l'avait confondue avec sa fille. Elle pensa à Jean : il devait s'inquiéter, elle devait le prévenir au plus tôt.

Elle parvint, non sans peine, à dégager les couvertures bordées, puis se leva. Elle chancelait, atteignit finalement la porte. Elle tenta de l'ouvrir et découvrit qu'elle était fermée à double tour. Comprenant qu'elle était retenue prisonnière, elle se laissa choir sur le parquet.

– J'ai soif, j'ai soif…, supplia-t-elle. S'il vous plaît… Il y a quelqu'un ?

Elle éclata en sanglots, prise de spasmes lancinants : ses blessures se rappelaient à elle.

De l'autre côté de la porte, Thomas, réveillé par le bruit, regardait par le trou de la serrure. Sidonie Huchon arrivait.

– Thomas, rentre dans ta chambre s'il te plaît !

– Pourquoi tu enfermes maman à clé ?

– C'est pour la protéger, mon chéri.

– La protéger des monstres du feu ?

– Mais non, ça n'existe pas les monstres du feu, répondit-elle en lui prenant la main.

– Dis, Mamie, c'est quoi les gros pansements ? questionna Thomas en suivant sa grand-mère jusqu'à sa chambre.

– C'est parce qu'elle a été blessée, ne t'inquiète pas, ça va aller mieux.

– C'est grave ? insista le petit garçon, inquiet.

– Mais non, pas du tout, assura Sidonie Huchon pour couper court. Allez, viens te recoucher, mon poussin !

Dans la chambre d'Odette, Rose, ébahie, avait perçu l'échange. Sa gorge la brûlait, parler lui coûtait, elle n'y parvenait pas, se sentait déshydratée.

– Je ne suis pas Odette, parvint-elle à prononcer, impuissante et inaudible.

Repérant un verre d'eau posé sur sa table de chevet, elle parvint à s'en emparer. Elle l'avala avec précaution. *Je ne suis pas Odette*, murmura-t-elle en se recouchant. Elle sombra de nouveau dans les ténèbres.

*
* *

Pauline de Chapuis n'était pas morte asphyxiée d'avoir inhalé la fumée de l'enfer. Pourtant, les séquelles des brûlures qui avaient atteint ses chairs restaient sévères : le Dr Malo leur avait tout à l'heure expliqué que l'intensité des flammes qui avait atteint leur fille expliquait le degré de ses brûlures, le stade de sa gangrène. La baronne n'avait pas tout écouté de ce langage scientifique plein de mots et de chiffres auquel elle ne comprenait rien. Elle avait de toute façon compris l'essentiel : sa fille avait survécu, mais restait fragilisée et loin d'être sauvée.

– Sa température descend, son pouls ralentit. Tout rentre dans l'ordre. Elle aurait pu avoir un streptocoque, ce qui lui aurait été fatal, mais elle a bien réagi à la transfusion. Le temps qu'elle se stabilise, nous devons la garder. Je vous suggère de rentrer chez vous et de vous reposer. Vous lui serez plus utile.

– Eh bien… Je vous remercie, docteur, opina Jacques de Chapuis.

– Oui. Merci docteur, confirma Jeanne.

Le Dr Malo les salua chaleureusement.

Les deux époux restèrent un moment à regarder leur fille. Elle dormait d'un sommeil agité, ils se tenaient par la main, soudés par l'inquiétude.

– Jacques…, dit soudain la baronne. Rentre te coucher, moi je préfère rester ici… Je vais demander qu'on m'installe un lit d'appoint.

– D'accord, acquiesça le baron après un instant de réflexion. Fais-moi prévenir au moindre problème.

– Bien entendu.

La baronne ne voulait pas quitter son enfant.

Surtout, elle n'était pas pressée de rentrer ni de retrouver les conflits qui grandissaient avec sa fille aînée, encore moins supporter les remarques désobligeantes et acides de sa mère, insupportable bigote.

Elle évita de se rappeler la virée en bord de mer que son amant lui avait offerte : depuis son retour, l'engrenage de la culpabilité l'avait happée. Elle implora ce Dieu dont elle doutait chaque jour un peu plus afin qu'il épargne sa fille. Pauline n'avait pas mérité son sort. Un tel châtiment aurait dû lui être destiné, à elle.

– 15 –

5 mai 1897, 6 h 40.
Le lendemain, au petit matin.

Jeanne de Chapuis luttait pour ne pas s'assoupir. Plus d'une demi-heure durant, elle veilla sa petite Pauline, lui parlant à voix basse, aidant l'enfant à retrouver sa quiétude.

Assurée que c'était enfin le cas, elle sortit dans le corridor, histoire de se dégourdir les jambes. Il n'y avait plus personne dans les couloirs de l'hôpital, le calme régnait de nouveau : exceptionnellement, des salles avaient été ouvertes et installées sous les combles afin que tous les rescapés de l'incendie soient pris en charge. La baronne était en train de masser sa nuque pour la détendre, lorsque, soudain, une alarme retentit. La loupiote au-dessus de la chambre de Pauline clignota concomitamment. Des soignants déboulèrent, s'agitant, appelant le médecin.

– Vite ! Vite !

– Ça a l'air grave… Je crois que la transfusion a échoué…

Jeanne pressa le pas lorsqu'une seconde sonnerie tonitrua.

– Appelez de l'aide !

– Le Dr Malo ! Où est le Dr Malo ?

Le Dr Malo accourut, en nage.

– Elle frissonne, docteur. Elle est en sueur et elle frissonne.

La baronne entra dans la chambre.

– Docteur Malo… Dites-moi…

Le médecin ignora la baronne et se pencha sur l'enfant.

– Apportez-moi de l'eau, ordonna-t-il à une soignante.

Voyant Pauline inconsciente et secouée de spasmes, la baronne se figea, bouleversée.

– Dites-moi ce qui se passe, docteur…

– C'est sûrement la pustule…, constata le médecin, préoccupé. De l'oxygène, de l'adrénaline et de la glace ! Vite !

– Son pouls s'accélère, Docteur Malo, annonça une infirmière concentrée.

Elle tenait le poignet de l'enfant évanouie, comptant les pulsations.

– Où en est-elle ? s'enquit le médecin qui avait commencé le massage cardiaque.

– À plus de 120.

– Sa température est remontée à 40 °C, s'exclama une seconde infirmière.

Pauline, toujours inconsciente, se mit à grelotter. Jeanne de Chapuis, au pied du lit et au comble de l'impuissance, sanglotait de voir sa fille si démunie. Les soignants s'activaient, le toubib restait concentré sur le massage cardiaque qu'il prodiguait, de plus en plus violent.

– Enlevez les bouillottes ! Et relevez les draps ! exigea-t-il.

Une soignante arriva, les bras chargés d'une cuvette en zinc, d'un stéthoscope et d'un masque à oxygène.

– Pulsation ? questionna le Dr Malo en s'emparant du masque à oxygène.

– 125, docteur.

– Sa fièvre monte encore ! enchaîna la seconde infirmière.

Dans son lit, Pauline fut soudain agitée de puissants soubresauts.

Rien de bon.

Depuis quelques mois, le Dr Malo expérimentait la récente trouvaille de ses confrères britanniques Schafer et Oliver, lesquels avaient obtenu des extraits de glandes surrénales qui accéléraient le rythme cardiaque. La substance était épaisse, pourtant, en l'injectant par piqûre et associée à l'adrénaline contenue dans la substance chimique isolée deux ans auparavant par le physiologiste polonais Cybulski, un ami du Français, elle pouvait s'avérer efficace. Malo, passionné, se tenait informé des découvertes médicales et scientifiques et côtoyait les spécialistes internationaux de toutes les disciplines. Cette communauté était en quelque sorte sa seconde famille, pour ne pas dire son unique.

Or, le cas de la petite Pauline était semblable à celui dont lui avait parlé Cybulski lors d'un colloque. Le massage cardiaque n'avait pas suffi à réanimer un enfant, deux injections d'adrénaline l'avaient sauvé. Le Dr Malo avait décidé de tenter le tout pour le tout avec sa petite patiente et préparé le mélange. Convaincu, il avait même ajouté une dose d'épinéphrine, qu'un autre confrère américain venait d'isoler

– Les seringues sont arrivées ? éructa le toubib dont la mine de plus en plus inquiète n'avait rien de rassurant. Il s'obstina à masser la fillette avec force, l'écrasant presque. L'une de ses côtes craqua, il ralentit.

– Oui, docteur, trois seringues, confirma l'infirmière qui, déjà, remplissait l'ustensile d'un liquide épais.

– Elle atteint 129 !

– Encore de la glace !

– Elle en est à 132, informa l'infirmière qui ne lâchait pas le poignet de la fillette.

Cette dernière se cabra, poussant un geignement qui glaça l'assemblée. Ses joues semblaient crépiter tant elles étaient rougies par la fièvre. Soudain, un souffle aussi léger qu'une plume lui échappa.

– Pauline, je t'en prie ! réagit sa mère.

– Plus aucune pulsation, docteur, murmura l'infirmière.

Jeanne de Chapuis, tétanisée, fut prise de tremblements et de sanglots.

– Pauline ! Reste avec nous, Pauline ! supplia le médecin. L'oxygène, vite ! hurla-t-il à l'attention des soignants. Préparez-la pour la réanimation !

Il couvrit la bouche et le nez de la petite avec le masque, la baronne eut le sentiment que la ventouse avalait le visage de son enfant et elle frémit, incapable de prononcer un seul mot.

– Retournez-la ! ordonna le Dr Malo.

Les soignantes s'exécutèrent et basculèrent Pauline sur le côté.

– Première seringue, docteur, dit l'infirmière en la lui tendant.

Le toubib la saisit et, d'un geste précis, enfonça l'aiguille dans la cuisse de la fillette inerte, puis injecta le mélange.

La baronne avait envie de hurler, d'implorer Pauline, aucun son ne sortait de sa bouche. Heureusement, l'une des soignantes, professionnelle et douce, parla à sa place.

– Mon ange ! Accroche-toi ! Allez ! Allez !

– Le pouls ? Le pouls ? s'enquit le médecin sans quitter des yeux l'enfant qui n'avait toujours pas de réaction.

L'infirmière vérifia, puis hocha la tête de droite à gauche.

– Deuxième seringue, vite ! éructa le Dr Malo en tendant la main à l'infirmière sans la regarder, les yeux rivés sur Pauline, à l'affût du moindre signe de vie.

Une nouvelle fois, il planta l'aiguille d'un geste précis.

Une nouvelle fois, la petite n'eut aucune réaction.

Mme de Chapuis se liquéfia.

– Troisième seringue ! exigea le docteur, obstiné.

– Stop ! implora soudain la baronne.

Les soignants se raidirent, le Dr Malo encaissa la décision de cette mère qui refusait tout acharnement thérapeutique.

Le cerveau de Pauline n'était plus irrigué depuis trop longtemps, les séquelles seraient irréparables et Mme de Chapuis ne le savait que trop bien. Ses parents n'en parlaient jamais, pourtant, avant la naissance de la baronne, ils avaient eu une fille aînée, Hélène. Elle était handicapée, Jeanne ne l'avait rencontrée qu'une fois, le jour de ses vingt et un ans. Née prématurément, les médecins s'étaient acharnés à la réanimer, provoquant des conséquences irrémédiables : Hélène, atteinte d'une atrophie cérébrale irréversible, avait été immédiatement placée dans un centre médical, inaccessible et loin de ses parents. Elle y passa une courte et triste vie avant d'y mourir à vingt-cinq ans.

Jeanne refusait que sa fille devienne handicapée et ressemble à Hélène. Jamais.

En larmes, sans parvenir à prononcer le moindre mot, elle s'approcha de Pauline, lui prit la main qu'elle embrassa avec une tendresse infinie et resta un long moment le visage enfoui contre l'épaule de son enfant.

Elle se ressaisit, il fallait prévenir Jacques, tout avait été si brutal.

Elle se leva sans un mot, quitta la chambre et avança dans le corridor, se tenant au mur. La baronne, hébétée et prostrée, ne cessait de se demander si Pauline avait payé pour son péché à elle. Elle se concentra afin de balayer cette éventualité, mais n'eut pas le temps d'atteindre le téléphone. Elle tomba évanouie.

*
* *

– Julien est venu prendre de tes nouvelles, tu descends ? demanda Mathilde à Alice.

La jeune fille, les yeux rougis, était couchée en chien de fusil sur son lit, fixant le mur.

– Je suis fatiguée, je ne veux voir personne.

– Oh chérie… Après ce qui s'est passé au Bazar, tu ne peux pas le laisser comme ça, viens au moins le rassurer !

– Je ne me sens pas bien, s'obstina Alice. La fumée de l'incendie m'a donné mal à la tête.

– Mais il est bouleversé… Dis-lui au moins que…

– Maman, s'il te plaît, la coupa Alice. Je n'ai pas la force…

Préoccupée, Mathilde n'insista pas. Elle referma la porte de la chambre de sa fille et regagna le salon dans lequel Julien patientait, admirant un tableau représentant une scène de chasse.

– Je suis désolée, Julien, l'interrompit Mathilde. Alice ne se sent pas bien.

– Elle ne veut pas me voir ? s'inquiéta le jeune homme.

– Pas du tout, mentit la maîtresse de maison. Qu'allez-vous chercher, voyons. C'est simplement le contrecoup de cet affreux incendie.

Elle le raccompagna jusqu'au perron.

– Demain, elle ira mieux, assura-t-elle.

– On se tenait la main durant l'incendie, déclara soudain Julien. Et puis… on s'est lâchés. Dès que je m'en suis rendu compte, je suis retourné dans les flammes… Je l'ai cherchée partout, j'ai crié son nom, je ne l'ai trouvée nulle part. J'ai tout fait pour la sauver. Tout. J'aurais pu mourir.

La voix de Julien tremblait.

– N'y pensez plus, répondit Mathilde, profondément émue. N'y pensez plus, Julien.

Il se tourna vers Mathilde.

– Dites-lui ça, précisa-t-il. Répétez-lui ce que je viens de vous dire, s'il vous plaît. Et dites-lui que… que si elle a besoin de moi, je serai toujours là pour elle…

– Elle le sait déjà. J'en suis sûre…

À l'étage, Alice n'avait rien raté de l'échange.
– Menteur, murmura-t-elle, avant d'éclater en sanglots.

*
* *

Auguste entra dans la chambre parentale. Mathilde, qui s'apprêtait à sortir, terminait de se faire habiller par sa femme de chambre.

– J'ai invité Julien à déjeuner pour lui parler du mariage.

Mathilde, franchement étonnée, se figea.

– Le mariage ? répéta-t-elle, abasourdie. Alice est traumatisée par l'incendie, elle ne veut même pas voir Julien, ma sœur a disparu, Rose est morte, et toi, tu me parles du mariage ?

Auguste, mal à l'aise, détourna le regard.

– Alice a besoin de temps, c'est toi-même qui me l'as dit.

– Tu sais bien que du temps, nous n'en avons pas ! éructa-t-il soudain.

Mathilde le dévisagea. Cette nervosité et ces accès de colère étaient en principe tout à fait étrangers à son mari…

– Mathilde, ajouta-t-il en se ressaisissant aussitôt, tout ce que je veux dire, c'est que…

– Très bien, le tacla Mathilde. De toute façon, c'est toi qui décides.

Enfin prête, elle le laissa en plan et quitta leur chambre.

– Je pars à la morgue avec Marc-Antoine, précisa-t-elle sans se retourner. Voir si le corps d'Adrienne ne s'y trouve pas.

Auguste de Jeansin se laissa choir dans un fauteuil. Depuis la catastrophe, tout partait à vau-l'eau. Il se sentait dépassé.

*
* *

Tant qu'il ne s'agissait pas de la sienne, de Lenverpré n'était, en principe, pas impressionné par la mort. Mais en cet instant, face au cadavre calciné recouvert d'un drap blanc devant lequel Mathilde de Jeansin se recueillait, il détourna le regard. Sa femme, flamboyante et superbe, n'était plus que calcination.

– Adrienne ne peut pas être morte, finit-il par articuler, crispé.

– C'est pourtant ce que pensent les médecins, expliqua Mathilde. Et elle n'est nulle part ailleurs, vous avez vérifié tous les hôpitaux…

– Ce n'est pas Adrienne. Elle n'a pas ses bijoux.

– On a pu les lui voler ! Des bruits courent à ce sujet.

De Lenverpré ne réagit pas.

– Les corps non reconnus partent demain à la fosse commune, enchaîna Mathilde, bouleversée. On ne peut pas laisser Adrienne être enterrée comme… comme une bête !

– Qu'est-ce que ça peut vous faire ?

– C'est ma sœur ! explosa-t-elle.

– C'est ma femme !

– Oui, pour son plus grand malheur, rétorqua Mathilde sans le lâcher des yeux.

C'était comme un duel.

– Elle vous détestait. Elle voulait divorcer. Je le sais.

De Lenverpré en avait assez entendu, il fit volte-face.

– Faites rapatrier le corps chez moi, ordonna-t-il à sa belle-sœur, comme si elle était sa bonne.

Lenverpré sortit de la morgue, abandonnant Mathilde à son deuil. Enfin seule, elle s'agenouilla et pleura en silence.

*
* *

Dans son bureau enfumé par les volutes des cigarettes qu'il grillait l'une après l'autre, Hennion se tenait face au sergent Mattéo, lequel, incommodé, masquait mal sa gêne. Lorsque le policier, poli, lui proposa une tige, Mattéo déclina d'un simple mouvement de tête. Le sapeur avait vu trop d'incendies déclenchés par un seul mégot pour être tenté. Il se retenait pour ne pas ouvrir la fenêtre, renouveler l'air saturé de tabac froid.

– Soyez plus explicite, sergent ! C'est elle ou ce n'est pas elle ?

Il incombait à Mattéo la responsabilité d'annoncer au commissaire que les bottines reconnues par la bonne de la duchesse d'Alençon étaient trop petites pour correspondre à la pointure. Le pompier, droit, les bras le long du corps, se lança.

– Ce n'est pas elle, commissaire. En tout cas, pas formellement.

Hennion soupira : dans ces conditions, aucun procès-verbal ne pouvait être établi pour le moment, le dossier ne pouvait être classé, les obsèques de la duchesse ne pouvaient avoir lieu… Ce qui se profilait, en revanche, c'était que Leblanc n'avait pas fini de grincer des dents.

– On m'a aussi chargé de vous informer que Mme de Lenverpré fait partie des victimes.

Le policier se frotta les yeux. Il était épuisé et toutes ces mauvaises nouvelles n'auguraient pas un repos prochain. Il n'avait jamais rencontré l'épouse du député, se coltiner l'arrogance de ce dernier suffisait à Hennion.

– Quoi encore ? houspilla-t-il en se tournant vers la porte.

Quelqu'un avait frappé, Hennion n'était pas d'humeur à faire des manières et lorsque Lucile fit irruption, ce fut comme si un rayon de soleil déchirait la pénombre. Oscar la talonnait.

– Salut, chef, je te dérange ?

Mattéo se figea : Lucile s'était non seulement permis de tutoyer le commissaire dans le cadre de ses fonctions, chef de la Sûreté de surcroît, mais l'ironie du « chef » était flagrante. Le plus étonnant fut que Hennion ne semblait ni offusqué ni surpris. Au contraire, il avait souri, ce qui était rare chez ce professionnel naturellement torturé. Pas du style à s'épancher, il ne prenait de précautions qu'avec les rares personnes qu'il affectionnait. Le pompier comprit qu'ils se connaissaient.

En effet, Augustin Hennion étant un ami de longue date du père de Lucile, il côtoyait la journaliste et sa famille depuis son enfance, appréciait la sagacité, voire l'impertinence de la jeune fille – il se souvint que, enfant déjà, Lucile avait un caractère peu conventionnel.

– Voici mon ami le Dr Oscar Oscar, dit-elle en le présentant au policier.

Avoir comme prénom son nom de famille était peu commun, les interlocuteurs du dentiste manquaient rarement de plaisanter sur cet amusant doublon, ce à quoi Oscar répondait invariablement : « Mes parents avaient soit un manque total d'imagination, soit beaucoup d'humour, il faudra que je pense à leur poser la question. »

Le policier, qui en avait entendu d'autres, se fichait éperdument qu'Oscar se prénommât Oscar ou Barnabé, c'est pourquoi il ne fit aucun commentaire.

– Bonjour, docteur, dit Hennion en lui tendant la main.

– Bonjour, commissaire, répondit Oscar en la lui serrant.

Reconnaissant Mattéo droit comme un i derrière Hennion, le scientifique lui adressa un signe de tête pour le saluer et le pompier, intrigué, lui rendit la pareille : pourquoi Lucile débarquait-elle en pleine nuit à la Sûreté générale avec Oscar ?

– Dis-moi, mon petit, qu'est-ce que je peux faire pour toi ? la questionna Hennion, intrigué lui aussi par cette visite impromptue.

– Tu sais mon intérêt pour les problèmes liés aux dents, commença-t-elle.

Hennion opina du chef, en tant qu'ami de longue date de ses parents, il connaissait les mésaventures médicales du frère aîné de Lucile. Il n'ignorait pas que cette dernière se passionnait pour la psychosomatique des problèmes dentaires, mais ne voyait pas où elle voulait en venir. Pourtant, il l'encouragea à continuer.

– Et donc… ?

– Il se trouve qu'Oscar est le dentiste du Tout-Paris, ajouta-t-elle.

À ces mots, Hennion leva les sourcils vers Oscar, vivement intéressé. Les dents ! Personne n'y avait pensé, Lucile était décidément très forte : le feu emportait tout, sauf elles !

Ce fut quasi imperceptible, cependant Hennion sentit que le nœud qui lui nouait les intestins se défit d'un coup d'un seul lorsque Oscar s'approcha du tableau et s'empara d'une craie.

Le professeur commença à schématiser une mâchoire et ses trente-deux dents :

– J'ai pour habitude de noter sur une fiche au moment de la première consultation les particularités les plus importantes de la bouche et des organes dentaires de mes patients. Je prends note spécialement de la perte ou de l'absence des dents et du changement de position des dents affectées par lesdites pertes. La présence des racines, des abcès, des dents mortes, lorsque la reconnaissance en est faite, est également notée, de même que celle des couronnes, ponts et plaques. Chaque cavité atteinte est indiquée au crayon et à l'encre. La forme de chaque obturation est marquée à l'encre sur le point original d'examen, un numéro est placé en face, lequel envoie à un mémoire complet enregistré au dos de ladite fiche. De même que les matières employées, la méthode de traitement, tout est copié dans un registre comme un souvenir permanent.

Il posa sa craie, se frotta les mains, puis attrapa dans la poche intérieure de son manteau une fiche.

– Je conserve la fiche originelle, bien entendu.

Hennion, qui n'avait pas pour habitude de croire aux miracles, restait prudent.

– Et… seriez-vous par hasard le dentiste de la duchesse d'Alençon ?

– Absolument. De toute sa famille, d'ailleurs, approuva-t-il. Dans le cas de la duchesse, j'ai rempli deux fiches sur l'état de ses dents ainsi que toutes les opérations pratiquées en dix-sept consultations, ce qui comprend une période de plus de deux ans. Pour votre gouverne, la dernière opération a été faite…

Le français n'étant nullement sa langue maternelle, Oscar employait parfois un style baroque et des expressions ampoulées lorsqu'il s'exprimait.

Il prit le temps de vérifier sur la fiche qu'il tenait dans la main, puis affirma :

– … le 15 décembre 96. Pose d'un amalgame sur la 14.

Moins de six mois avant l'incendie, calcula Hennion. Voilà qui lui remontait le moral ! Il contacta immédiatement le préfet.

– J'ai devant moi le dentiste de la duchesse. Il possède les schémas de la bouche de ses clients. Muni de ce document, il peut reconnaître des obturations par amalgame, des aurifications, même des dents à pivot et d'anciennes ou récentes extractions.

Hennion marqua une pause, histoire de vérifier l'effet de cette révélation sur son interlocuteur. Le silence de ce dernier, d'habitude si prompt à combler le vide, quitte à parler pour ne rien dire, confirma au commissaire que Leblanc était soufflé.

– L'autorisez-vous à procéder à l'analyse des dents des cadavres non identifiés afin de vérifier lequel est celui de la duchesse ?

À l'autre bout du fil, Leblanc se redressa. Seule comptait l'identification de la duchesse.

– Ça ne coûte rien d'essayer, Hennion, exposa-t-il, comme si l'idée venait de lui. De toute façon, c'est le cas de le dire, les légistes n'ont rien à se mettre sous la dent, alors…

Content de sa blague, Leblanc se gaussa avant de raccrocher sans crier gare, ce qui arrangea Hennion qui fit de même.

– Filez au Palais de l'industrie et commencez votre travail, s'exclama-t-il à l'intention du trio. Moi, je cours au Palais de justice et je vous rejoins avec le mandat du juge, ajouta-t-il en attrapant son chapeau.

Ils n'eurent pas le temps de sortir, la sonnerie du téléphone retentit. Il fit un signe de la main aux jeunes gens afin qu'ils ne l'attendent pas tout en décrochant le combiné.

– Hennion, j'écoute.

C'était de nouveau Leblanc. Mauvais augure.

– On vient de m'informer que les cadavres de la morgue ont été dépouillés ! confirma le préfet. Plus aucun bijou, vous vous rendez compte ? C'est une honte ! Retrouvez-moi fissa les enfoirés qui ont fait ça !

Il raccrocha sans préciser si, en disant « c'est une honte », il parlait des voleurs qui n'avaient pas hésité à détrousser les morts ou des policiers qui avaient apparemment manqué à leur mission de surveillance. Sans doute un peu des deux, conclut Hennion en dévalant les escaliers deux par deux.

En apercevant Lucile et ses comparses quitter en trombe la cour de la Sûreté, Hennion réalisa que l'étrange fascination pour les dents qu'elle avait développée à cause de la pathologie de son frère tombait franchement à pic. Déjà que de nombreux cadavres étaient méconnaissables, si désormais ceux qu'on identifiait grâce à leurs bijoux étaient dépouillés de leurs biens… Il pouvait féliciter sa filleule d'avoir eu une idée sacrément judicieuse – et aussi, reconnut-il en lui-même, il pouvait surtout se féliciter d'être le parrain de cette audacieuse jeune femme !

Un peu ragaillardi, le policier héla un fiacre, espérant que le magistrat délivrerait sans tarder le mandat officiel.

*
* *

À l'arrière du véhicule, tel un pompier partant au feu, Oscar enfilait sa blouse chirurgicale tout en vérifiant sa trousse de matériel. Originaire de Cuba, il affichait toujours une dose de nonchalance et les cheveux gominés en arrière. Lucile ne l'avait jamais vu autrement qu'en costume bien taillé, c'est pourquoi elle photographia l'accoutrement du parfait dentiste, quelque peu identique à celui d'un boucher, il fallait bien l'admettre.

– Tu le connais bien, Hennion ? questionna Mattéo en conduisant.

– C'est mon parrain, répondit Lucile, impavide, penchée sur son appareil photo qui coinçait.

– Ah ! Oui ! Quand même ! lâcha-t-il, impressionné. Et ta marraine, c'est qui ?

La curiosité du sapeur n'eut pas le temps d'être satisfaite, ils arrivaient Palais de l'industrie.

*
* *

Lorsque Lucile pénétra à l'intérieur, derrière Mattéo et Oscar, immédiatement un mélange d'odeurs de résine, de phénol, de pétrole et de chairs brûlées la prit à la gorge. Au contraire de ce qu'avait annoncé le directeur du site, l'électricité n'avait pu être installée, les pompiers éclairaient la salle avec des torches qui projetaient de lugubres lueurs et remplissaient l'espace d'une épaisse fumée âcre.

Il y avait plus d'une centaine de cadavres carbonisés, mutilés, informes, entièrement nus, tous alignés sur des planches. Les uns n'avaient plus de bras, d'autres avaient perdu une jambe… Ce qui frappa Lucile fut l'expression de terreur sur les visages de certains de ces morts.

Une trentaine d'entre eux, les plus mutilés, était séparée des autres par un paravent. Lucile se demanda pourquoi une précaution aussi vaine avait-elle été décrétée : le bouclier n'empêchait pas de voir le triste spectacle. Beaucoup avaient le crâne complètement dénudé, les téguments de la face noircis et racornis par le feu. La peau de l'abdomen avait éclaté sous l'ardeur du brasier, laissant sortir les entrailles.

Dans un coin gisaient des bras, des jambes détachées des troncs et des souliers. Des genoux aux os rompus, ouverts comme par des coups de hache, des bras tordus, des bottines d'enfants, des torses ouverts comme après une orgie d'anthropophages, des jambes noircies, les unes tordues comme des sarments, les autres ayant conservé intacte la rondeur des formes et des têtes carbonisées, rétrécies, réduites à rien. Seules les dents persistaient.

Lucile compta le nombre exact des dépouilles qui n'avaient pu être reconnues par les familles des victimes : trente-deux. Elle sourit intérieurement, songeant immédiatement aux multiples séances de numérologie qu'elle avait pratiquées. Trente-deux cadavres. Autant que les dents dans une bouche.

Une petite dizaine d'experts les avait rejoints – confrères du Dr Oscar, juges et légistes attirés par les découvertes et les recherches du Cubain. Parmi eux, Lucile reconnut le major Krebs et le Dr Malo. Tous portaient une blouse blanche, ce qui faisait qu'au milieu de la pénombre et des tas de membres carbonisés, certains caillouteux, ils ressemblaient à une tribu de scientifiques perdus sur la Lune.

– Voilà…, annonça le Dr Malo en avisant un reste de corps. C'est celui-là.

Il avait expertisé la morphologie dudit cadavre, suggérant qu'elle pouvait correspondre à celle de la duchesse. Immédiatement, Oscar se pencha et débuta son inspection. Le visage était entièrement défiguré, le nez, les oreilles et les cheveux avaient disparu. Il s'empara de son davier et, à force de patience et de minutie, parvint à écarter les mâchoires. Étonnamment, les gencives avaient été protégées contre le feu par les joues qui s'étaient racornies, tandis que les parties molles entourant la bouche avaient été consumées par le feu. Les dents étaient complètement noircies.

– Bien, bien, marmonna-t-il en frottant ses mains gantées couvertes de suie sur son long tablier. Ce n'est pas elle, affirma-t-il tout de go.

L'assemblée laissa échapper un « oohhhh » aussi admiratif que déceptif. Admiratif, car Oscar avait asséné son catégorique « ce n'est pas elle » à la seule vue de l'observation des dents noircies, ce qui était tout de même très fort. Déceptif parce que ce n'était pas la duchesse. Le spécialiste allait devoir ausculter les trente et une autres bouches carbonisées pour déterminer derrière laquelle se cachait la duchesse.

– J'ai extrait la 17 et la 32 de ma patiente, expliqua-t-il en pointant les arcades dentaires du cadavre. La bouche est divisée en quatre semi-arcades – supérieure droite, supérieure gauche, inférieure droite, inférieure gauche. Chaque semi-arcade contenant huit dents permanentes, toutes numérotées.

Oscar avait étudié aux États-Unis, c'est pourquoi il prenait comme référence le système de numérotation dentaire universelle.

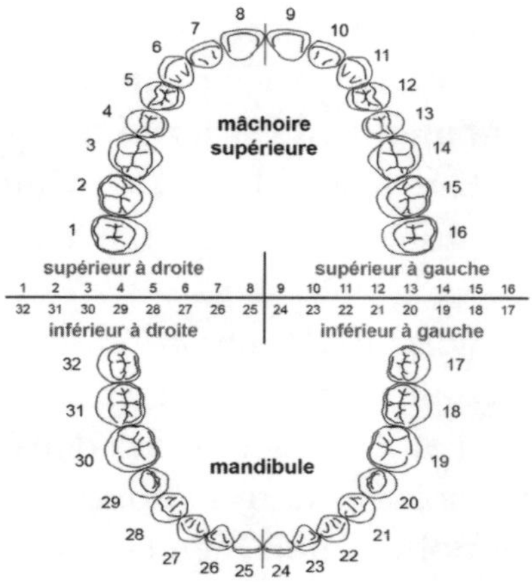

Cependant, puisqu'il pratiquait et enseignait en France et qu'ici les dentistes se référaient plutôt au système de numérotation de la Fédération dentaire internationale, il s'adaptait et remplissait chaque fiche dentaire de ses patients en double langage.

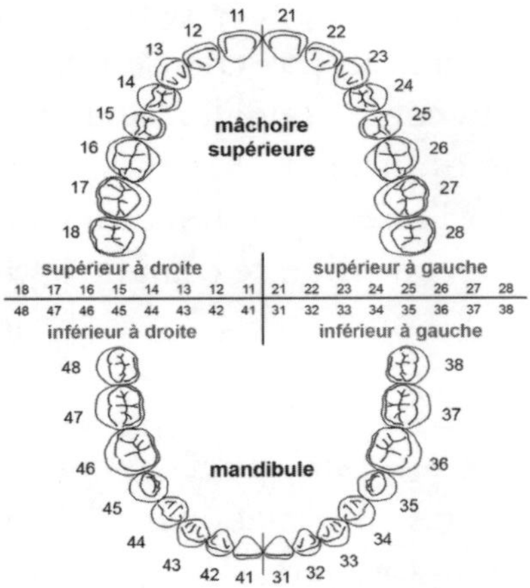

– La 38 et la 48 en FDI, précisa le professeur Oscar.

Conscienciuex, il vérifia les fiches de la duchesse qu'il connaissait pourtant par cœur, comme chacune de celles de ses patients, puis les présenta à ses interlocuteurs, en majorité des collègues, comme s'ils étaient ses élèves.

– Je marque au crayon bleu toutes les dents cariées à soigner et au crayon rouge les dents absentes ou racines à extraire. Dès qu'une dent est terminée, je fais un trait à l'encre autour de la marque bleue. De même que le jour où l'extraction est réalisée, je fais une barre rouge sur le trait rouge.

C'est donc la fiche FDI que le dentiste présenta à ses pairs français : confirmant ses dires, une barre tracée à l'encre rouge signalait l'extraction des deux dents 38 et 48. Or, les dernières molaires dans la bouche du cadavre qu'il auscultait étaient noires, mais bien en place.

L'assemblée acquiesça, impressionnée par tant de méthodologie.

– On remarque en outre que le cadavre présente l'existence de certaines dents absentes de la fiche de Mme la princesse d'Alençon.

Rien dans cette bouche ne correspondait aux mémoires des opérations pratiquées par le dentiste dans celle de son altesse royale. S'il n'avait pas encore pu déterminer lequel des gisants exposés correspondait à celui de la famille royale bavaroise, Oscar avait ébahi ses pairs – et Hennion qui venait de rejoindre l'assemblée – en prouvant la non-identité d'un corps que l'on croyait être celui de la duchesse.

*
* *

Dans la mesure où son frère avait consulté les meilleurs spécialistes dentaires internationaux dans son enfance, Lucile avait depuis toujours intégré les particularités des deux systèmes de numérotation – chacun avait ses avantages, son cerveau déchiffrait l'un et l'autre. Pour le « Mémoire psychanalytique des dents » qu'elle rédigeait, elle utilisait le système FDI et traduirait plus tard. Elle nota donc pour ses recherches personnelles les numéros 38 et 48.

La dent étant le baromètre de la vie psychique, ses atteintes résonnaient avec le stress, traduisaient les non-dits, révélaient les émotions non exprimées. Lucile avait par exemple constaté que les caries survenaient à des périodes clés de la vie, en écho à des tensions. La dent, c'était évident, entretenait un lien embryologique avec le cerveau, puisque le cerveau primitif était à l'origine de l'encéphale et des dents, ces dernières se développant à partir des cellules ayant migré depuis l'ébauche cérébrale. Sans compter le lien anatomique : un tronc nerveux, le nerf trijumeau (cinquième partie des nerfs crâniens), reliait directement les dents et le cerveau. Lucile en était convaincue : la dent étant une extension du cerveau, vis-à-vis duquel elle jouait le rôle de capteur, chaque quenotte représentait une facette de la personnalité de l'individu.

Elle releva le drap sur la dépouille examinée tandis que la dizaine de personnes présentes talonnait déjà Oscar vers la prochaine bouche à étudier.

– Tu as vu, il y a trente-deux cadavres à identifier, ne put s'empêcher de remarquer Mattéo dans l'oreille de Lucile. C'est un signe, non ?

– Un signe de quoi ? demanda Lucile, intriguée.

Hormis son ami cubain, son frère et leur père, Lucile avait plutôt l'habitude d'être moquée par les rares hommes au courant de ses passions. L'un d'eux n'avait pas hésité à la traiter d'illuminée, c'est pourquoi elle restait prudente et ne confiait pas à n'importe qui ses recherches en matière de dents, de numérologie et même d'astrologie.

– Trente-deux corps, trente-deux dents, trente-deux cartes… Ce n'est pas n'importe quel chiffre…

Au milieu de tous ces morts dont on ignorait jusqu'à l'identité, les deux amants comprirent qu'ils avaient en commun, outre la réciprocité de leur attirance, une passion commune pour toutes les sciences, même les plus mystérieuses.

*
* *

Les victimes avaient succombé pour la plupart la bouche fermée et les dents serrées. Les tissus s'étaient rétractés dans cette position, les muscles s'étaient contractés et il était impossible d'écarter les mâchoires ni même les joues pour pratiquer le moindre examen. Les téguments de la face qui pouvaient persister avaient été durcis par le feu et présentaient la rigidité du cuir. Lorsque Hennion était venu présenter au magistrat sa requête peu conventionnelle de pouvoir procéder à l'examen de la dentition des cadavres calcinés afin d'identifier la duchesse d'Alençon, ce dernier avait été catégorique : par respect pour les malheureuses victimes et leurs familles, il défendait toute section des joues.

Le juge avait en outre demandé que l'odontologue n'identifie pas uniquement la célèbre duchesse, mais les trente-deux cadavres dans leur intégralité. C'est pourquoi Oscar prenait le temps nécessaire pour examiner chaque reste de dépouille.

Il y avait notamment un couple de parents éplorés dont le petit garçon avait disparu en fumée. De riches Américains établis à Paris que le docteur cubain comptait parmi ses patients. Il ne leur restait aucun indice pour reconnaître leur enfant. La chaîne en or que leur fils portait avait disparu, consumée par le brasier, ce n'était qu'aux dimensions du corps et à la physionomie qu'ils pouvaient présumer être en présence de leur cher bambin.

Oscar consulta sa fiche. Il avait noté la forme régulière des dents, savait que les incisives et canines – supérieures et inférieures – étaient intactes. Seules plusieurs molaires avaient été obturées par ses soins. Il avait aussi extrait une dent de six ans, la seule qui manquait au petit garçon. Mais les maxillaires étaient contractés. Devant ce cas de force majeure, Oscar demanda aux parents et aux autorités la permission d'inciser les joues afin de pouvoir ouvrir la bouche de force.

Alors, s'aidant des branches de sa pince dentaire, il constata devant l'assistance ébahie l'absence de la dent de six ans, côté gauche du maxillaire inférieur. La seule absente.

– C'est lui, conclut-il.

*
*   *

Lucile s'était improvisée assistante d'Oscar, veillant notamment à ce que le dentiste ait toujours à disposition (ou à portée de main) de l'eau pour s'hydrater et un morceau de sucre ou de pâtisserie à croquer afin de ne pas défaillir. Les conditions de travail étaient franchement épouvantables. Cela faisait plus de deux heures qu'il enchaînait les examens buccaux, répondait aux questions et sollicitations diverses sans la moindre protestation. Il saisit la brioche que lui tendait la reporter et mordit un morceau avant d'entamer le vingt-septième cadavre, entièrement nu et noirci par le feu.

Le corps était carbonisé, la tête et le tronc intacts, les jambes et le bras droit avaient disparu.

L'assistance commençait à fatiguer, sans doute pour rester en éveil certains chuchotaient entre eux, commentant cette expérience scientifique hors norme. Sans être dissipés, ils étaient moins concentrés et impressionnés, comme habitués aux ouvertures forcées des mâchoires que pratiquait Oscar avec une dextérité remarquable. Hennion, en retrait, triturait son paquet de cigarettes en réfléchissant aux causes de l'incendie, aux anarchistes et à Victor. Pourquoi le jeune homme, qui avait toujours rêvé de quitter Paris et voir du pays, refusait-il sa proposition de se mettre au vert ?

Quelles raisons le retenaient ici ? S'était-il rendu complice de ce massacre ? S'en sentait-il responsable ? Que cachait-il ? Qui protégeait-il ? Autant de questions auxquelles Hennion ne pourrait répondre qu'en étant dans son bureau ou sur le terrain. Pas dans cette morgue, à attendre là que Son Altesse veuille bien être identifiée. La nervosité commençait à s'emparer de cet homme impassible.

Oscar, en bon professeur de la faculté de Paris, continuait de commenter ses faits et gestes, Lucile le surprit même à parler aux dépouilles. Mattéo veillait à la sécurité de l'éclairage afin qu'il perdurât avec le moins de fumée possible, ce qui n'était pas une sinécure.

Loin d'être blasée, Lucile continuait au contraire d'assister le professeur Oscar avec une fougue non feinte. Maligne, elle avait déniché une table roulante qu'elle poussait sans se fatiguer et sur laquelle elle avait posé la trousse de matériel d'urgence ainsi que les lourds dossiers médicaux des patients d'Oscar. Elle lui tendait les fiches qu'il lui réclamait, parfois le moulage de la dentition d'une patiente qu'il avait eu la bonne idée de réaliser – sur les trente-deux cadavres à identifier, un seul était celui d'un homme, qu'Oscar avait déjà formellement expertisé et reconnu. Les dernières identifications auxquelles il procédait étaient donc exclusivement féminines. Lucile avait rangé les dossiers dentaires des patients de sexe masculin.

Soudain, Oscar, la tête penchée sur la mâchoire de l'inconnue numéro vingt-sept, fronça les sourcils. Il n'avait pas encore utilisé le davier pour l'écarter, mais il manquait nettement la canine et l'incisive supérieures droites. Une différence de teinte entre les dents subsistait : l'incisive centrale gauche présentait une teinte d'un blanc crayeux, contrastant avec la coloration bleuâtre de l'incisive latérale et de la canine du même côté.

– C'est la couleur que prennent les dents en porcelaine soumises au feu, expliqua Oscar à Lucile – la seule à l'écouter.

Il tendit la main à Lucile sans un mot, ce qui signifiait qu'il souhaitait vérifier le dossier de la d'Alençon. Lucile lui tendit les fiches concernées.

– Le moulage supérieur, s'il te plaît, dit-il sans prendre les feuilles.

Lucile s'exécuta. Le moule de la mâchoire supérieure de la duchesse était pourvu de toutes les dents, excepté de l'incisive latérale et de la canine supérieure gauche. Oscar avait posé une petite pièce prothétique en or portant les deux dents absentes.

Oscar écarta les mâchoires l'une de l'autre avec un mal infini, l'inconnue numéro vingt-sept avait dû souffrir, la contraction était immense.

Alors, constatant que les dents dont la teinte était bleuâtre étaient celles qu'il avait posées à la duchesse et qu'elles avaient été maintenues en place grâce à la monture en or, il comprit que la dentition qu'il examinait était celle de la femme qu'on appelait Mme d'Alençon.

– Les dents absentes à droite ont dû tomber pendant ou après la mort, suggéra-t-il en pointant les alvéoles vides et nettes. En même temps, convint-il, les deux mâchoires se sont refermées si énergiquement l'une contre l'autre que c'est ce qui a pu expulser les dents.

– C'est elle ? s'enquit Lucile, comprenant qu'Oscar était en train de lui annoncer qu'il avait identifié la duchesse.

Il ne répondit pas, mais un sourire énigmatique flotta sur son visage.

Il fit porter le corps à la lumière du jour et put vérifier tous les détails de sa fiche. Son procès-verbal fut enregistré, il répéta au juge sa description initiale des dents de la duchesse. Il signala la correspondance exacte de ses mémoires avec les conditions rencontrées dans la bouche du dernier corps examiné et prêta serment : l'inconnue numéro vingt-sept avait un visage, on se trouvait bien en présence de la duchesse d'Alençon, née Sophie-Charlotte de Wittelsbach.

Le Dr Malo annonça que l'autopsie qu'il avait réalisée sur la dépouille numéro vingt-sept démontrait que la princesse, sœur de l'impératrice Sissi, était morte en étreignant la jeune vicomtesse de Beauchamp afin de lui épargner le gros des flammes.

– Le geste fut efficace, la vicomtesse de Beauchamp est morte d'asphyxie et sans douleur, tandis que la duchesse a été brûlée vive et dans d'atroces souffrances, conclut-il en pointant les contractions du corps.

Mattéo perçut un commentaire dans l'assemblée : « *C'est une mort très chrétienne de pécheresse repentie, purifiée par le feu en tentant noblement de sauver ses suivantes.* » Étant en service, il se retint de péter la gueule à l'homme qui avait chuchoté cette infamie.

Trop content d'en finir, le juge signa le procès-verbal, dans la foulée la famille fut immédiatement prévenue.

Soulagée, la majorité de l'assemblée présente quitta le Palais. Le ciel était clair, quelques oiseaux gazouillaient. Le commissaire Hennion prit une profonde inspiration, alluma une cigarette et décida de rentrer à pied rue des Saussaies en faisant un petit détour par la rue Beaujon, façon concrète de retourner à son enquête.

Oscar, quant à lui, continua son exploration avec Lucile et Mattéo. Il restait encore cinq cadavres à identifier, dont trois qui laissaient peu d'espoir à une potentielle identification tant le feu les avait ravagés.

Troisième partie

– 16 –

5 mai 1897, 12 h 30.
Vingt heures et dix minutes après l'explosion.

Le commissaire Hennion savait être intimidant avec sa barbe taillée en pointe, ses yeux sévères et pénétrants qui vous radiographiaient la conscience. Il transpirait l'autorité, cependant Hugues Chaville ne se laissa pas démonter et traversa la rue pour aller à sa rencontre. Des heures qu'il attendait le policier.

– J'ai interrogé plusieurs témoins, ils ont entendu une explosion. Vous en pensez quoi ?

Hennion accéléra le pas sans répondre au journaliste. En admettant qu'un anarchiste ait posé une bombe sans l'avis de son groupuscule révolutionnaire – lequel, prônant la non-violence, avait envisagé de voler la caisse du Bazar afin de redistribuer l'argent de la vente au peuple directement, sans passer par toutes ces associations de patronage dans les poches desquelles le directoire, c'était évident, se servait au passage –, il s'avérait que cette bombe n'avait pas explosé. Le feu venait d'ailleurs. De plus en plus, Hennion songeait que l'incendie s'était déclaré par accident, peut-être même une erreur humaine. Résultat : plus d'une centaine de morts, dix fois plus de blessés et une terroriste qui avait perdu un bras.

Plus il y réfléchissait, moins le policier croyait à l'attentat anarchiste. En revanche, sa hiérarchie – Leblanc en tête – insistait pour que c'en fût un et que l'affaire soit rapidement classée. Il soupçonnait ce dernier d'opportunisme. Dans quelques semaines auraient lieu les élections du président du Sénat, de Lenverpré était annoncé en tête, Leblanc caressait l'homme politique dans le sens du poil. Si l'enquête concluait à un attentat, c'était du pain béni pour le conservateur qui, dans son programme, promettait d'envoyer tous les anarchistes au bagne.

– C'était quoi, cette explosion ? insista Chaville. Une bombe ? Vous pensez à un attentat ? Un coup des anarchistes ?

Hennion planta ses yeux dans ceux du journaliste.

– Un attentat… Décidément, ça arrangerait tout le monde…, bougonna-t-il en reprenant sa marche.

– Pourquoi vous dites ça ? s'étonna Hugues.

– Parce que vous cherchez le scoop, répondit Hennion. J'ai lu votre article sur la lâcheté des hommes de l'aristocratie. C'était quoi le titre, déjà ? Ah, oui… « *Mais où étaient les hommes ?* » Racoleur à souhait…, ajouta-t-il, sentencieux.

Circonspect, Hugues maintint le regard d'Hennion.

– On a trouvé leurs cannes avec du sang coagulé, des cheveux… de longs cheveux de femmes… Ils ont frappé celles qui se trouvaient sur leur chemin, les ont jetées à terre… foulées aux pieds…

– Ce n'est pas de l'info, le coupa le policier, c'est du divertissement. Vous n'êtes pas obligé de donner des détails sordides qui ne concernent personne, en tout cas ni vous ni vos lecteurs.

Hugues, abasourdi par la virulence du commissaire, ne trouva rien à répliquer. Il n'allait pas se mettre à dos le patron de la Sûreté, déjà qu'il n'était pas dans les petits papiers du préfet…

Ils étaient arrivés rue des Saussaies, Hennion s'engouffra dans la cour de la Sûreté générale. Des gardiens bloquèrent le passage au journaliste.

– Il fallait le taire ? cria Hugues.

– Écoutez, faites votre boulot, laissez-moi faire le mien, répondit Hennion en se retournant. Si vous n'avez pas d'éthique, acceptez que d'autres en aient !

Hennion alluma une cigarette et ajouta, fixant le reporter avec un sourire énigmatique.

– Prenez exemple sur Lucile…, asséna-t-il. Elle, au moins, n'hésite pas à réfléchir…

Piqué au vif, Hugues ne fit aucun commentaire en regardant le commissaire disparaître dans le bâtiment.

*
* *

À Paris, les cafés, les clubs et les salons bruissaient de l'affaire. La rumeur et la presse s'étaient chargées de colporter dans la France entière l'écho du brasier. En toute logique, l'annonce officielle du nombre de morts ferait l'effet d'un uppercut donné par un poids lourd, Hennion s'y préparait. Le chef de la Sûreté générale avançait dans le couloir lorsqu'il entendit, provenant de son bureau, les voix de Leblanc et de Lenverpré. Hennion marqua un temps d'arrêt, il détestait qu'un tiers, quel qu'il fût, s'incrustât dans l'intimité de son antre de travail. Au fond, Hennion n'était même pas étonné de cette intrusion tant le sans-gêne caractérisait autant le préfet que le député. Prenant sur lui, il franchit la porte. Les deux hommes conversaient, enfoncés dans la banquette.

– Hennion ! s'exclama le préfet, sans se lever. L'homme le plus dynamique qu'il m'ait été donné de connaître ! Vous voilà enfin !

– On s'inquiétait, ironisa de Lenverpré. Un peu plus et nous appelions la police ! dit-il en riant, content de lui.

– Navré de vous avoir fait attendre, répliqua le commissaire qui ne l'était pas du tout.

Il retira son pardessus, l'accrocha au portemanteau et resta debout.

– Toutes mes félicitations pour cette identification, Hennion, approuva Leblanc. Magistrale idée.

– Elle n'est pas de moi, mais merci.

– Modeste, avec ça…, se moqua de Lenverpré.

Hennion ne répondit pas. Si le préfet avait pris la peine de cette visite, le policier se doutait bien que ce n'était pas pour le congratuler. Il patienta, savait que la nature avait horreur du vide et que ses interlocuteurs, mal à l'aise avec le silence, n'allaient pas tarder à cracher leur pastille.

– Et Minville, on en est où ? demanda alors Leblanc.

Victor. L'anarchiste vu au bazar. C'était donc leur seule préoccupation : coffrer quelqu'un, l'accabler sans aucune preuve au seul motif de ses idéaux. Hennion connaissait bien Victor : le jeune homme était un doux rêveur, certes insolent, voleur si sa survie ou celle des autres en dépendaient, parfois bagarreur lorsque la légitime défense s'imposait, mais il restait un indécrottable pacifiste qui combattait la violence. Jamais il n'aurait posé une bombe, il n'était pas un terroriste.

Le problème était qu'il se trouvait au Bazar lors de l'incendie, qu'il s'y était fait remarquer en sauvant à lui tout seul plus de vingt personnes.

– Mes équipes le cherchent, mentit le commissaire. Tous les repaires d'anarchistes sont fouillés au peigne fin.

– Et ? questionna de Lenverpré, impatient.

– Le bonhomme s'est comme volatilisé, mais ne vous inquiétez pas, on va bien finir par mettre la main dessus.

– Doublez les effectifs, si nécessaire. Coincez-le, conclut Leblanc en se levant.

Hennion opina du chef et les regarda sortir.

– Je n'ai aucune dent contre vous, ajouta de Lenverpré, caustique, avant de fermer la porte. Mais trouvez-le vite.

Le député consternait le policier. Il se laissa tomber dans son fauteuil et fixa le cliché de Victor, espérant que le jeune fougueux suivrait ses consignes et saurait rester discret le temps de l'enquête.

Puis il se concentra sur le dossier des bijoux volés à la morgue. En attendant que la BSPP termine l'analyse des tonnes de décombres à la recherche des restes d'une autre bombe, le policier étudia le rapport sur les receleurs de Paris que son équipier lui avait concocté, suggérant une descente de police chez six d'entre eux.

Leblanc avait réquisitionné la majorité des sergents de la ville pour traquer Minville, il ne restait plus beaucoup d'hommes disponibles. Hennion pesta, ce manque de moyens et d'effectifs ralentissait son travail. Il fallait espérer que cela ne profiterait pas aux receleurs.

*
* *

Les traits du visage minés par les tracas, Hugues entra chez lui, un paquet de vêtements sous le bras. Adrienne, avide de nouvelles, se précipita vers lui.

– Comment ça va ?

– C'est épouvantable… Je n'ai pas d'autres mots… Tiens, regarde, ajouta-t-il, dépité, en lui tendant un journal.

Adrienne s'empara de *La Chouette*. En une, la photo du Bazar en flammes, réalisée par Lucile, illustrait le titre « Dans l'enfer du brasier » qui barrait la page en lettres capitales. Hugues en avait suggéré un plus provocateur, « Dans le brasier de l'enfer », mais Séverine préférait se tenir éloignée des sous-textes religieux.

Adrienne tourna frénétiquement les pages jusqu'à la liste, encore provisoire, des victimes.

– Mon Dieu ! s'exclama-t-elle. Je les connais toutes ! Pauline Carrière… Élisabeth de Guillebond… Hélène Delaune, une jeune fille de vingt ans à peine…, poursuivit-elle, contrite. Alice ! cria-t-elle soudain, bouleversée. Ma nièce ! Elle n'est pas dans la liste ! Elle n'est pas dans la liste, répéta-t-elle, soulagée, en se blottissant contre son amant. Cela veut dire qu'elle est vivante…

Hugues la serra contre lui, préoccupé.

– On raconte que la sœur de l'impératrice d'Autriche aurait sacrifié sa vie pour en sauver d'autres, soupira-t-il.

Il desserra son étreinte, avisa le paquet qu'il avait déposé sur le canapé en entrant dont il sortit une robe sombre, enveloppante et sans fioritures, avec une ample capuche, ainsi qu'une paire de confortables bottines. Idéal pour faire couleur locale dans ce quartier populaire.

– Je dois retourner au journal. Ça va aller ?

– Parfait, convint Adrienne.

– Pour ta fille, tu ne fais rien sans m'en parler, d'accord ? insista-t-il avant de refermer la porte. Pour le moment, tu ne sors pas d'ici.

Adrienne, qui enfilait les bottines pour vérifier que la pointure lui allait, ne répondit pas.

– Tu promets ? insista Hugues, soucieux.

– Ne t'inquiète pas, assura-t-elle, soulagée de constater qu'elles étaient à sa taille.

Adrienne ne pensait qu'à Camille, ces souliers seraient les bottes de sept lieues qui lui permettraient de la retrouver.

*

* *

– Un, deux, trois, quatre, cinq…, comptait à voix basse Sidonie Huchon en train de calculer les gouttes du médicament contenues dans une seringue.

Rose, dans un brouillard perpétuel lié à la morphine que se chargeait de lui injecter Mme Huchon, parvint à se redresser.

– S'il vous plaît…, supplia-t-elle. Je ne suis pas Odette… S'il vous plaît… Pouvez-vous prévenir mon mari ? Madame Huchon, s'il vous plaît… ! Je suis Rose, la bonne des de Jeansin. Prévenez mon mari, Jean. Je vous en prie…

Huchon, totalement imperméable aux implorations de Rose, se tourna vers cette dernière :

– Ça va aller, mon petit, je vais changer vos pansements.

Rose se dirigea vers la porte de la chambre. Encore et toujours fermée à double tour.

– Je ne peux plus vous laisser partir.

– Pourquoi ? Pourquoi m'enfermez-vous ? s'énerva Rose en tentant de se dégager de Mme Huchon.

Cette dernière lui planta l'aiguille dans le bras.

Rose retomba sur son lit, de nouveau évanouie.

– Ça va aller, mon petit, ça va aller…, répéta la Huchon en la bordant.

*
* *

– Un, deux, trois, soleil !

Alice se retourna : Paul et Marguerite se tenaient immobiles, telles deux petites statues, sourire aux lèvres. À cet instant, Alice, tandis qu'un brusque chagrin l'étreignait, aurait tout donné pour avoir près d'elle son amie Rose. Elle prit sur elle pour continuer à s'amuser avec son frère et sa sœur.

– Pas mal du tout, les félicita-t-elle.

Alice se retourna contre le mur.

– Un... deux... trois..., dit-elle en prenant tout son temps.

Lorsque la main d'un homme toucha le mur à côté d'elle, Alice sursauta : Julien !

– Soleil..., répondit ce dernier en lui envoyant un éclatant sourire. J'ai bien cru que tu m'évitais.

Le jeune homme tenta de prendre sa fiancée dans ses bras, Alice eut un mouvement de recul.

– Qu'est-ce que tu fais là ?

– Ton père m'a invité à déjeuner, expliqua-t-il, surpris de cet accueil glacial. Il ne t'a rien dit ?

– Marguerite, Paul, vous nous laissez seuls ? demanda Alice aux enfants en guise de réponse.

Paul et Marguerite partirent jouer dans le jardin.

– Je suis si content que tu ailles bien... Je me suis tellement inquiété pour toi, Alice...

– Parce que tu t'inquiètes pour moi, maintenant ? demanda-t-elle, cinglante.

Julien se renfrogna, mais n'eut pas le temps de répondre, Mathilde et Auguste arrivaient.

– Vous nous avez poussées..., enchaîna Alice, la voix pleine de reproches. Vous nous avez marché dessus...

– De qui parles-tu, Alice ? demanda Julien, livide.

– Des hommes... de toi !

– Mais c'est faux...

– Tu pourrais au moins assumer ta lâcheté.

Mathilde et Auguste, mal à l'aise, échangèrent un regard.

– Mais enfin, Alice, qu'est-ce qui te prend ? intervint sa mère.

– Julien n'est pas un lâche, mais un homme d'honneur ! persista son père.

Alice n'était que tristesse et colère. Elle fixa ses parents, le regard noir et noyé de larmes.

– Ce sont les cochers, les garçons de café, les ouvriers, qui nous ont sauvées ! Pas les « hommes d'honneur », comme tu dis ! Pourquoi as-tu raconté à ma mère que tu m'avais cherchée dans l'incendie ? demanda-t-elle soudain à Julien en se tournant vers lui.

– Mais c'est ce que j'ai fait, Alice ! s'opposa-t-il. Et puis je t'ai perdue dans la foule !

– Tu es parti en courant ! rétorqua la jeune fille, en larmes. Tu m'as laissée seule au milieu des flammes !

– Mais qu'est-ce que tu racontes, enfin ! s'offusqua Mathilde, qui n'y comprenait rien.

– La vérité !

– Écoute, lança Julien, vexé. C'est ta version. Ce n'est pas la mienne, d'accord ?

Outrée, Alice envoya une gifle à Julien, au mépris des convenances.

– Alice ! s'écria Auguste. Excuse-toi, immédiatement ! Ton attitude est inadmissible !

Au contraire d'obéir à son père, la jeune fille lui tint tête.

– Et pousser une femme pour sauver sa peau, ce n'est pas inadmissible, peut-être ? C'est à cause de toi qu'elle est morte ! confirma-t-elle à son fiancé avant de tourner les talons.

– Qu'est-ce que tu dis, Alice ? tenta de comprendre Mathilde. Qu'est-ce qui se passe, ma chérie ?

– Il a tué Rose, Maman, voilà ce qu'il a fait, votre homme d'honneur.

Alice, dévastée et malheureuse, quitta le salon. Mathilde, bouleversée, partit à sa suite pour comprendre.

– Je suis désolé, Julien, s'excusa Auguste, mal à l'aise. Elle a perdu la tête.

Il n'était pas question que sa fille n'épousât pas Julien de la Ferté. Ce dernier, sous le choc, restait bouche bée.

– Depuis l'incendie, elle n'est plus la même, insista Auguste. Mais elle vous aime, n'en doutez pas.

– Moi aussi je l'aime, répondit alors le jeune homme en haussant les épaules. Sinon, pourquoi épouserais-je une femme dont le père et la famille sont complètement ruinés… ?

Auguste, crispé, détourna le regard.

– Écoutez-moi, annonça le jeune fiancé. Je ne supporterai pas qu'Alice me déteste. C'est à elle de décider si on se marie ou non…

*
* *

Sa chevelure dorée déployée sur ses épaules, Alice galopait.

Au carrefour du Hêtre, planqué derrière un arbre, la main en visière devant les yeux, Victor, à l'affût, écoutait. Rien. Le silence. Et, brusquement, un bruit de galopade sur sa droite.

Lorsque Alice arriva, elle ne vit pas Victor, mais freina son cheval. Victor l'observa un court instant en souriant, heureux : elle était si belle et l'attendait, le cherchait, lui, Victor, il en était certain.

– Bonjour ! dit-il en s'approchant.

– Bonjour…, sursauta-t-elle, troublée.

– Comment allez-vous ?

La cavalière était en train de tourner au petit trot. Chaque fois qu'elle et sa monture passaient dans le faisceau du soleil, on voyait luire les crins et la robe noirs de l'animal. Or, comme Alice portait une tenue très claire, le cheval, par contraste, semblait fait d'une matière précieuse.

– Ma famille voudrait vous récompenser, décréta-t-elle soudain.

– Je me fiche de l'argent ! répliqua Victor.

Alice, troublée, caressa le cou de son cheval pour se donner une contenance.

– Qu'est-ce que vous voulez ? demanda Alice, prise de court.

– C'est ça, que je veux, rétorqua le beau gosse en la regardant intensément. Des moments tous les deux, ensemble.

Alice s'empourpra et détourna le regard, embarassée.

– Vous me plaisez, déclara Victor. Et je vous plais aussi, renchérit-il, sûr de lui.

– Qu'est-ce qui vous fait croire cela ? s'offusqua Alice, feignant d'ignorer son cœur qui battait à tout rompre.

– Sinon, vous ne seriez pas ici, avec moi…

– Je suis fiancée, trancha Alice.

– Personne n'est parfait…, s'amusa Victor de l'air de celui qui s'en moque.

En toutes circonstances, il parvenait à détendre l'atmosphère, dédramatiser, cette qualité rassurait Alice, elle y était sensible. Elle sourit et il comprit qu'il avait marqué un point.

– Vous êtes amoureuse ?

Le regard de Victor sur Alice était d'une telle intensité qu'il la chamboula. Elle prit sur elle pour ne pas céder au désir qui la possédait ni avouer que, oui, elle était amoureuse non pas de son fiancé, mais de lui, Victor, qui l'avait sauvée des flammes et, ce faisant, d'une vie tracée et étriquée.

– Vous avez raison, je n'ai rien à faire ici, dit-elle pour couper court.

Alors, éperonnant sa monture, elle partit au galop comme on fuit l'amour de peur qu'il ne nous sauve.

*
* *

Rose osait à peine effleurer le bandage qui couvrait son front jusqu'à ses yeux et redoutait de bouger de peur de réveiller ses brûlures. Elle avait cessé de ruminer et avait réfléchi, la seule solution était de prendre la fuite au plus tôt. Et, pour commencer, il lui fallait sortir de cette fichue chambre.

Mme Huchon était partie à un rendez-vous, Rose l'avait entendue l'annoncer ; Thomas, quant à lui, passait la journée chez un camarade.

Elle tambourina à la porte de sa chambre, toujours fermée à double tour, d'abord sans un mot. Lorsque, enfin, elle perçut des bruits de pas, puis une présence silencieuse derrière la porte, elle se lança.

– Laissez-moi rentrer chez moi, s'il vous plaît.

– Vous êtes chez vous, madame, répondit une voix jeune et gouailleuse.

Rose choisit de ne pas en dire plus. Par nature, le personnel de maison était curieux, elle était bien placée pour le savoir, c'est pourquoi elle paria que la personne, derrière la porte, n'allait pas résister à l'ouvrir et entrer.

Entendant le tour de clé dans la serrure, elle comprit qu'elle avait vu juste et que c'était sa chance : lorsque la bonne fit face à Rose, méconnaissable avec ses bandages, cette dernière profita de l'effet d'effroi provoqué par son apparence. Elle bouscula la servante et s'enfuit dans le couloir sans lui laisser le temps de la retenir.

Elle chancela dans l'escalier en descendant les marches, sa tête tournait, elle dut reprendre son souffle. La bonne, qui avait enfin réagi, la talonnait.

Rose reprit sa course pour traverser le hall, atteindre enfin la porte de sortie de la somptueuse demeure. Elle l'ouvrit et tomba nez à nez avec Sidonie Huchon. Rose eut un mouvement de recul, tenta de la contourner, mais ses forces la délaissaient et Mme Huchon profita de l'occasion pour la repousser à l'intérieur et claquer la lourde porte.

– Ne la laissez pas sortir ! ordonna-t-elle au personnel qui avait rappliqué, intrigué par le bruit. Elle a perdu la tête.

Se sentant comme une lionne en cage, prête à tout pour quitter cette maison qui n'était pas la sienne, elle tenta, dans l'énergie du désespoir, de se dégager des bras de Mme Huchon, laquelle tentait de la retenir.

– Ma petite fille, s'il te plaît.

La bonne vint à la rescousse de sa patronne.

– Madame Odette, calmez-vous ! implora-t-elle.

– Mais je ne suis pas Odette ! supplia Rose. Regardez ! hurla-t-elle en déroulant les bandages qui entouraient sa tête.

Tous se figèrent, stupéfaits de découvrir le nouveau visage de leur maîtresse rescapée : le côté gauche était rongé par le feu, la défigurant à tout jamais.

Impressionnée, la bonne eut un mouvement de recul. Rose, dans un ultime effort, réussit à se dégager. C'est alors qu'elle se vit dans le grand miroir, son reflet la figea : son visage boursouflé par les récentes brûlures la rendait méconnaissable.

Dévastée par la douleur, elle se laissa tomber à genoux, sous le choc. Bouleversée, la Huchon s'agenouilla à ses côtés et l'étreignit avec une infinie tendresse, espérant que dans ses bras la jeune femme trouverait un souffle de réconfort.

– Aidez-moi à transporter ma fille dans sa chambre, demanda finalement Mme Huchon.

Sous le choc, Rose n'opposa aucune résistance. Des sanglots profonds transperçaient sa tristesse, plus aucun mot ne sortait de sa bouche, des larmes coulaient le long de ses joues, elle était anéantie.

*
* *

Auguste de Jeansin faisait les cent pas dans le salon, marchant de long en large devant son épouse contrariée. On lui cachait quelque chose, elle le sentait.

– Il faut absolument qu'elle accepte ce mariage, lança Auguste. J'ai demandé à Julien de venir lui parler. Ça va s'arranger.

– Ah oui ? demanda Mathilde en lui jetant un regard accusateur. Et comment ? En l'obligeant à épouser un homme qu'elle accuse d'avoir poussé notre bonne dans les flammes ? On s'était promis de la laisser libre de ses choix, Auguste.

– Je ne peux pas faire autrement, Mathilde, répondit Auguste, ferme. Tu sais très bien que, sans ce mariage, c'est la ruine qui nous attend !

Mathilde n'avait jamais eu à choisir entre la peste et le choléra, ce genre de perspective la répugnait.

– 17 –

5 mai 1897, 14 h 20.
Vingt-deux heures après l'explosion.

Lorsque Rose ouvrit les paupières, son regard tomba sur Sidonie Huchon en train de la veiller avec affection. Il y eut un moment de silence durant lequel Mme Huchon caressa le front de la blessée.

– Que me voulez-vous ? Pourquoi me retenez-vous enfermée ?

– Allez-y…, suggéra la Huchon avec un calme olympien. Vous pouvez sortir. Rentrez chez vous, si cela vous chante. Pour y faire quoi ? Du travail ? Mais avec la tête que vous avez, du travail, vous n'en trouverez jamais ! Vous sombrerez dans la misère…

Rose, qui ne s'attendait pas à tant de franchise, resta ébahie.

– Et votre mari ? enchaîna la Huchon. Croyez-vous qu'il va accepter de vivre avec un monstre comme vous ? Ma fille est morte dans l'incendie, vous lui ressemblez beaucoup… Vous avez ses yeux. Je refuse que La Trémoille, mon gendre, cet escroc, hérite de sa fortune, donc de celle de mon petit-fils. Il avait besoin d'argent, nous d'une particule. Jamais nous n'aurions dû accepter ce mariage…

Rose ne bronchait pas, interloquée par ces confidences.

– Mais si elle n'était pas morte…, continua Huchon comme si elle se parlait à elle-même. Si elle était juste gravement brûlée…

Rose se raidit soudain. Elle avait peur d'avoir compris.

– Vous êtes en train de m'expliquer que vous voulez que je prenne la place de votre fille ?

Pour toute réponse, Huchon ne la lâcha pas des yeux.

– Vous êtes complètement folle ! s'indigna Rose.

– Une belle vie, avec de l'argent…, la coupa la Huchon. Du luxe, des choses que vous n'avez jamais connues. Réfléchissez. Vous lui ressemblez beaucoup. Je vous laisse vingt-quatre heures.

Huchon posa la clé de la chambre sur la table de nuit et quitta la pièce, laissant Rose aussi perplexe que perdue. Elle s'appliquait depuis son enfance à croire en la vie, faire confiance à chaque jour que Dieu faisait. Cette fois, face au destin d'une autre qu'on lui demandait de devenir, elle se sentit dépassée.

*
* *

Entre Alice et Julien, le malaise était plus que palpable, le silence, pesant.

– Sans l'incendie, on se serait mariés, on se serait aimés, on aurait été heureux…

– Tu t'es demandé comment je m'en étais sortie ? le coupa Alice en le mitraillant du regard.

– Mais tu es en vie, se justifia Julien, pris au dépourvu. C'est tout ce qui compte, pour moi ! Je te tenais la main. J'ai tout fait pour te protéger, Alice. Tout.

– Non, c'est faux ! explosa-t-elle. C'est un autre homme qui m'a sauvée ! Un homme qui n'a pas hésité à risquer sa vie pour la mienne ! Un homme qui n'a pas poussé une femme dans les flammes pour sauver sa peau !

– Je ne l'ai pas poussée ! éructa Julien, blême.

– Si !

Alice, face à la mauvaise foi de son fiancé, ne parvint plus à se contenir et éclata en sanglots.

– Je t'ai vu, Julien. Je t'ai vu la pousser.

– Non ! hurla-t-il, dans le déni le plus total.

Alice, consternée, essuya ses larmes en silence. Il tenta de lui prendre la main, elle se déroba fermement.

– J'avais peur, Alice ! J'avais peur ! Tout le monde se bousculait, tout le monde se marchait dessus. Si je l'ai poussée, je ne l'ai pas fait intentionnellement. Mais tu ne peux pas m'en vouloir d'avoir survécu. Ça, non.

Au lieu de calmer Alice, l'explication de Julien la dégoûtait encore plus.

– C'est lamentable, ce que tu dis.

– De toute façon, si j'étais mort, tu me pleurerais, tu me regretterais. Peut-être même que tu promettrais de ne plus jamais aimer personne d'autre.

– Mais il y a eu l'incendie, rétorqua Alice sèchement.

Affligé, Julien baissa la tête et sortit du salon au moment même où Auguste, ameuté par la dispute, y entrait. Julien passa devant lui sans s'arrêter et claqua la porte de la propriété.

– Je ne veux plus l'épouser, Papa, annonça tout de go Alice.

Auguste, mal à l'aise, déglutit. Il ne pouvait plus échapper à quelques explications et se racla la gorge comme avant un discours.

– Assieds-toi, Alice.

La voix grave et le teint livide de son père alarmèrent la jeune fille qui obtempéra.

– J'aurais aimé avoir le choix, je ne l'ai pas, commença-t-il. Tu es en âge d'entendre ce que je vais te dire…

Alice dévisagea son père avec un net regard d'incompréhension.

– J'ai été très mal conseillé pour mes placements financiers… Si rien n'est fait d'ici deux mois, nous serons obligés de tout vendre, quitter cette maison.

Alice, abasourdie, écarquilla les yeux.

– La seule chose qui puisse nous sauver, renchérit Auguste, c'est ton mariage avec Julien. Il est riche, il t'aime, il nous aidera.

Alice eut un haut-le-cœur.

– Tu me sacrifies pour de l'argent ? parvint-elle à articuler.

– Pas du tout, contesta Auguste. Je ne te le demanderais pas si je n'étais pas sûr et certain que tu seras heureuse avec lui.

Effondrée, désespérée, Alice se leva d'un bond et trouva la force de quitter le salon. L'énergie du désespoir permettait de clouer le bec à certaines situations inextricables. Elle courut s'enfermer dans sa chambre. Toute sa relation avec Julien était fausse depuis le début. Ses parents l'avaient manipulée afin qu'elle l'épouse pour son argent et les sauve de la faillite. Elle se sentit prise au piège.

*
* *

Le baron Jacques de Chapuis ne parvenait pas à décrocher ses yeux de la photographie en noir et blanc de leur petite Pauline. Il se tenait enfoncé dans le profond fauteuil du salon, face à la cheminée sur laquelle trônaient des portraits, sans parvenir à bouger, comme tétanisé par ces obsèques incohérentes. Ce n'était pas dans l'ordre des choses de perdre son enfant.

– Les gens ne vont pas tarder à arriver, maintenant, annonça la mère de la baronne, comme s'il s'agissait de fêter un anniversaire.

– Il faut encore qu'on lui prépare ses vêtements, répondit Jeanne, le regard vide.

– Qu'est-ce que je peux vous offrir, Jacques ? lui demanda sa belle-mère. Un verre ?

– Pas pour l'instant, mère, ça ira. Merci, ajouta-t-il en se levant.

Son épouse s'était mise à sangloter, la mère de cette dernière l'ignora. Il y avait tant à faire qu'elle partit se préparer.

Le baron et la baronne, enfin seuls, restèrent un moment silencieux.

– Elle est au ciel, Jeanne, énonça finalement Jacques, le regard perdu vers la fenêtre.

Dans sa voix transparaissaient des trémolos profonds. Il se retenait de pleurer depuis plusieurs jours, cette fois il n'était plus question de se contrôler.

– C'est sûr qu'elle est au ciel, ajouta-t-il, bouleversé. Elle était la plus adorable, la plus parfaite des…

Submergé par la douleur, il ne termina pas sa phrase, se tourna vers son épouse en sanglotant.

– S'il y a bien une enfant qui a mérité d'être au ciel, c'est Pauline, parvint-il à articuler.

Jamais la baronne n'avait vu son époux pleurer, être si démuni. Elle s'approcha de lui et l'étreignit.

– Bien sûr qu'elle est au ciel, Jacques.

Il se blottit contre elle. Unis dans la peine et le chagrin de cette perte incommensurable, ils décidèrent de choisir les vêtements que Pauline préférait pour son dernier voyage.

Aglaé, leur fille aînée, fit irruption. Elle était vêtue de noir et avait tenu à porter un voile. Effondrée, elle se jeta dans les bras de son père.

– Maman…, demanda-t-elle soudain en la fixant. Où étais-tu quand le feu a pris ?

– Je te l'ai dit, trésor, répondit avec douceur la baronne.

J'ai quitté le Bazar avant l'incendie et je suis allée chez des amis à Compiègne, mentit-elle en lui caressant le dos. Si j'avais su ce qui allait se passer, je n'y serais jamais allée.

La baronne avait bien été obligée de trouver un mensonge. Étant donné l'ampleur de la tragédie, la comtesse – son premier prétexte – avait bien sûr annulé sa réception, la baronne ne pouvait raconter qu'elle s'y trouvait.

– Jamais, répéta-t-elle en la serrant contre elle.

Même si l'illusion de la vérité n'était pas la vérité, la jeune fille se laissa bercer.

– 18 –

5 mai 1897, 16 h 20.
Vingt-quatre heures après l'explosion.

– La France n'oublie jamais ceux qui sont tombés pour la servir, pour la protéger, pour la défendre, commença le préfet devant l'assistance émue aux larmes.

Le pompier Didier Garden, mort au feu, recevait les honneurs dans la cour de la BSPP, loin des regards.

Face au cercueil exposé dans la cour de la caserne, les sapeurs en tenue antifeu, casque sur la tête, étaient alignés de chaque côté de Mattéo, les bras tendus le long du corps.

– Garde ! ordonna le major Krebs. Attention pour les couleurs. Envoyez !

Le drapeau tricolore s'éleva en même temps que les soldats du feu entamèrent *La Marseillaise*.

– Aujourd'hui, la République est en deuil et pleure ce héros perdu, déclara, solennel, Leblanc. Il est parti face aux flammes, il est parti en sauvant, il est parti en héros, ajouta le préfet en déposant sur le cercueil une médaille. Il rejoint la liste de ceux qui sont morts pour les autres, ceux qui sont morts pour nous protéger. Son nom est inscrit à jamais dans le marbre de la République qui pleure son héros perdu.

Les parents du jeune homme disparu avaient du mal à contenir leurs larmes. Le préfet se tourna vers eux.

– Toute la vérité sur cet incendie sera faite, la justice sera rendue, nous vous la devons, leur promit-il.

Il ne précisa pas qu'il avait pour habitude de voir le monde tel qu'il avait envie de le voir, jamais tel qu'il était. Pour Leblanc, le sacrifice de ce soldat du feu mort au combat n'avait rien d'exceptionnel. En s'engageant dans la lutte contre les incendies, les pompiers ne connaissaient-ils pas les risques du métier ?

*
* *

– Elle n'osait pas vous le dire…, expliqua Jean.

Il venait de confier à Alice, venue à l'enterrement de Rose, qu'ils avaient prévu de partir en Amérique. Alice eut un sourire un peu triste.

– Elle avait peur de vous faire de la peine, confirma Jean. Elle vous aimait beaucoup.

– Moi aussi…, assura Alice, touchée. Rose était mon amie.

Ils remontaient l'allée centrale du petit cimetière de campagne dans lequel Rose reposait désormais en paix. C'était en tout cas ce qu'ils pensaient. Comment pouvait-il en être autrement ?

– Vous devriez prendre quelques jours pour rester auprès de la famille de Rose, suggéra Alice, prévenante et douce. Vous reviendrez quand vous serez prêt.

Jean ne savait pas ce qu'allait devenir sa vie sans la femme de sa vie avec laquelle il avait eu tant de projets. Ils étaient chez les de Jeansin comme chez eux, tout dans la propriété de ses patrons lui rappelait sa présence, il ne savait combien de temps il supporterait de côtoyer son bonheur passé.

– Merci, Alice.

Pour la première fois, il n'avait pas dit « Mademoiselle Alice ». Comme si la mort de Rose avait aboli leurs différences.

De l'autre côté du cimetière, une calèche attendait, garée. Sidonie Huchon veilla à ce que les proches de Rose soient tous partis pour rejoindre la tombe dans laquelle était en réalité enterrée sa fille Odette. Elle déposa un petit bouquet à côté des fleurs voulues par Jean et Alice.

– Pardonne-moi, ma chérie, dit-elle, la gorge nouée par l'émotion. Je l'ai fait pour toi, tu comprends ? Pardonne-moi, répéta-t-elle, bouleversée.

*
* *

L'ironie du sort fit qu'à cet instant précis, Lucile se faisait annoncer dans la propriété des de La Trémoille. Dans la mesure où Mme Huchon n'avait donné aucune consigne précise, le majordome fit entrer la journaliste, la priant de patienter dans le vestibule.

Lucile n'avait pas eu le temps de visiter Odette depuis l'incendie. Elle avait appris que son amie et son fils étaient tous deux saufs. Thomas n'avait aucune blessure, en revanche, Odette était défigurée.

Lucile et Odette se connaissaient depuis sept années, lorsque Odette, jeune mariée, avait poussé la porte du cercle ésotérique auquel venait de s'inscrire la journaliste en herbe. Les deux jeunes femmes, presque opposées dans leur caractère, étaient devenues complices en art de l'oracle, qu'il fût astrologique ou numérologique. Odette consultait tout autant les esprits, l'énergie des pierres et les tarots. Cela l'aidait à supporter un mari volage et pervers. Forcément, mise dans la confidence des travaux et recherches en psychologie dentaire de Lucile, elle en raffolait.

Odette avait confié à Lucile son complexe : la jeune femme avait honte de son diastème, ses dents du bonheur, cause de tous ses malheurs selon ses propres dires. Lucile lui avait expliqué que l'écartement entre ses deux incisives de la mâchoire supérieure symbolisait une cassure intérieure entre le yin et le yang. De peur d'attiser la mémoire du feu dont son amie était rescapée, Lucile prit la décision de ne pas lui relater la séance des identifications dentaires qu'Oscar Oscar avait effectuées avec maestria.

– Suivez-moi, je vous prie, annonça le majordome.

Rose était tétanisée de recevoir Lucile, sa première visite. Lorsque le majordome l'avait annoncée, son premier réflexe avait été de décliner. Puis, elle s'était souvenue qu'Alice lui avait plusieurs fois confié avoir suivi Odette pour des séances de spiritisme avec cette Lucile, journaliste réputée. C'est pourquoi, elle avait finalement opiné du chef.

Ce qu'ignorait Rose, en revanche, c'était le lien *dentaire* privilégié qui unissait Odette à Lucile.

Dès qu'elle pénétra dans la chambre de son amie, Lucile fut parcourue de frissons : son intuition lui indiquait de rester vigilante, comme lorsque quelque chose clochait. Odette avait le visage masqué par ses pansements. Elle tenait un voile devant le côté gauche, couvrant ses boursouflures. Émue, Lucile la serra dans ses bras, puis lui tendit une boîte de pâtes de fruits, ses préférées.

Habilement, elle expliqua qu'elle enquêtait sur les rescapées de l'incendie et le sauveur de ces dames, tentant de savoir si Odette se souvenait de son évacuation. La jeune femme fut prise d'un subit coup de fatigue. Elle avait besoin de s'étendre.

– Je reviendrai, repose-toi.

– Merci, Lucile, répondit Odette en lui adressant un timide sourire.

La reporter salua le majordome. Ce n'est que lorsqu'elle fut loin de la propriété qu'elle se retourna, se remémorant soudain le sourire d'au revoir de son amie lors de leur entretien.

Le feu défigurait, abîmait les cordes vocales, transformait un visage, éventuellement un corps. Il ne remplaçait ni ne transformait une dentition. Elle réalisa que la jeune femme avec laquelle elle venait de s'entretenir n'avait aucun diastème. Ce ne pouvait être Odette.

Elle réfléchit : il paraissait improbable, voire impossible, que Mme Huchon, la mère d'Odette de La Trémoille, ignorât la supercherie. À quoi jouaient les deux femmes ? Où était la véritable Odette ? Avait-elle disparu dans l'incendie ? Qui profitait de l'opportunité pour usurper son identité ? Et Thomas, le fils d'Odette : n'avait-il pas reconnu que celle qui occupait les appartements de sa mère ne l'était pas ?

*
* *

– Pourquoi, toi, tu n'as rien et elle, elle est morte ! s'écria Aglaé de Chapuis.

Le problème, avec les mensonges, c'était qu'à force de vivre avec, il devenait difficile de se rappeler la vérité.

Le brasier de la rue Jean Goujon n'avait pas uniquement réduit en fumée le Bazar de la Charité, il était en train de détruire à petit feu la propre vie de la baronne de Chapuis.

Sa fille aînée la harcelait, répétant à l'envi sa seule et même question : « Où étais-tu ? Où étais-tu ? Où étais-tu pendant l'incendie ? »

La baronne, inlassablement, ressassait ses bobards en guise de réponse.

Personne n'était dupe.

Sa mère, dévote et aigrie, n'hésitait pas à l'enfoncer dans son marasme, la traitant en privé de dévergondée.

Quant à son mari, il s'abstenait de tout commentaire. En homme d'action, il agissait.

C'était ainsi qu'il avait engagé un détective et acquis la certitude que sa femme avait un jeune amant.

*
* *

La baronne le supplia de ne pas la chasser, elle n'avait nulle part où aller, dépendait de lui, il le savait. Le baron resta ferme, sa décision était prise : qu'elle réfléchisse, fasse un choix, et alors elle pourrait revenir.

Il appela son cocher, fit charger la malle de la baronne et envoya l'attelage chez ses beaux-parents : un retour aux sources ne faisait jamais de mal.

*
* *

Odette se délectait d'un jus de fruits frais lorsque le majordome frappa une nouvelle fois à la porte de sa chambre.

– Madame ?

– Oui ? s'inquiéta Rose.

– Vous avez une deuxième visite, madame. Mlle Alice de Jeansin veut vous voir.

Alice... Décidément, avec Lucile, elles s'étaient passé le mot.

– Je lui ai dit que vous ne receviez plus personne, elle insiste... expliqua le valet. Je lui demande de partir ?

– Non ! s'opposa Rose. Faites-la monter, merci.

Elle se concentra. Alice allait-elle s'apercevoir qu'elle n'était pas Odette, mais Rose ?

Cet entretien allait être décisif.

– 19 –

5 mai 1897, 18 h 20.
Vingt-six heures après l'explosion.

À l'angle de la rue Boileau, Victor, casquette vissée sur la tête, clope roulé au bec, ne lâchait pas des yeux l'hôtel particulier d'Auguste et Mathilde de Jeansin. C'était donc ici qu'habitait Alice… Repérant la calèche qui s'engageait dans la rue Boileau, il écrasa son mégot et avança à sa rencontre. La belle blonde le remarqua, informa le cocher qu'elle rentrait à pied et descendit. Elle attendit que son cocher ne puisse plus la voir pour se précipiter vers le trottoir d'en face, où Victor l'attendait, adossé à un mur troué comme une éponge.

– Comment m'avez-vous trouvée ? demanda-t-elle, nerveuse.

Ses yeux furetaient partout, elle redoutait que ses parents la voient avec Victor.

– Vous êtes vraiment partie comme une voleuse, la dernière fois…, lui sourit Victor en la dévorant des yeux.

– On ne peut pas se revoir, avoua Alice. Je n'ai pas le choix. Ma famille n'a plus d'argent, si je n'épouse pas cet homme, nous serons à la rue…

Elle soutint son regard.

– Ah, sympa…, répondit Victor en levant les yeux au ciel, déçu. C'est ce genre de mariage ?

Repérant son frère et sa sœur qui arrivaient avec leur mère, Alice écourta.

– Il ne faut pas rester là.

– Ne vous laissez pas vendre, surtout. Vous méritez tellement mieux que ça…, lui glissa-t-il à l'oreille avant de filer.

Ils échangèrent un regard débordant de désir l'un pour l'autre.

– Je vous attendrai au bois, insista Victor, qui n'avait peur de rien.

*
* *

Sidonie Huchon était contrariée : non seulement elle avait enterré sa « vraie » Odette aujourd'hui, et cela l'avait bouleversée, mais voilà qu'en rentrant le majordome l'avait informée de la visite de deux amies de sa fille. En son absence.

– Que leur avez-vous dit ? s'enquit-elle.

Rose, elle, se sentait vidée de toute substance.

– Alice ne m'a pas reconnue, souffla-t-elle, abattue et éprouvée. J'ai passé la moitié de ma vie avec elle, elle ne me reconnaît pas. Rose est morte, c'est fini. J'accepte votre proposition.

– C'est une sage décision.

– J'ai une condition : je ne couche pas avec le mari d'Odette.

– Ça, ce n'est pas un problème. Il ne vient jamais ici, lorsqu'il vient il couche avec tout le monde sauf avec sa femme, dit la Huchon avec un rictus de dégoût. Demain, je vous amènerai Thomas, poursuivit-elle.

– Je ne suis pas prête.

– Il n'arrête pas de vous réclamer.

Désespérée, Rose avait pris sa décision : elle endosserait le rôle d'Odette. Les visites impromptues qu'elle avait reçues aujourd'hui s'étaient révélées déterminantes. Son ancienne maîtresse ne l'avait pas reconnue, cela l'avait anéantie.

Sans bien savoir à quoi sa nouvelle vie allait ressembler, elle préféra sombrer dans le sommeil pour oublier que plus jamais elle ne se blottirait contre son Jean, son amour.

– 20 –

6 mai 1897, 8 h 20.
Quarante heures après l'explosion.

Adrienne de Lenverpré admirait la lumière matinale qui rebondissait sur Notre-Dame, telle une boule de feu. Pas du tout habituée au bruit du centre de Paris dès potron-minet, elle n'avait pas fermé l'œil de la nuit, attendant son amant qui n'était pas encore rentré. Avec l'actualité au journal, il devait être sur des charbons ardents. Elle se laissa bercer par la saveur animée de ce quartier qui la changeait du sien, feutré et loin du cœur de la ville. Où se trouvait sa petite Camille à cette heure ? Où son père l'avait-il emmenée ? Adrienne sentait la nervosité enfler dans tout son être alors, pour se calmer, elle serra contre son cœur le médaillon dans lequel elle avait glissé une photographie de son enfant et qui ne la quittait pas. Quelques coups à la porte la sortirent de sa rêverie. Elle se figea, se demandant qui cela pouvait être.

– Monsieur Hugues ? demanda la voix d'un garçon. C'est moi, Léo. J'ai un pli pour vous.

Adrienne regarda à travers l'œilleton, constata qu'il s'agissait d'un enfant.

– Passe-le sous la porte, dit-elle à voix basse. Je le lui donnerai.

Le jeune garçon s'exécuta. Adrienne ramassa l'enveloppe.

– Attends ! s'exclama-t-elle, entendant que le livreur s'éloignait. Cela t'intéresserait de te faire un peu d'argent ?

– Oui ! Bien sûr !

Adrienne hésita, puis finit par entrouvrir la porte. Le jeune garçon qui lui faisait face avait une dizaine d'années, le regard frondeur et la mine débrouillarde.

– Il n'est pas là, M. Hugues ? demanda-t-il, intrigué.

– Non, éluda Adrienne. Écoute-moi… J'ai besoin de vendre des bijoux.

– La place Vendôme ? proposa le garçon.

Adrienne fit non de la tête, son mari était connu là-bas, ce n'était pas assez discret, elle risquait de se faire repérer.

– Je connais bien un gars, mais…, hésita-t-il. Je vous préviens, c'est pas vraiment dans les beaux quartiers.

Peu importait à Adrienne. Elle avait besoin d'argent pour préparer sa fuite à l'étranger, une fois Camille récupérée. Elle possédait beaucoup d'argent, détenait une grande partie de la fortune dont disposait de Lenverpré. Cependant, étant considérée comme le « sexe faible », elle n'avait jamais pu en disposer.

Ravi de cette opportunité, le jeune garçon profita de l'entrebâillement de la porte pour reluquer la jolie dame en train de s'habiller.

*
* *

Thomas de La Trémoille avait beau n'avoir que sept ans, il ne comprenait pas pourquoi sa grand-mère lui interdisait l'accès aux appartements de sa maman.

– Maman a très envie de te voir, mais elle a mal…, expliqua Mme Huchon à son petit-fils. Alors il faut faire attention, il ne faut pas la toucher.

– D'accord, Mamie, acquiesça l'enfant en secouant la tête comme une marionnette.

– Et puis…, reprit la Huchon, elle est obligée de se cacher le visage en attendant que ça guérisse, tu comprends ?

Oui, Thomas avait parfaitement saisi.

– On ne va pas rester longtemps, elle est fatiguée.

Thomas trépignait d'impatience, c'est pourquoi, lorsqu'ils arrivèrent devant la chambre d'Odette, que sa grand-mère poussa la porte et confirma qu'il pouvait entrer – « *Tu peux aller la voir* » –, il se précipita.

Il tenait dans sa main une feuille de papier sur laquelle il avait dessiné l'arche de Noé. Devant sa mère, il eut un mouvement de recul et resta bouche bée, impressionné par ce visage méconnaissable.

– Bonjour, Thomas, dit Rose, doucement.

Sidéré de constater que ni la voix, ni les mains, ni les gestes de cette personne ne correspondaient à ceux de sa maman, il se tourna vers sa grand-mère.

– Je peux retourner dans ma chambre, Mamie ?

– Tu ne dis pas bonjour à maman ? tenta d'insister Mme Huchon.

Le petit garçon sentit une larme aussi grosse qu'un dé à coudre couler sur sa joue, il se précipita à l'extérieur. Dans sa chambre, il jeta en boule son joli dessin dans la corbeille.

– C'est de la folie, déplora Rose. Ça ne marchera jamais !

– Il le faut ! déclara Mme Huchon, obstinée.

*
* *

Si, depuis qu'elle fréquentait son amant Hugues Chaville, Adrienne de Lenverpré côtoyait le centre de la capitale, elle ne s'était en revanche jamais aventurée dans ce coin du nord de Paris. La gargote du receleur, encombrée d'objets de toute sorte et de bordel, ressemblait à un grenier à l'abandon. Sur le comptoir, un cendrier rempli de mégots puants et des bouteilles d'alcool entamées achevaient de rendre l'endroit répugnant. Le receleur, flanqué d'un assistant patibulaire et peu avenant à l'image de la boutique, était concentré sur sa loupe, expertisant les bijoux que lui avait apportés Adrienne, qu'il matait à la dérobée.

– Pour l'ensemble, cent mille francs, annonça-t-il soudain.

– Pardon ? s'offusqua Adrienne. Vous plaisantez ! Ces bijoux valent bien plus ! Rien que cette bague, dit-elle en montrant une monture de rubis, en vaut le double ! Je le sais, c'est mon mari qui me l'a offerte.

Le receleur se pencha vers elle.

– Cent vingt mille avec ce médaillon, négocia-t-il en tirant sur la chaîne qu'elle portait autour de son cou.

La seule photo de sa fille. Jamais elle ne s'en séparerait ! Adrienne eut un mouvement de recul.

– Il n'est pas à vendre, affirma-t-elle.

– Vous êtes sûre ? insista le type, l'œil torve.

– D'accord pour cent vingt mille, mais sans le médaillon, trancha Adrienne, de plus en plus mal à l'aise dans cet endroit.

Le receleur adressa un signe de tête à son assistant. Ce dernier sortit une liasse de billets qu'il tendit à Adrienne.

– Vous savez où me trouver…, conclut le receleur en empochant les précieux bijoux.

– Allez, dit le jeune garçon à Adrienne, on se tire.

– 21 –

6 mai 1897, 15 h 50.
Quarante-sept heures et trente minutes après l'explosion.

– Je sais qui tu es…, murmura une petite voix.

Rose ouvrit les yeux. Les doses de morphine diminuant au fur et à mesure que ses plaies cicatrisaient, elle se sentait chaque jour un peu plus alerte. Elle aperçut Thomas, debout près de son lit, en train de l'observer.

Rose lui sourit.

– Je sais qui tu es…, répéta l'enfant sans la lâcher des yeux.

Disait-il vrai ? Troublée par la clairvoyance du gamin, l'ancienne bonne ne sut que répondre. Surtout que la voix de Mme Huchon retentit. Elle cherchait Thomas, criant son prénom dans toute la maison.

Lorsque cette dernière fit irruption dans la chambre d'Odette, le garçon s'éclipsa en courant.

– Il est venu vous voir ? s'étonna la Huchon, inquiète. Qu'est-ce qu'il vous a dit ?

– Bonjour, mentit Rose. Simplement bonjour, rassurez-vous.

Mme Huchon la regarda longuement, un brin sceptique, avant de l'aider à changer ses pansements. Il fallait que *ça* marche. Il fallait que Rose *soit* Odette, que Thomas accepte le nouveau visage de *sa* maman. C'était, au fond, une bonne nouvelle qu'il soit revenu, seul, dans cette chambre. Sans doute l'enfant avait-il d'abord eu un choc de ne pas reconnaître sa mère, puis il avait dû se calmer.

– Il va bientôt prendre sa collation, annonça la Huchon en terminant le pansement de Rose. Il serait judicieux que vous le rejoigniez.

– Parlez-moi d'elle…

– Elle passait beaucoup de temps avec son fils. Elle l'adorait, alors essayez d'être une bonne mère.

Rose sourit, s'efforçant de ne pas penser à Jean et à leur projet de famille.

– Donnez-moi votre main, poursuivit la Huchon. N'oubliez pas : vous n'êtes plus une domestique, vous êtes une des femmes les plus riches de Paris. Odette aimait beaucoup cette bague, expliqua-t-elle en passant la superbe monture récupérée sur le cadavre carbonisé d'Odette. Je venais de la lui offrir. Elle ne l'a portée qu'une fois…

Le jour de l'incendie… Sidonie Huchon, minée par le chagrin, ne put terminer sa phrase.

– À ce qu'il paraît, enchaîna Rose afin de détendre l'atmosphère, la princesse de Galles a la même. Odette en a parlé à Alice au Bazar, ajouta-t-elle en admirant le bijou qui lui allait comme un gant. Elle était très fière de cette bague.

Timidement, les deux femmes s'apprivoisaient.

*
* *

Depuis la catastrophe, Rose n'avait pas encore mis le nez dehors, c'est pourquoi la perspective de ce moment au grand air, elle qui avait grandi à la campagne, la réjouissait.

Le soleil était doux, une brise lui caressait la nuque, cette sensation la combla.

– Désirez-vous boire ou manger quelque chose, madame ? questionna la jeune bonne.

Rose s'appliqua à se prendre pour la maîtresse de maison. On disait que l'habit ne faisait pas le moine, cependant, apprêtée dans la robe en soie bleue d'Odette, Rose n'avait jamais été aussi élégante.

Thomas la dévisageait sans un mot, serrant son ours en peluche contre lui, comme un bouclier.

– Apportez-moi du jus de pomme, s'il vous plaît… et des brioches.

– Oui, madame, s'exécuta la bonne en sortant.

– Ma mère, elle déteste le jus de pomme, dit alors Thomas à Rose.

– Moi, j'adore ça, répondit Rose dans un sourire affectueux.

Le petit garçon s'adoucit. Il avait reconnu Rose, la bonne d'Alice, l'amie de sa vraie maman. C'était elle qui l'avait sauvé des flammes en le sortant du cinématographe et du Bazar. C'était elle, ensuite, qui était retournée dans le feu afin de chercher Odette et Alice.

– Moi aussi, répondit-il.

Rose lui caressa la joue avec beaucoup de tendresse.

– Comment ça va, ton doudou ? lui demanda-t-elle en avisant son ours en peluche.

– C'est pas mon doudou, c'est Félix, mon petit frère !

– Félix, dit alors Rose en se penchant vers le jouet, tu as beaucoup de chance d'avoir un grand frère comme Thomas. Il est très gentil et très courageux. Il n'a pas eu peur du feu.

– Tu as eu mal ? la coupa soudain l'enfant, l'air grave.

– Oui, lui confia Rose après une hésitation.

– Ma maman, elle ne reviendra pas ?

– Non, mon chéri, elle ne reviendra pas.

– Tu ne l'as pas retrouvée ?

– Non, je suis désolée, avoua-t-elle, bouleversée par cet échange.

Thomas se blottit contre elle.

– Dis-moi…, reprit Rose en le serrant contre elle. Est-ce que tu es d'accord que je reste ici pour m'occuper de toi ?

Alors Thomas se dégagea doucement de son étreinte. Il sourit comme il n'avait plus souri depuis plusieurs jours.

– Oui, je veux bien, opina-t-il, heureux.

Rose eut le temps de sourire à son tour, puis le sol se déroba sous ses pieds et elle tomba évanouie.

*
* *

– On raconte que, à la suite de l'incendie, des femmes sont tombées malades à cause des vapeurs de fumée…

Mme Huchon avait immédiatement prévenu le Dr Malo, lequel avait rappliqué au plus tôt.

– Je ne crois pas que ce soit ça ! affirma le toubib, tout sourire. Il vous arrive de vomir ? s'enquit-il en se tournant vers Rose, allongée.

– Oui, presque tous les jours depuis l'incendie.

– Vous avez des vertiges… ? continua le médecin.

– Oui, aussi, confirma la jeune femme.

– À quand remonte votre dernière période menstruelle ?

– Je ne sais pas…

– Le mois dernier ou avant ?

– Deux mois, je crois…, répondit Rose avant de s'arrêter net. Vous croyez que je suis enceinte ? demanda-t-elle, comprenant enfin l'insistance du Dr Malo.

– Félicitations ! Oui, vous attendez un enfant !

– Ce doit être une erreur ! intervint la Huchon, blême.

– Pas du tout. C'est un miracle ! Ce bébé a survécu à l'incendie. Vous deviez vivre, madame, c'était écrit, assura le médecin, bienveillant. Au moindre souci, vous me prévenez.

Mme Huchon le raccompagna, puis revint illico au chevet de Rose.

– Vous n'étiez pas au courant que vous étiez enceinte ? demanda-t-elle, nerveuse.

– Non !

Pas convaincue, la Huchon la fusilla du regard.

– Bien sûr que non ! insista Rose, choquée de cette suspicion.

– Vous vous rendez compte de la situation ? éructa la Huchon. C'est une catastrophe !

Thomas, qui avait vu le docteur partir, s'était faufilé. Il se tenait dans l'embrasure de la porte.

– C'est grave ? intervint-il, sincèrement inquiet.

Rose, chamboulée par l'affection du petit garçon, lui fit signe de s'approcher. Il courut se blottir contre elle.

– Non, ne t'inquiète pas, le rassura Rose.

– Tu ne vas pas mourir ?

– Non, je ne vais pas mourir…

– Mon chéri, ordonna Mme Huchon. On va laisser maman se reposer parce qu'elle est très fatiguée.

Obéissant, l'enfant embrassa « sa maman » et s'éloigna.

Il revint vers Rose, lui tendant son ours en peluche.

– Tiens ! dit-il. Je te prête Félix pour te tenir compagnie.

– Merci mon ange, c'est gentil. Merci…

Peut-être qu'avec le temps, Rose et Thomas parviendraient à s'apprivoiser. La vie réservait parfois des surprises, bouleversant des destins.

– 22 –

6 mai 1897, 18 h 20.
Cinquante heures après l'explosion.

Auguste de Jeansin recevait ses amis du parti conservateur. De Lenverpré pérorait, Julien prenait exemple.

– Ne t'inquiète pas, murmura Mathilde à Alice, il n'est pas là pour toi. Ils sont en réunion.

Alice avait le visage sombre. Sa précédente entrevue avec Victor la préoccupait, les mots du beau gosse résonnaient dans sa tête tout autant que dans son cœur : « *Ne vous laissez pas vendre ! Vous méritez mieux que ça !* »

– Je devrais être libre de choisir, dit-elle, tracassée, à sa mère.

Épouser Julien et se sacrifier pour sa famille, ou écouter ses désirs et vivre son histoire avec Victor : le dilemme était lourd, le choix accablant de frustrations et de regrets.

– Ma chérie…, assura Mathilde en lui prenant l'épaule. Quelle que soit ta décision, je ne t'en voudrai pas.

– N'empêche… Si je refuse, ce sera moi la responsable.

– Responsable de quoi, Alice ? s'offusqua Mathilde.

– Du déclin de notre famille, déclara la jeune femme en regardant sa mère, les yeux embués de larmes.

Mathilde, mal à l'aise, détourna le regard : la situation dans laquelle ils avaient placé Alice était impossible.

– Tu trouves ça juste, toi ? ajouta-t-elle.

Puis elle tourna le dos à sa mère.

*
* *

La réunion des conservateurs touchait à sa fin. Alice, décidée à affronter son destin, rejoignit le fiacre de son fiancé.

– Julien…, prononça Alice, les yeux rougis. Je suis désolée…, ajouta-t-elle en sanglotant.

– Pas autant que moi, répondit le jeune homme, froid.

Alice, éprouvée par la décision qu'elle venait de prendre, s'effondra. Chat échaudé craignant l'eau froide, Julien ne broncha pas.

– Je n'aurais jamais dû te parler comme ça, reconnut Alice, contrite. Je voudrais tellement que cet incendie n'ait jamais eu lieu, que tout soit comme avant… Je te demande pardon.

Alors, bouleversé, Julien l'étreignit de toutes ses forces. Il était amoureux de cette jeune femme, elle le faisait fondre, il se sentait incapable de lui résister.

– Je te pardonne, Alice, lui dit-il, solennel, dans le creux de l'oreille.

Par la fenêtre du salon, Mathilde et Auguste le virent poser un tendre baiser sur les lèvres de leur fille. Elle ne se détourna pas.

– Alice est revenue à la raison, constata Auguste, soulagé.

– Parce que tu crois qu'on lui a laissé le choix, peut-être ?

Dépitée, Mathilde préféra quitter la pièce.

– Ce n'est pas ce qu'on lui avait promis, Auguste…, lui rappela-t-elle sans se retourner.

Démuni, Auguste soupira. Sa femme n'avait-elle pas raison de lui rappeler leurs promesses ?

*
* *

Dans l'espérance de la résurrection au dernier jour,

Madame Adrienne de Lenverpré, née de Lacombes, est entrée dans la lumière du Père céleste le 4 mai 1897, dans sa trente-quatrième année.

Son époux Marc-Antoine de Lenverpré, Député,

Sa fille Camille,

Sa sœur Mathilde de Jeansin, son beau-frère Auguste de Jeansin,

Son neveu Paul de Jeansin,

Ses nièces Alice et Charlotte de Jeansin,

Ses amis et proches vous invitent à prendre part à la cérémonie religieuse qui aura lieu en son honneur le 7 mai en l'église de la Madeleine à 10 h 30.

L'inhumation suivra au cimetière du Montparnasse.

Priez pour le repos de son âme.

Adrienne découvrait, ébahie, le faire-part grandiloquent que son mari avait fait paraître dans *Le Figaro*. Son enterrement avait donc lieu demain…

– Je me suis renseigné, ajouta Hugues par-dessus son épaule. Ta fille est rentrée chez vous.

Le visage d'Adrienne s'illumina.

Ils s'embrassèrent et firent l'amour longtemps, conjurant la mort.

Lorsque, repu de sexe, Hugues s'endormit, Adrienne s'extirpa du lit. Sans un bruit, elle revêtit la robe qu'elle portait au Bazar et sortit dans la nuit. Hugues ronflait à poings fermés.

*
* *

Sous la lune et les étoiles, l'hôtel particulier de la famille de Lenverpré avait un air de château hanté. Adrienne le contourna. À l'abri des regards, sous une pierre, près du saule pleureur, elle récupéra la clé que cachait son mari, en cas de nécessité puis, sans bruit, pénétra dans la propriété.

À pas de loup, elle avança vers la volière. Marc-Antoine avait fait construire cet abri pour les trois ans de Camille. L'enfant avait le don du chant, en plus de posséder la mélomanie de ses parents. Elle adorait les rossignols et les colombes, cet endroit était son refuge dans lequel la gouvernante détestait mettre les pieds. Adrienne était certaine qu'à part sa fille, personne ne viendrait ici. Elle pénétra dans la volière afin d'y déposer le petit mot qu'elle avait écrit à l'attention de Camille. Les tourterelles s'agitèrent, elle ne s'éternisa pas.

Alors qu'elle s'appliquait à marcher sans bruit vers la sortie, elle reconnut la voix de sa fille à travers une fenêtre entrouverte, au rez-de-chaussée.

Elle s'approcha, tout en restant vigilante. Les rideaux, à moitié tirés, dévoilaient le visage de la fillette éplorée, veillant le cercueil de sa mère. Adrienne porta sa main devant sa bouche, se retenant de crier. Elle eut du mal à ne pas défaillir en assistant à cette veillée funèbre qu'elle avait elle-même orchestrée. Malgré une irrépressible envie de serrer Camille contre elle et la rassurer, lui dire que tout allait bien, qu'elle était vivante, Adrienne garda le silence.

Soudain, Marc-Antoine fit irruption dans la pièce. Adrienne se baissa immédiatement.

– Camille, qu'est-ce que tu fais là ? l'entendit-elle lui demander avec un ton glacial.

– Je suis venue dire adieu à maman, répondit l'enfant. Avant qu'elle ne parte pour toujours.

– Monte te coucher ! lui ordonna-t-il, pas du tout empathique.

Adrienne entendit sa fille s'exécuter, une porte se fermer. Sans un bruit, elle sortit de la propriété. Elle s'efforça de ne pas songer à la folie de ses projets et rentra chez Hugues.

Marc-Antoine de Lenverpré avait vérifié que sa fille était bien endormie, puis était retourné au chevet de son épouse. Le calme et le sommeil régnaient dans les étages. Personne ne pouvait plus le déranger ni le voir. La démesure étant presque chronique chez cet homme d'excès, il s'allongea sur le cercueil et passa un long moment dans ce macabre tête-à-tête, se laissant aller à son chagrin.

– 23 –

7 mai 1897, 9 h 10.
Trois jours après l'explosion.

Rose réalisa qu'elle n'avait aucun souvenir de son rêve. Depuis l'incendie, les cauchemars s'enchaînaient et, pour la première fois, elle avait dormi d'un sommeil profond, sans aucune image.

Elle n'avait aucune confiance en la bonne de la maison et refusa que cette dernière l'habillât ou la touchât. Rose tenait à se débrouiller seule, tant pis pour les convenances.

– Odette ! entendit-elle crier depuis le vestibule.

C'était la voix de « sa mère ».

– Je viens de recevoir un télégramme, annonça cette dernière en faisant irruption. La Trémoille arrive demain !

Rose eut un mouvement de recul, elle se laissa choir sur son lit, hébétée.

– Qu'est-ce que vous allez lui dire au sujet du bébé ? poursuivit la Huchon. Parce qu'il va bien finir par s'en apercevoir…

Rose, sans voix, ne broncha pas. Elle n'avait pas eu le temps de se poser toutes ces questions, encore moins de réfléchir aux solutions.

– Je connais quelqu'un de très bien qui pourrait régler votre problème rapidement..., proposa la Huchon, en baissant la voix.

– Vous voulez que j'avorte ?

Rose, estomaquée, la fusilla du regard.

– Vous n'avez guère le choix ! lui fit remarquer « sa mère ».

Rose, convaincue du contraire, ne releva pas. Jamais elle ne ferait passer le bébé qu'elle avait conçu avec Jean, l'amour de sa vie.

*
* *

Dans la volière, Camille nourrissait ses colombes. Le regard triste, perdu dans le vide, elle s'appliquait à des gestes mécaniques et sans grande conviction. Elle qui, d'habitude, aimait parler à ses oiseaux, gazouiller avec eux, remplissait une mangeoire après l'autre en silence. Ce fut seulement au moment de refermer la porte de la grande cage qu'elle remarqua le bout de papier blanc qui dépassait d'un des pots de fougères. Elle entra de nouveau dans la volière, vérifiant que sa gouvernante ne la regardait pas, puis attrapa le morceau de papier.

Elle reconnut immédiatement l'écriture élégante, agitée de tremblements d'une peine profonde, caractéristique de sa maman, puis la déchiffra, stupéfaite.

« *Camille, ma chérie, mon amour, je suis vivante. Retrouvons-nous en secret l'après-midi des fiançailles de ta cousine Alice au parc, sur notre banc. Je t'aime, Maman.* »

Comme si les volatiles avaient senti la joie de la fillette, ils se mirent à agiter leurs ailes immaculées.

*
* *

Hugues avait dormi comme un loir, il ne s'était absolument pas rendu compte de l'absence d'Adrienne à ses côtés à son réveil.

Ils avaient une nouvelle fois fait l'amour, leur désir ne faiblissait pas. Ensuite, elle avait dû insister pour que son amant accepte de sortir prendre un café dans le bistrot du quartier. Il craignait qu'Adrienne, déclarée morte officiellement, ne se fasse repérer. Elle avait enfilé la robe ample et les bottines qu'il lui avait apportées, cela l'avait convaincu : sans fard, la capuche rabattue, impossible de la reconnaître. Au bistrot, ils avaient avalé deux croissants chacun en devisant comme un vrai couple. L'état de légèreté que lui procuraient son escapade nocturne et l'imminence de ses retrouvailles avec sa fille faisait plaisir à voir, même si elle s'était bien gardée de parler à Hugues de son initiative. Un bateau partait le 12 du Havre, pour Londres. Il lui restait à se renseigner sur les horaires des trains et acheter les billets.

Ils s'étaient assis un moment sur un banc, face à la Seine, puis étaient rentrés chez Hugues, exaltés par cette parenthèse enchantée.

Dès leur arrivée sur le palier, remarquant la porte entrouverte et la serrure forcée, ils comprirent que l'appartement avait été fouillé. Hugues se précipita, convaincu que le voleur était venu pour s'emparer du dossier qu'il constituait sur de Lenverpré et planquait dans le tiroir d'un de ses bureaux.

– Ouf ! s'exclama-t-il en voyant que la chemise rouge n'avait pas bougé. Il est là !

– L'argent ! commenta Adrienne, la voix atone, le visage blême. L'argent ! répéta-t-elle, paniquée en constatant que la cachette était vidée de son butin.

– Quel argent ? questionna Hugues qui ne voyait pas de quoi elle parlait.

– Le garçon ! Le garçon !

– Quel garçon ?

– Celui qui a déposé le message pour toi, hier.

– Léo ?

– Il n'y a que lui qui savait que j'avais caché l'argent ici.

– Mais de quoi parles-tu, Adrienne ?

– Il m'a accompagnée chez un receleur pour que je vende mes bijoux.

Hugues n'eut pas besoin de dessin, il comprit immédiatement ce que sa maîtresse était en train, à demi-mot, de lui révéler.

– Tu es complètement dingue ! Tous les flics sont à la recherche des bijoux volés à la morgue ! S'ils sont chez ton fourgue et qu'ils trouvent tes bijoux, c'est terminé !

– J'ai besoin de cet argent ! J'ai déjà prévenu Camille, elle est censée m'attendre demain au parc pour que je la récupère.

– Camille ?

– J'ai laissé un mot dans la volière…

– Parce que, en plus, tu es retournée chez toi ? C'est de l'inconscience, Adrienne ! Tu imagines si quelqu'un trouve ton message ou si elle en parle à son père ?

– Jamais elle n'en parlera !

– Ce n'est qu'une enfant !

– Mais c'est ma fille, je la connais mieux que toi, non ?

– Pourquoi tu ne me fais pas confiance ? Pourquoi tu ne m'en as pas parlé ?

– Parce que tu ne m'aurais pas laissé sortir.

– Pour te laisser faire des conneries pareilles, c'est clair ! D'ailleurs, à partir de maintenant, tu ne fais plus rien sans m'en parler.

– Pardon ? En fait, tu es comme lui ! Tu ne peux pas t'empêcher de me dire ce que je dois faire !

– Tu me compares à ton mari ? Tu ne vois pas que, moi, je veux te protéger ?

– Mais je ne veux pas qu'on me protège ! Je ne veux pas !

Hugues tenta de la retenir lorsqu'elle voulut quitter l'appartement, elle le rejeta avec violence.

– Lâche-moi ! En rage, elle le planta là, impuissant.

*
* *

– Pour la dernière fois, qui t'a vendu ces bijoux ?

Sa pugnacité avait fini par payer. Ils avaient mis la main sur le trésor volé à la morgue, dans une boîte à double fond, chez un fourgue du nord de Paris.

Hennion pointait les bijoux sur le comptoir du receleur. Tous étaient noircis par le feu, sauf une magnifique parure, intacte. Le type restait silencieux, narguant le policier.

– Ils peuvent te coûter très cher ces bijoux, pour ton petit commerce…, menaça Hennion.

– C'est une femme qui me les a vendus, finit par cracher le revendeur. Une aristo.

– Décris-la-moi, poursuivit le flic, sceptique.

– Très belle femme, grande, rousse.

Hennion avait commencé à croquer un portrait.

– Des taches de rousseur ?

– Évidemment.

– Son nez ?

– Quoi, son nez ?

– Droit ? Busqué ? Aquilin ?

Le receleur haussa les épaules, il n'en savait fichtre rien.

– Sa bouche ? insista le policier en continuant à dessiner. Charnue ? Fine ?

– Petite, proposa le bonhomme qui avait peu de vocabulaire.

Hennion lui montra le portrait qu'il venait de croquer, le receleur confirma la ressemblance. Cependant, n'ayant jamais croisé Adrienne, le policier ne fut pas en mesure de faire le rapprochement. Il rangea son carnet en se demandant comment une femme aussi belle pouvait détrousser des cadavres.

*
* *

– Achetez *La Chouette*, mesdames et messieurs !

Le jeune garçon qu'Adrienne avait sollicité pour la vente de ses bijoux arpentait le parvis de Notre-Dame, plusieurs exemplaires du biquotidien sous le bras, haranguant les piétons. Lorsque Lucile arriva derrière lui et lui mit la main sur l'épaule, il se retourna, surpris. Reconnaissant la journaliste, il lui sourit.

– Il paraît que tu as quelque chose qui appartient à mon amie…, dit-elle.

C'est alors qu'il remarqua qu'elle n'était pas seule : la jolie dame rousse des bijoux se tenait à ses côtés. Hugues, inquiet pour elle, avait fini par se confier sur l'identité de sa maîtresse à Lucile. Cette dernière, compatissante, avait proposé de l'aider.

Paniqué, le jeune gavroche n'eut pas le temps de s'enfuir, Lucile lui retint le bras avec fermeté.

– Qu'est-ce que tu as fait de mon argent ? demanda Adrienne d'une voix menaçante.

– Lâchez-moi !

– Qu'est-ce que tu as fait de son argent ? renchérit Lucile.

– Je voulais pas… C'est lui qui m'a forcé !

– Qui ça, lui ? enchaîna la journaliste.

– La Fouine. Il est parti avec tout le fric, alors qu'on avait dit qu'on ferait 50/50.

D'un regard, Lucile confirma à Adrienne qu'elle pouvait faire une croix sur son argent.

– Franchement, vous croyez que j'ai encore votre magot ? ajouta le jeune insolent. Vous croyez que je m'embêterais à vendre ces torchons ?

– Tu t'es bien fichu de moi ! constata, amère, Adrienne.

– Je suis désolé…, reconnut le môme.

– Oui, tu peux ! Je fais quoi, moi, maintenant ?

– 24 –

7 mai 1897, 14 h 40.

Mathilde alluma un cierge. L'enterrement de sa sœur l'avait grandement éprouvée, les yeux rougis elle se mit à prier. Le calme de cette chapelle lui faisait du bien, elle aimait venir s'y recueillir.

La porte de la chapelle s'ouvrit dans un grincement strident, Mathilde n'y prêta pas attention, pas plus qu'elle ne prêta attention au bruit des pas qui résonnèrent dans l'allée.

– Mathilde…, entendit-elle soudain dans le creux de son oreille.

Reconnaissant la voix d'Adrienne, elle se figea. Le chagrin la rendait-elle victime d'hallucinations ?

– Je suis désolée, poursuivit la voix. Pardonne-moi.

Mathilde manqua défaillir lorsqu'elle vit que sa sœur était ici, vivante. Déconcertée, elle écouta le récit d'Adrienne sans l'interrompre.

– Je t'ai cru morte…, dit-elle au bout d'un moment. Je viens de t'enterrer… Je te pleure jour et nuit… Est-ce qu'un seul instant tu as pensé aux autres ?

– J'ai pensé à ma fille.

– À ta fille ? Et moi, ta propre sœur, ça ne compte pas ?

Mathilde était autant blessée que bouleversée.

– Bien sûr que si, assura Adrienne en l'entourant de son bras. J'ai besoin de toi.

Mathilde poussa un profond soupir. Elle aimait tendrement sa petite sœur et allait l'aider, bien sûr.

– Il me faut de l'argent pour partir à Londres avec Camille, expliqua-t-elle tout de go.

Sidérée, Mathilde la dévisagea.

– C'est pour ça que tu es venue me trouver ? Pour me demander de l'argent ?

– Juste de quoi payer le bateau, après je me débrouillerai, assura Adrienne, qui ne voyait pas où était le problème.

– En fait, réalisa Mathilde, si tu n'avais pas eu besoin de moi, je n'aurais jamais su que tu étais vivante…

– Il m'a enlevé ma fille… Qu'est-ce que tu voulais que je fasse ?

– Je n'ai plus d'argent, Adrienne. Auguste a fait de mauvais investissements. Avec ses idées d'avant-garde, il nous a complètement ruinés. Tellement ruinés qu'Alice est obligée d'épouser un homme qu'elle n'aime pas et va se sacrifier pour sauver la famille.

Adrienne n'en revint pas. Elle ne s'attendait pas du tout à ce retournement de situation.

– Enfin, Mathilde ! s'écria-t-elle, consternée. Tu ne peux pas laisser faire ça !

– Évidemment, c'est facile pour toi ! Tu as toujours fait ce que tu voulais ! La « rebelle » de la famille… Jamais de compromis… Jamais d'interdit ! Tu as pu épouser l'homme que tu voulais parce que tu l'aimais passionnément. Alors que moi, j'ai fait le mariage que papa m'a imposé. Quoi que je fasse, quoi que je dise, ma fille est en train de prendre exactement le même chemin que moi.

– Regarde où j'en suis, Mathilde…, relativisa Adrienne, désabusée. Regarde ce que cet homme me fait faire… Elle est belle, la passion !

Mathilde détourna le regard, bouleversée par ces confidences.

– Tu as peut-être été trop sage, poursuivit Adrienne, mais tu as épousé un homme bien… Alors oui, Auguste est fantasque, oui, ce n'est pas un homme d'affaires… Mais il t'aime tendrement, lui…

Les deux sœurs se regardèrent un long moment en se tenant les mains, confirmant que les liens du sang restaient indéfectibles.

– Ne me laisse pas sans nouvelles, supplia Mathilde lorsque Adrienne s'en alla.

*
* *

Les obsèques des victimes du Bazar s'enchaînaient, le préfet mettait un point d'honneur à se montrer à toutes les cérémonies, c'est pourquoi Hennion profita de ne pas l'avoir sur le dos pour avancer sur l'enquête. La BSPP triait et analysait les décombres charriés par le brasier. Pour l'heure, Krebs et ses hommes n'avaient rien trouvé de probant qui laissât supposer qu'une autre bombe que celle découverte par Mattéo dans la statue, n'avait pas – ou, au contraire, avait – explosé. Ils continuaient à chercher, Hennion ne pouvait qu'espérer qu'ils trouveraient de quoi alimenter son rapport.

En attendant, il restait concentré sur la seule piste des bijoux dérobés à la morgue et retrouvés chez le fourgue. Ceux qui n'avaient pas brûlé dans l'incendie, notamment, l'intriguaient. Quelque chose clochait, il fallait absolument localiser leur propriétaire.

Un autre détail le préoccupait : qui pouvait être la belle aristocrate décrite par le fourgue comme étant la coupable du recel ? Il avait mis ses équipiers de confiance sur le coup, cependant aucun des indics des uns ou des autres n'avait reconnu le portrait.

*
* *

– J'ai besoin d'une info, annonça le commissaire. En échange, je vous en donne une.

Hennion avait tenté de joindre Lucile. L'étau se resserrait sur Victor, que le préfet et de Lenverpré accusaient sans preuve d'avoir déclenché le violent incendie, à cause d'une bombe. Le commissaire cherchait coûte que coûte à accréditer sa propre intuition : Victor, certes, se trouvait au Bazar, non pas en tant que poseur de bombe, mais bien parce que, travaillant aux cuisines de l'hôtel du Palais, derrière le Bazar de la Charité, c'était lui qu'on avait chargé de la livraison du buffet proposé pour l'inauguration qui avait eu lieu quelques minutes avant l'explosion. Hennion avait besoin de récolter les témoignages des rescapées sauvées par Victor afin de les présenter au juge : Victor ne pouvait avoir risqué sa vie pour sauver plus de vingt personnes coincées dans le brasier et être celui qui avait provoqué l'incendie. C'était tout bonnement incohérent.

Lucile étant au courant de tout dans Paris, Hennion avait espéré qu'elle pourrait l'aider. Hélas, la jeune femme restait introuvable, c'est pourquoi il avait décidé de traîner ses guêtres jusque chez Hugues Chaville. Hennion n'appréciait pas toujours les méthodes quelque peu intrusives du reporter de faits divers, mais parfois la vie ne permettait pas de tergiverser.

– Ça concerne votre enquête sur les sauveteurs du Bazar, poursuivit le policier. Je m'intéresse à Victor Minville, l'homme qu'on accuse d'être le terroriste. J'aimerais savoir si vous l'avez interrogé ?

Hugues se sentait flatté de voir débouler chez lui le boss de la Sûreté, en revanche il redoutait qu'Adrienne, sortie, ne rentrât à ce moment-là et croise le grand flic. Il ne fallait pas qu'Hennion la voie.

– Non, je n'ai pas eu le temps, écourta le reporter. Mais d'après ce que disent les témoins, ce type s'est comporté comme un héros, affirma Hugues. Il serait retourné dans l'incendie et aurait sauvé beaucoup de femmes.

– Vous avez leurs noms ? s'enquit Hennion.

– Non.

– Ces témoins, vous pouvez les retrouver, et m'en faire une liste ?

C'était dans les cordes du journaliste, qui prit le temps de jauger le policier.

– Votre info en échange, c'est quoi ? demanda-t-il, curieux.

Hennion présenta la page du carnet sur laquelle il avait croqué l'aristo détrousseuse de cadavres.

– Les bijoux volés à la morgue, c'est elle.

Hugues se pencha pour regarder le portrait que lui présentait le chef de la Sûreté générale.

– Vous la connaissez ?

– Jamais vue, mentit-il, reconnaissant Adrienne.

Le problème, avec Hennion, était qu'il sentait les bobards comme un chien truffier les champignons. Il avait perçu l'étincelle dans les yeux d'Hugues lorsqu'il avait observé le dessin. Ce genre de détail ne trompait pas.

– Vous pouvez le garder, expliqua-t-il tandis que le journaliste lui rendait le croquis. C'est pour vous. Vous pouvez le publier. Et faites-le circuler aussi auprès de vos sources, on ne sait jamais.

– Je vous ferai porter la liste des témoins à votre bureau, conclut Hugues qui voyait Adrienne arriver, au fond du couloir.

Hennion le remercia et prit congé.

Il ne fut pas dupe : la dame planquée sous sa capuche qu'il croisa et salua en quittant les lieux ressemblait à s'y méprendre au portrait fourni par le receleur. Convaincu que la jolie souris avait encore des secrets à révéler, il prit la décision de ne pas l'arrêter. Il allait la placer sous surveillance et la prendre en filature.

– 25 –

7 mai 1897, 16 h 20.

Alice arriva au galop. Elle n'eut pas besoin de le chercher longtemps des yeux, Victor l'attendait, fébrile.

– Vous avez dit oui ? demanda-t-il alors qu'elle sautait à terre.

– Je suis obligée, assura-t-elle, le regard triste et impuissant.

– Personne n'a le droit de vous obliger, Alice…

Elle ne le laissa pas terminer sa phrase. Poussée par la puissance de son amour, elle se jeta à son cou et l'embrassa avec fougue. D'abord surpris, Victor répondit à son invitation par un baiser long et torride.

– Attends…, suggéra alors Alice en lui prenant la main. Viens…

Une fois au combat, le désir n'avait que faire du vouvoiement ou du tutoiement, il les broyait avec la même désinvolture. Elle l'entraîna en contrebas. La jeune fille qui venait dans ce coin du bois depuis l'enfance le connaissait comme sa poche. Il y avait une grotte où ils seraient à l'abri des regards… Alice et Victor s'enlacèrent sur le sol tapissé de sable blanc. Elle s'accrocha comme si elle cherchait à ne plus faire qu'un avec lui. Victor, avec une infinie douceur, délaça le corset d'Alice sans cesser de l'embrasser. Ensemble, ils s'abandonnèrent dans une volupté sans nuage.

– 26 –

8 mai 1897, 10 h 50.
Quatre jours après l'explosion.

Consterné, Hennion avait découvert la une du *Temps*, le journal dirigé par Auguste de Jeansin. Le portrait en plan serré de Victor Minville accrochait le lecteur avec son titre accusateur : « L'anarchiste coupable de l'attentat du Bazar recherché par la police. » Il avait du mal à contenir sa colère.

– Vous avez publié cette calomnie dans le journal sans aucune preuve ! C'est de la folie. Vous allez embraser Paris !

– Minville a été vu au Bazar, décréta le préfet Leblanc. C'est suffisant comme preuve, non ?

De Lenverpré, qui le talonnait, opina du chef.

– Vous avez tout intérêt à ce que ce soit un attentat, dénonça Hennion. Quand les gens ont peur, ils votent pour vous.

– Comment pouvez-vous dire une chose pareille ? explosa le député. Ma femme est morte dans cet incendie !

– Écoutez, s'interposa Leblanc pour calmer le jeu. Nous connaissons les idées anarchistes. Elles prônent la violence et le chaos. C'est cet homme, c'est évident, conclut-il en pointant la photographie de Victor Minville.

Puis il se dirigea vers la sortie. De Lenverpré partit à sa suite.

– Tant que je n'aurai pas la preuve que c'est une bombe, je poursuis mon enquête, déclara le policier. C'est clair ?

– Vous les protégez ! pesta de Lenverpré en se retournant, méprisant. Je sais d'où vous venez, des mêmes bas-fonds que cette racaille !

*
* *

La une du *Temps* révélant l'identité du terroriste responsable de la catastrophe du Bazar et de près de cent trente victimes se propagea dans tout Paris. Lucile, dès l'aube, avait prévenu Mattéo que son ami d'enfance était devenu l'ennemi public numéro un. Le pompier n'y croyait pas un seul instant, cependant son devoir de réserve ne lui permettait pas d'intervenir.

Alice, quant à elle, n'avait pas encore mis le nez dehors et ignorait tout de ces accusations. Ce matin avait lieu l'essayage, prévu de longue date, de sa robe de mariée. Celle-là même que Mathilde portait pour ses noces avec Auguste. Profondément touchée de voir Alice superbe dans cette tenue qui lui rappelait sa jeunesse, Mathilde ajusta la jupe de soie sauvage, se laissant aller à quelques confidences.

– Quand je me suis mariée avec ton père, nous nous connaissions à peine. Mais avec le temps, nous avons appris à nous aimer.

Alice fixa son image dans le miroir. Elle se sentait engoncée dans un déguisement dont elle ne voulait pas.

– Je voulais te dire une dernière chose, ma chérie, poursuivit Mathilde, mal à l'aise. Pour ta nuit de noces… Elle est dédiée à Dieu.

Alice soupira en silence. Elle ne pensait qu'à Victor, la chaleur de son sexe en elle, leurs baisers longs et voluptueux. Elle écoutait d'une oreille les conseils que tentait de lui donner sa mère, émue aux larmes.

C'est alors que son père entra dans la chambre. Lorsqu'il aperçut sa fille dans la robe de mariée de sa mère, Auguste resta bouche bée. Sa fille était décidément superbe.

– Tu es très belle, confia-t-il.

Mathilde lui sourit.

Alice, les yeux fixés sur la page de garde du journal que son père tenait dans la main, se sentit mal. Elle venait de reconnaître le portrait de Victor illustrant le titre en majuscules : « *Un terroriste anarchiste responsable de l'incendie du Bazar de la Charité.* »

– Ça y est, on sait qui il est, confirma Auguste.

Abasourdie, Alice prit le journal que son père lui tendait et lut l'article.

– Un attentat ? parvint-elle à prononcer, livide.

Victor s'était bien moqué d'elle, elle sentit la colère l'envahir, mais ne pouvait rien dire.

– Ce salopard de poseur de bombe est en fuite. Mais il n'ira pas bien loin.

– On est sûr que c'est lui ? insista Alice, livide.

– Oui, on le retrouvera. Il sera jugé et guillotiné, je te le promets.

Sa tête tournait. Elle était furieuse contre Victor, se sentait trompée. Pourtant, c'est la culpabilité qui prit le dessus : c'est à elle qu'elle en voulait. Elle lui avait fait confiance, s'était offerte à lui, pouvait encore le sentir en elle. Elle dut contenir un puissant haut-le-cœur.

– On va enfin rendre justice à ces pauvres femmes…, murmura Mathilde, en sanglots.

– À ta sœur, ajouta Auguste en l'étreignant. La haine de notre milieu, la haine du bourgeois, voilà où ça mène… Quel drame…

*
* *

À l'autre bout de la capitale, la rumeur aussi s'était répandue comme une traînée de poudre.

Au Boucan, c'était l'effervescence dans la chambre où se planquait Victor. Hennion lui faisait face. Janvier, le patron du cabaret, n'était pas loin.

« Bien connu des services de police, l'anarchiste notoire Victor Minville a été reconnu sur les lieux et formellement identifié comme étant l'auteur de l'attentat du Bazar de la Charité. »

Victor stoppa sa lecture, pointant du doigt la photo sur la une du *Temps*.

– C'est quoi, ces conneries !

– Ils savent que tu étais au Bazar, ça suffit aux conservateurs pour t'accuser, ça les arrange. Lenverpré a besoin d'un coupable pour remporter les élections.

– Ce type est une ordure…, intervint Janvier, tracassé par la situation qui s'envenimait.

Victor fulminait.

– Je devrais me planquer, tout ça à cause de mes idées ?

– Laisse-moi le temps de prouver que tu n'as rien fait, précisa Hennion. En attendant, quitte Paris, mets-toi au vert jusqu'à ce que l'enquête soit bouclée.

– Pas question ! gueula-t-il. Je ne suis pas coupable, je n'ai pas à m'enfuir !

Hennion éleva la voix, bouffé par l'inquiétude.

– Si tu t'imagines que la justice sera de ton côté, tu te fourres le doigt dans l'œil. Jamais ! Elle te condamnera, asséna-t-il. Qu'est-ce qui te retient au juste, Victor ? lâcha-t-il en le fixant.

– Qu'est-ce que ça peut te foutre ? s'énerva le jeune homme du tac au tac. Tu es un type des Renseignements, moi un anarchiste recherché pour attentat… Pourquoi tu ne me vends pas aux flics ?

Hennion laissa passer un silence. Victor ne baissa pas les yeux.

– Si ta mère était encore là, commença à expliquer le policier, elle aurait peur pour toi, elle te supplierait de te planquer.

Hennion tourna les talons, Victor le rattrapa, furieux.

– Laisse ma mère où elle est ! hurla-t-il en le collant au mur. Tu t'es cassé dans les colonies quand elle est morte. J'avais huit ans. Quinze ans après, tu reviens comme une fleur bosser pour les Renseignements, et t'arrêtes pas de me coller au cul. On dirait une maman poule. Mais à quoi tu joues, sans déconner ? C'est quoi, ton problème ?

Hennion, d'un geste ferme, se dégagea de l'étreinte de Victor.

– Me fais pas chier, Victor. Et écoute-moi bien : barre-toi ! Barre-toi en attendant que les choses se tassent. Tu piges ?

*
* *

– Est-ce qu'on pourra aller au parc, tout à l'heure ? demanda mine de rien Camille à sa vieille gouvernante acariâtre tout en pensant au petit mot que sa maman lui avait déposé dans la volière.

– Voyons, mademoiselle. Après l'enterrement de votre maman, comment avez-vous le cœur d'aller jouer au parc ?

– Si maman était là, elle aurait voulu que je m'amuse, affirma la fillette, convaincante.

– Comme vous voudrez, mademoiselle.

– 27 –

8 mai 1897, 12 h 40.

Rose avait été réveillée en sursaut par le bruit et l'agitation.

Sidonie Huchon se tenait face à elle, une dame plantée à ses côtés. Une avorteuse.

– J'ai fait appel à quelqu'un de bien, prévint la Huchon. Je suis désolée, il faut faire vite.

– Non ! implora Rose. Ne faites pas ça !

– Je vous rassure, expliqua l'avorteuse. Je n'ai jamais eu un seul accident.

– Odette, calme-toi… On en a déjà parlé, tu sais bien que c'est la seule solution.

– Non ! Ne me touchez pas ! Mon bébé a survécu à l'incendie, il vivra !

– Écoutez, si votre fille n'est pas d'accord, je pourrais…

– Ce n'est pas votre problème. Je vous paye suffisamment.

– Ne me touchez pas ! hurla Rose en se débattant violemment.

– Réglez vos histoires avec votre fille, je repasserai quand elle sera prête.

L'avorteuse détestait ces crises familiales. Pour travailler, elle avait besoin de calme. Et que la mère porteuse soit consentante. Aussi, elle remballa son matériel et quitta les lieux.

– Vouloir tuer mon bébé alors que vous avez perdu votre fille, explosa Rose. Vous êtes un monstre ! Vous recommencez et je raconte tout à la police.

– Pour leur dire quoi ? lui demanda Huchon, cynique.

– La vérité, s'entêta la jeune femme : vous m'avez enlevée à l'hôpital et vous racontez à tout le monde que je suis votre fille.

– Et moi, j'expliquerai que j'ai été manipulée par la bonne des Jeansin, qui a profité de la détresse d'une mère aveuglée par la douleur pour se faire passer pour sa fille et prendre sa place. Personne ne croira une bonne. Alors, soit vous vous débarrassez de votre enfant, soit il naîtra en prison.

*
* *

Ce n'était pas la première fois qu'Hennion mettait les pieds chez un joaillier, en tant que policier il n'était pas rare qu'il fût appelé pour constater un cambriolage.

L'austérité de la boutique de M. Cartier contrastait avec la valeur des bijoux qu'elle abritait. Ce dernier, la soixantaine élégante, expertisait à l'aide d'une loupe le collier que l'incendie avait comme par magie épargné.

– Un collier serti de diamants…, commenta-t-il, subjugué. Et cette perle…

M. Cartier se redressa, fasciné.

– Cette perle, reprit-il, date du XVIe siècle et fut portée successivement par plusieurs reines d'Espagne et d'Autriche. On peut la voir sur des toiles de Vélasquez. Ce collier est unique. Estimé à cinq cent mille francs.

– Unique ? s'enquit Hennion. Donc on sait qui est le propriétaire ?

– Oh que oui ! Cette splendeur a été achetée par M. de Lenverpré pour sa femme. Je m'en souviens très bien, c'est moi qui ai eu l'honneur de faire cette transaction.

Hennion fronça les sourcils, pas certain que cette nouvelle fût si épatante qu'elle en avait l'air.

– Lenverpré, répéta-t-il, franchement sceptique. Vous êtes sûr ?

– Des pièces pareilles, vous savez, précisa M. Cartier en opinant du chef, on n'en vend pas tous les jours.

Le policier remballa sa marchandise. Il allait pouvoir rendre visite à son propriétaire.

– Pauvre femme…, soupira M. Cartier en pensant à la défunte. Savez-vous pourquoi ce collier volé à la morgue n'a pas brûlé comme les autres ?

La sagacité du vieil expert rasséréna le commissaire. Il n'était pas le seul à se poser les bonnes questions.

*
* *

– Bonjour, monsieur, dit le majordome.

– Bonjour, Raymond, répondit M. de La Trémoille.

Le majordome ne releva pas, il ne s'appelait nullement Raymond mais avait l'habitude : son patron ne se souvenait jamais des prénoms de son personnel.

– Monsieur a-t-il fait bon voyage ? Cela fait si longtemps.

– En effet ! D'ailleurs, s'amusa de La Trémoille, je n'imaginais pas vous retrouver vivant !

Content de lui, il tritura sa moustache.

– Vous apporterez mes affaires dans mes appartements et faites savoir à Mme de Courcelles que je suis arrivé, que j'ai hâte de la voir.

– Bien, monsieur, conclut le majordome en s'inclinant.

Dans le salon, Mme Huchon profitait des derniers moments de calme avec son petit-fils. Depuis combien de temps n'avait-il pas vu son père ? Allait-il le reconnaître ?

– Bonjour ! Bonjour ! claironna de La Trémoille en faisant irruption.

– Bonjour, répondit Thomas en le dévisageant, un brin intimidé par cet homme qu'il connaissait si peu.

– Alors, tu n'as pas eu trop peur dans les flammes ? demanda son père sans beaucoup de tact.

Thomas, consterné, regarda sa grand-mère pour se donner du courage.

– Tiens, poursuivit de La Trémoille en sortant un poignard de sa poche intérieure. Regarde, je t'ai apporté un cadeau.

– Je n'ai pas le droit de jouer avec les couteaux, expliqua le petit garçon sans le prendre.

– Eh bien un jour, tu auras le droit, décréta-t-il en le posant sur la table, devant les yeux de l'enfant.

– Mamie, enchaîna Thomas, je peux aller jouer dans ma chambre ?

– Mais bien sûr, mon chéri.

Sidonie Huchon sonna la bonne afin qu'elle accompagne le petit prince dans sa chambre. Le pauvre enfant avait compris depuis longtemps que son père était aussi absent que défaillant. Tout le monde n'avait pas la chance d'être orphelin.

– Et rangez cet objet qui n'a rien à faire ici, ajouta la Huchon en tendant la lame à la bonne.

– Il a drôlement changé, non ? questionna de La Trémoille lorsqu'il fut seul avec sa belle-mère.

– Il faut dire que vous le voyez si peu… Par contre, vous, vous n'avez pas changé. À peine arrivé, vous prévenez votre maîtresse.

Tout juste de retour, ce gendre l'exaspérait. Il était toujours aussi graveleux et déplacé.

– J'imagine que vous n'allez pas rester ici longtemps. Quel est votre prochain voyage ?

–Je ne sais pas encore, répondit-il en se servant un whisky. L'Amérique du Sud, ça vous irait ? proposa-t-il en sirotant une gorgée.

Sidonie Huchon resta de marbre.

– Comment va ma femme ?

– Comme quelqu'un qui a perdu son visage et qui a failli perdre la vie.

Il se servit un deuxième whisky, puis se dirigea vers la chambre d'Odette.

– Ne la dérangez pas, lui demanda Huchon. Elle a besoin de se reposer.

– J'ai encore le droit d'aller voir ma femme, non ? rétorqua-t-il en ouvrant sans frapper la porte de la chambre de son épouse.

Découvrant les boursouflures qui rongeaient son visage, il eut un mouvement de dégoût et se figea.

– Odette ? demanda-t-il, méprisant.

Rose ne détourna pas le regard.

– Quelle horreur ! cracha-t-il dans un rictus plein de dédain.

*
* *

Le major Krebs était intraitable sur les entraînements de gymnastique dont il avait lui-même validé le protocole.

Un lourd tuyau d'incendie enroulé, calé dans ses bras, Mattéo enchaînait les exercices. Il grimpa en haut d'une corde à la seule force des bras.

Hennion, admiratif, traversa la cour de la caserne, hélant Krebs.

– Gardes ! cria ce dernier à l'attention des sapeurs qui se mirent aussitôt au garde-à-vous. Rompez !

Krebs lui avait demandé de venir dès qu'il le pourrait. Impatient de connaître les résultats des analyses auxquelles avait procédé la BSPP, Hennion avait fait un crochet par la caserne avant de se rendre à son rendez-vous chez de Lenverpré.

– Le tri des décombres est terminé, commença le major en invitant le commissaire à prendre place dans son bureau. Le feu a commencé dans le local du cinématographe, expliqua-t-il en étalant le plan du Bazar que le commissaire connaissait par cœur. Nous sommes en mesure d'affirmer qu'il n'y a aucune trace d'explosifs.

– Ce n'est pas une bombe ? s'enquit le policier.

– Je ne crois pas. J'ai la conviction que soit nous sommes face à une imprudence de la part de la personne qui manipulait le cinématographe, soit le manipulateur s'est trompé de robinet quand il a vu la lampe baisser et il a ouvert le robinet d'oxygène au lieu d'ouvrir celui de l'éther.

Hennion hocha la tête en silence. Son intuition ne l'avait pas trompé. Si ce n'était pas une bombe et que Krebs pouvait le prouver, Leblanc ne pourrait plus continuer à accuser les anarchistes en général et Victor en particulier.

– Pourtant, précisa Krebs dubitatif, nous avions peint en blanc les réservoirs renfermant le gaz oxygène et en noir ceux renfermant l'éther pour permettre au manipulateur de les distinguer facilement. Nous avions même inscrit les initiales O et H en noir et blanc, histoire de sécuriser encore plus.

Zélé, passionné par la technologie, Krebs avait spontanément pris contact avec les frères Lumière afin d'en savoir plus sur la projection d'images animées. Il avait ainsi récupéré le modèle exact de l'appareil 35 mm Joly-Normandin utilisé au Bazar, les tubes d'oxygène et les bidons d'éther nécessaires à son bon fonctionnement. Il comptait, avec l'aide de Mattéo, reproduire à l'identique les conditions du local du projectionniste de la rue Jean Goujon afin de comprendre ce qui avait pu se passer et, pourquoi pas, proposer des solutions afin que plus jamais un tel drame ne se reproduise.

– Quand seras-tu en mesure de prouver ce que tu avances ? demanda Hennion en se levant.

– Laisse-moi quarante-huit heures, répondit Krebs après un bref instant de réflexion.

Le major se garda de lui dévoiler que cet incendie était une aubaine pour les recherches qu'il menait.

Quarante-huit heures… C'était peu à l'échelle de l'humanité, ce pouvait être très long lorsque la vie d'un homme en dépendait. Hennion accéléra sa marche en allumant une cigarette. Il fallait espérer que Victor se tiendrait tranquille d'ici là.

– 28 –

8 mai 1897, 16 h 20.

Le commissaire n'avait jamais eu l'occasion de se rendre chez le député qui briguait la présidence du Sénat. Le seizième arrondissement n'était pas un quartier où il traînait ses guêtres au quotidien. Lorsqu'il mettait les pieds dans ce coin reculé de la capitale, c'était surtout parce qu'une enquête criminelle le réclamait. Malgré le luxe et le calme apparents du coin, derrière les murs, une autre vérité sourdait : violence et passions n'épargnaient pas les nantis, engendrant des drames humains, ici comme ailleurs. Le chaos ne faisait pas dans la dentelle.

Hennion admira la bâtisse et son parc, somptueux, en retrait de la rue La Fontaine.

Sur le fronton symboliste, un lion mordait un anneau. Typique d'une façade second Empire. Il remarqua les briques à deux tons, élevées sur un soubassement en granit. Afin de rompre la monotonie que risquaient de provoquer les entassements de briques, des hippocampes grimpaient le long de la façade. Malin.

L'hôtel particulier s'ouvrait sur un vestibule minéral, sorte de sas ouvert autant sur l'intérieur que sur l'extérieur. Entièrement voué à une ligne serpentine et nerveuse, le décor rendait une abstraction avec ses pavés de verre qui éclairaient l'escalier. Le flic admira, dans le couloir, l'audacieux panneau en lave émaillée. Dès l'entrée, c'était l'effet de surprise : ceinte de pierre meulière sculptée, équilibrée par deux colonnes, elle évoquait assez bien un alcazar cordouan avec ses panneaux de grès vernissé dont les tonalités vertes apparaissaient de temps à autre cuivrées : briques sorties du four ou émaillées, les éléments de céramique étaient pour de Lenverpré ce que les gemmes sont pour le joaillier.

À la suite de la gouvernante, Hennion pénétra dans un salon aussi vaste que chargé de pièces de collection et de tableaux de maître. L'austérité de la dame frôlait la désobligeance tant son manque d'amabilité transpirait.

– Installez-vous, je préviens monsieur…, prit-elle tout de même la peine de dire.

– Merci.

Un immense portrait de femme attira immédiatement le regard du policier : une superbe et flamboyante femme rousse aux yeux verts, l'aristo que lui avait décrite le receleur ! Pour finir, le collier que le portraitiste avait peint était l'exemplaire unique de Cartier qu'Hennion avait dans la poche. Le flic comprit immédiatement qu'il s'agissait d'Adrienne de Lenverpré ! L'épouse du député ! C'était elle qui vivait chez Hugues Chaville. Le commissaire se figea un bref instant, comprenant que ce nœud de vipères détenait sans doute la solution à pas mal des questions qu'il se posait dans cette enquête. Il allait falloir la jouer fine.

– Hennion ! s'exclama de Lenverpré en faisant irruption. Vous m'apportez des bonnes nouvelles, j'espère.

Hennion sortit le collier Cartier, le posa sur le bureau devant les yeux de de Lenverpré et le fit glisser jusqu'à lui.

– Il semblerait que ce collier appartienne à votre épouse, expliqua-t-il avec calme sans rien rater de la réaction du député.

Ce dernier blêmit, confirmant au policier que le député ignorait que son épouse était en vie.

– Elle le portait le jour de l'incendie…, dit-il, choqué, en saisissant le bijou. Pourquoi n'a-t-il pas brûlé ?

– Elle a dû le perdre dans la cohue, suggéra le policier qui n'aspirait qu'à prendre congé.

En rejoignant la rue des Saussaies, le policier se demanda à quoi jouait Adrienne de Lenverpé. Il fallait une raison peu banale pour profiter d'une catastrophe et se faire passer pour morte.

– 29 –

8 mai 1897, 17 h 05.

Les fortifs étaient leur royaume, les sales coups leurs spécialités. Allongés, profitant du soleil avec juste ce qu'il fallait d'air pour ne pas subir ses coups, les trois lascars – Bitume, Le Manche et Lityum de leur surnom – se la coulaient douce. Les affaires ne marchaient pas trop mal, entre le recel, les trafics, les filles, les vols et les « contrats » – rien d'officiel bien sûr – avec le député de Lenverpré, les apaches avaient ces derniers temps amassé une coquette somme d'argent.

Lityum s'était assoupi.

– Les gars, dit-il en se réveillant d'un bond, je viens de vivre une expérience hallucinante !

– La sieste ?

– Non, j'étais de l'autre côté. J'ai vu l'au-delà.

– L'eau de quoi ? Mais attends, il y a deux minutes tu parlais de ta cousine en dormant ! Vous jouiez au docteur !

– Je te dis que je viens de vivre l'expérience interdite. Je reviens du royaume des morts.

– Ah oui ? Et il y avait ta cousine infirmière là-bas ?

– Mais non ! J'étais en lévitation au-dessus de mon corps.

Je vous entendais parler. J'étais enveloppé d'une lumière blanche.

Aucun des trois jeunes n'avait remarqué que de Lenverpré s'était approché.

– Un tunnel blanc ? intervint le député. Une lumière irradiante qui te chauffait et écrasait ton corps ?

– Oui, exactement ! approuva Lityum.

– Tu t'es endormi au soleil, en fait, constata de Lenverpré en se marrant. Fin de l'expérience.

Les trois apaches imitèrent leur boss et s'esclaffèrent. Soudain, de Lenverpré redevint sévère.

– Debout ! éructa-t-il en distribuant un coup de pied à Bitume qui s'arrêta net de rire. J'ai du boulot pour vous !

Ils s'exécutèrent.

De Lenverpré leur ordonna d'attendre la nuit pour déterrer le cadavre carbonisé dans le cercueil de son épouse afin de lui apporter un moulage de ses dents. Le député comptait bien s'assurer de l'identité de la dépouille en utilisant le protocole peu conventionnel du Dr Oscar Oscar sans faire appel à ce dernier.

*
* *

De La Trémoille ronflait, endormi. Il était en train de rêver qu'il se tenait sous un cheval cabré, avec une belle femme nue attachée par des lanières, ventre et seins offerts, lorsqu'il sentit quelqu'un se glisser à ses côtés, dans le lit.

– C'est moi… murmura une voix langoureuse. Odette…

Surpris, de La Trémoille leva un œil. À quoi jouait sa femme ? Ça ne lui ressemblait pas. Dans la pénombre, Rose retira sa chemise de nuit, dévoilant une véritable sensualité. Le masque vénitien qui couvrait son visage faisait oublier la répugnance de ses brûlures.

– Fais-moi l'amour…, susurra Rose.

La Trémoille, fiévreux de désir, tenta de la caresser.

– Tsst… Tsst…, chuchota-t-elle en lui tapant sur les doigts, telle une maîtresse d'école. Tu n'as pas le droit de me toucher.

Elle l'enfourcha. De La Trémoille, excité comme jamais, se laissa faire.

*
* *

Adrienne et Hugues s'étaient réconciliés à coups de baisers, de caresses torrides et de jolies promesses. Elle lui avait relaté son entrevue avec sa sœur, les confidences de cette dernière au sujet de la faillite de son époux. Hugues lui avait montré le portrait d'elle que le commissaire Hennion lui proposait de publier au motif qu'il s'agissait sans aucun doute de la détrousseuse de cadavres. Il fallait trouver une solution pour rassembler l'argent nécessaire à leur fuite. Hugues avait pris sa décision et annoncé qu'il serait du voyage jusqu'à Londres avec Adrienne et Camille. Ensemble.

Ensemble, aussi, pour aller chercher l'argent où il se trouvait : dans le coffre-fort du salon de son député de mari. Adrienne connaissait les moindres secrets de cette maison qui était la sienne.

Lentement, tels deux renards furtifs progressant vers la ferme, les deux amants s'approchèrent de l'hôtel particulier.

La nuit enveloppait Paris, Adrienne récupéra la clé sous la pierre du jardin. Hugues se chargea d'ouvrir la porte sans bruit.

– J'y vais…, annonça-t-elle soudain, sans le laisser entrer. Attends-moi ici.

– Non ! Je viens avec toi ! Si ça tourne mal, je veux être là pour t'aider.

– Hugues…, coupa court Adrienne en s'emparant du sac à bandoulière qu'il avait trimballé. Si ça tourne mal, mon mari te tuera.

Elle s'évanouit dans l'obscurité, rejoignit à pas de loup le grand salon qu'elle traversa comme une ombre jusqu'à l'immense portrait d'elle, accroché au mur. Précautionneusement, elle le fit pivoter, découvrant le coffre-fort. Concentrée, elle composa la combinaison : le coffre s'ouvrit sur une montagne de lingots d'or, de liasses de billets de banque et d'épais dossiers.

Adrienne s'empara d'une première liasse qu'elle glissa dans la besace. Elle hésita, puis en prit une deuxième, une troisième et, finalement, dévalisa le coffre. Après tout, elle ne volait rien, prenait juste ce qui lui appartenait. Sa fortune personnelle, intégrée à celle de son mari, était conséquente et si, en tant que femme, elle n'avait pas le droit d'y accéder, sa part existait bel et bien. Elle s'empara des lingots d'or en pensant au Code Napoléon, machiste et militaire, qui reléguait les femmes au rang de procréatrices immatures, totalement dépendantes de leurs maris. Elle avait toujours subi cette injustice, aujourd'hui il n'en était plus question.

Elle feuilleta le premier dossier. Il contenait plusieurs partitions de Schubert, ses sonates préférées, ainsi que celles de Camille et de Marc-Antoine. Pourquoi son mari les planquait-il ici ? Elle l'ignorait. Soudain, les grognements menaçants d'un chien qui s'approchait lui rappelèrent qu'elle ne devait pas s'éterniser. Elle pensa à leur prochain départ à Londres et décida d'empocher ses partitions préférées ainsi que celles de Camille. Elles allaient refaire leur vie à l'étranger, loin de leurs habitudes, ces quelques notes musicales seraient leur seul trésor. Elle referma le coffre-fort alors qu'un beauceron faisait irruption dans le salon en aboyant.

– Rex…, dit-elle à voix basse en reculant vers l'une des portes. Tais-toi… C'est moi… C'est moi…

Le chien de garde continuait de grogner et de montrer les crocs. Ses aboiements avaient alerté la maisonnée, Adrienne entendit son mari, à l'étage.

– Rex ? cria-t-il du haut des escaliers.

En guise de réponse, l'animal aboya une nouvelle fois, se rapprochant encore, fulminant de bave, prêt à bondir sur elle.

Adrienne, blême, parvint à ouvrir doucement la porte et se faufiler dans l'autre salon tandis que Lenverpré arrivait.

– Schnautze ! éructa-t-il en voyant Rex grogner devant la porte fermée du double salon.

Ainsi, dans le plus grand secret, de Lenverpré parlait allemand…

Immédiatement, il ouvrit. Rien, ni personne.

Il fixa alors le tableau de son épouse et se précipita vers le coffre. C'est là qu'il reconnut le parfum si particulier de sa femme.

*
* *

Dans le parc, Adrienne rejoignit Hugues, lequel attrapa la lourde besace et lui donna la main. Ils fuirent, Adrienne ne prit pas le temps de remettre la clé sous la pierre.

Quelques dizaines de mètres plus loin, en planque dans un fiacre, Hennion n'avait rien raté de cette étrange équipée.

*
* *

– Alice ! entendit soudain la jeune femme.

Elle était allongée sans parvenir à trouver le sommeil, les yeux rougis par la fatigue et les déceptions de cette journée. Elle reconnut immédiatement la voix de Victor et se figea.

Le jeune homme avait escaladé la façade pour s'accrocher au premier étage. Il fallait être sacrément motivé…

– Alice, ouvre ! insista le jeune homme à travers la vitre.

Alice s'approcha de la fenêtre. Il allait réveiller toute la maison, ses parents n'hésiteraient pas à prévenir la police, c'était évident. Après tout, puisqu'il était un terroriste, ne le méritait-il pas ?

– Alice, c'est Victor ! Je n'ai pas tué ces femmes ! poursuivit-il. C'est pas moi qui ai fait ça ! Ouvre-moi ! supplia-t-il en toquant au carreau.

Alice, fébrile, tira le rideau, ils se retrouvèrent face à face, séparés par du verre. Il la fixa intensément.

– Je t'aime, articula-t-il en silence.

Bouleversée, Alice prit une profonde inspiration et entrouvrit la fenêtre.

Agile, Victor sauta dans la chambre. Alice n'eut pas le temps de pousser un cri de surprise, il plaqua sa main sur la bouche de la jeune fille, la pressa entre lui et le mur.

– Jamais de ma vie je n'aurais pu faire une chose pareille, lui dit-il.

Il retira sa main de la bouche d'Alice.

– Ne me touche pas ! rétorqua-t-elle, glaciale, tentant de se dégager.

La sensualité de leur corps à corps, le souvenir de leur attraction… Victor la maintenait contre lui, elle résista de moins en moins.

– Ce n'est pas parce que j'ai des rêves que je suis dangereux, lui susurra-t-il dans l'oreille. Je suis contre la violence.

Alice sentit son souffle et son odeur enivrante, elle prit sur elle pour ne pas fondre en se souvenant de la douceur de sa peau.

– Les conservateurs racontent ça parce que ça les arrange bien, ajouta-t-il en la fixant. Ils n'ont aucune preuve !

Alice ne baissa pas son regard. Un défi comme un duel.

Elle lui mordilla la main et se dégagea. Il ne la retint pas. Un défi comme un duo.

– Ils n'ont rien contre moi, Alice. Rien.

– Pourquoi je te croirais ?

– À ton avis, pourquoi j'aurais risqué ma vie pour sauver la tienne ? Et pourquoi je prendrais le risque de venir te voir chez toi ? Si je me fais choper, c'est la peine de mort ! Je ne veux pas que tu croies que ce qui s'est passé entre nous, ça ne compte pas. Je ne joue pas avec toi, Alice…

Il s'était approché d'elle, elle n'avait pas reculé. Il lui prit la taille, l'attira contre lui et l'embrassa avec passion.

– Jamais je n'aurais pu imaginer tomber amoureux d'une fille comme toi. Mais c'est comme ça, maintenant je ne veux pas passer à côté…

Bouleversée, Alice répondit à son baiser par un autre, encore plus fougueux. Des pas se firent soudain entendre, provenant du couloir. Paniquée, Alice poussa Victor vers la fenêtre.

– Pars avec moi, proposa Victor. Barre-toi d'ici et pars avec moi. C'est maintenant qu'il faut vivre…

Alice n'eut pas le temps de répondre, son père l'appelait à travers la porte.

– On a vu un rôdeur dans le jardin… Tout va bien ?

– Oui, tout va…, répondit-elle, sans bouger.

Elle n'eut pas le loisir d'achever sa phrase, son père avait fait irruption, inquiet. Découvrant Victor Minville, l'anarchiste traqué par la police, dans la chambre de sa fille, échevelée et en petite tenue, il se liquéfia.

– Sortez ! hurla-t-il en se précipitant sur Victor. Sortez immédiatement !

– Laisse-le, s'il te plaît, supplia Alice en s'interposant pour que Victor trouve le moyen de fuir. S'il te plaît, je vais t'expliquer…

Victor, agile, en profita pour sauter par la fenêtre et disparut dans la nuit.

– Il n'y a rien à expliquer ! Tais-toi !

– Il m'a sauvé la vie, papa. Sans lui, je serais morte !

– Qu'est-ce que tu racontes ! Sans lui, une centaine de femmes seraient encore vivantes ! Et toi, pendant ce temps-là…

– Il dit que vous l'accusez sans preuve, rétorqua Alice, le regard frondeur.

– Enfin, c'est un anarchiste ! Ce n'est pas une preuve, ça ? Un anarchiste, Alice ! ! Que je retrouve dans ta chambre ! Tu es devenue folle !

– Alors c'est vrai…, dit-elle dans un souffle hébété, il a raison, vous l'accusez sans preuve…

– Ça ne te concerne pas ! coupa court Auguste. Tu ferais mieux de penser à ton mariage.

Alice se figea, choquée par l'attitude de son père.

– Je vais passer ma vie avec un homme que je n'aime pas pour sauver la famille, lui rappela-t-elle, le défiant du regard. Tout ça à cause de toi.

– Tu te fiances dans quelques heures, lui répondit-il sèchement. D'ici là, tu ne sors pas de cette maison.

Alice, atterrée, restait sans voix. Parfois, mieux valait ne pas s'épuiser face à la bêtise, si paternelle fût-elle.

– Personne, tu m'entends, personne ne doit savoir que cet homme est entré dans ta chambre ! s'obstina Auguste. C'est bien compris ?

De nouveau, Alice préféra garder le silence. Elle n'avait jamais vu son père dans cet état.

– C'est bien compris, Alice ? aboya-t-il encore. Regarde-moi !

Alice se glissa sous ses draps sans répondre et lui tourna le dos. Son père finit par refermer la porte et la laisser seule.

Alice comprit qu'elle devait grandir et cesser de faire confiance à ses parents aveuglément. Elle allait mettre en pratique les valeurs qu'ils lui avaient inculquées sans laisser sur le bas-côté ses convictions d'adulte. Elle se marierait avec Julien afin de sauver sa famille. En revanche, la peine de mort lui semblait abjecte. Pour un innocent, c'était carrément inadmissible. Trop peu pour elle.

Quatrième partie

– 30 –

9 mai 1897, 6 h 20.
Cinq jours après l'explosion.

Il n'avait pas fallu grand-chose à de Lenverpré pour acquérir la preuve que le cadavre carbonisé dans le cercueil de son épouse n'était pas le sien. Le moulage des dents de la dépouille que les apaches lui avaient apporté était certes sommaire. Cependant, après un cambriolage en bonne et due forme du dossier dentaire d'Adrienne dans le cabinet médical du Dr Oscar Oscar, le praticien de la famille, de Lenverpré avait pu comparer l'essentiel. L'entretien auquel il avait assisté entre Hennion et Leblanc au sujet de l'identification dentaire de la duchesse d'Alençon n'était pas tombé dans l'oreille d'un sourd. Adrienne, qu'ils avaient tous pleurée et enterrée la veille, était vivante.

Il semblait évident que c'était elle qui s'était introduite, la nuit dernière, jusqu'au coffre-fort. La garce avait dérobé la clé qu'il cachait sous la pierre ainsi qu'une coquette somme. Ce n'était pas le pire. La disparition des partitions tracassait de Lenverpré, fou de rage. À quoi jouait Adrienne ? Que fomentait-elle à s'être fait passer pour morte ? À la recherche d'indices, il fouillait frénétiquement la maison, pièce par pièce, jetant par terre et faisant valdinguer tout sur son passage. Le personnel de maison, tétanisé, n'en revenait pas.

C'est en retournant le lit de Camille, dont il avait mis la chambre sens dessus dessous, qu'il trouva, planqué dans l'oreiller, un morceau de papier plié en quatre. Fiévreusement, il le déplia. Trois lignes lui percèrent le cœur : « *Camille, ma chérie, mon amour, je suis vivante. Retrouvons-nous secrètement au parc le jour des fiançailles de ta cousine Alice sur notre banc. Je t'aime. Maman.* »

Les fiançailles d'Alice de Jeansin et Julien de La Ferté… Aujourd'hui même. De Lenverpré, un rictus sadique lui barrant le visage, remit à sa place le message qu'Adrienne était parvenue à faire passer à sa fille et dévala les escaliers.

À peine trente minutes plus tard, cinq gaillards à moustaches noires et tombantes descendirent d'un fiacre. Ils portaient un foulard uni, des pantalons bouffants, des petits gilets et de longs manteaux. Tatoués aux poignets, les chaussures brillantes et pointues, ils avaient chacun un couteau coincé dans leurs chaussettes dépassant des bas de leurs larges pantalons et une cigarette au bec. Des apaches.

Ils pénétrèrent dans le bureau de de Lenverpré, lequel les attendait assis le dos tourné, sous le portrait d'Adrienne. Soudain, il fit pivoter sa chaise et leur fit face, les yeux emplis d'une colère froide.

– Ma femme n'est pas morte… Elle est quelque part chez son amant, dans cette ville. Retrouvez-les, ordonna-t-il en mâchouillant son cigare.

*
* *

– Qu'avez-vous fait cette nuit, avec mon gendre ? s'offusqua Mme Huchon. Des domestiques vous ont vue sortir de chez lui.

– J'ai fait ce qu'il y avait à faire, répondit Rose avec un calme olympien.

– Odette ne couchait plus avec son mari. Que va-t-il en déduire ?

– Odette a eu un moment d'égarement, cette nuit. C'est l'incendie, ça l'a perturbée, ce sera la dernière fois. La Trémoille va repartir en voyage. Dans quelques semaines, je lui apprendrai qu'il va devenir père pour la seconde fois.

Sidonie Huchon était impressionnée. La jeune femme avait pensé à tout.

– Je n'aurais pas imaginé que vous iriez aussi loin pour sauver votre enfant…, reconnut-elle. Mais vous ne savez pas où vous mettez les pieds…, ajouta-t-elle, inquiète.

*
* *

Hugues leur avait servi un verre de vin, Adrienne, assise au piano, s'en délectait.

Elle eut alors l'envie de jouer un morceau, récupéra une des partitions des sonates de Schubert trouvées dans le coffre-fort et l'ouvrit sur le pupitre.

Mais, alors qu'elle commençait à jouer les dièses et les blanches indiquées, une cacophonie innommable retentit. Elle cessa immédiatement de jouer, Hugues s'était figé, une gorgée de vin en bouche, les sourcils froncés. Il se leva.

Adrienne recommença, la même dissonance criarde résonna. Hugues avala sa gorgée tout en s'approchant du piano. Il venait de le faire accorder.

Afin de ne pas inquiéter Adrienne, déçue que ces partitions ne correspondent en rien à la sonate promise, il ne lui expliqua pas ses soupçons. Il ne pouvait lui parler de son travail, du dossier qu'il élaborait pour l'article qu'il prévoyait d'écrire sur son ordure de mari. Dans une enquête interne au parti républicain qu'Hugues s'était procurée, il était indiqué que de lourds soupçons d'espionnage pesaient sur le député conservateur. Certains n'hésitaient pas, à demi-mot, à parler de collaboration avec l'Allemagne. Mais personne n'avait de preuves. Il était probable que de Lenverpré utilisait un code pour transmettre des messages à la puissance étrangère – pour ne pas dire ennemie : la guerre franco-prussienne était dans tous les esprits. De nombreuses familles avaient été décimées, la rancune restait tenace.

En déchiffrant mentalement la partition désaccordée, Hugues subodora qu'il pouvait s'agir d'un code. Sinon, pourquoi le député l'aurait-il gardée dans son coffre-fort ?

Hugues devait d'abord vérifier. Si sa déduction se confirmait, c'était une véritable pépite sur laquelle Adrienne était tombée.

– Tu me joues un morceau ? demanda cette dernière en lui laissant le tabouret. C'est n'importe quoi qu'il les garde dans son coffre, ajouta-t-elle en pointant les partitions du menton et en remplissant son verre.

Hugues acquiesça en lui envoyant un sourire ravageur et se mit à jouer. Il attendrait qu'Adrienne dorme pour les récupérer et tenter de les déchiffrer.

*
* *

Lucile avait décliné l'invitation à dîner de ses parents la veille au soir. Elle était sous l'eau, concentrée sur ses notes dentaires et quelque peu débordée. Son départ pour l'île du Diable approchait, Séverine la harcelait pour que, avant de partir, elle livrât un dernier article sur le Bazar.

En outre, Lucile savait que son parrain, Célestin Hennion, se trouverait à ce dîner et elle ne souhaitait pas le croiser pour le moment, redoutant de lui mentir au sujet d'Odette de La Trémoille. Sa suspicion concernant l'identité de son amie la tracassait.

Elle avait en revanche échangé avec Oscar à ce sujet. Son ami expert avait confirmé que le feu ne transformait en aucun cas une dentition. Elle comptait avoir une explication avec celle qui se faisait passer pour Odette. Lucile n'était pas flic, mais elle tenait à s'assurer que personne n'avait assasssiné son amie et que celle-ci avait bel et bien péri dans l'incendie.

Hortense, la mère de Lucile, était venue ce matin embrasser sa fille, prétexte pour lui relater la soirée, commenter les derniers cancans et lui apporter un reste de son dessert préféré qu'elle avait raté en ne venant pas dîner. À cette occasion, Hortense avait confié que leur ami Hennion était parti avant le plat principal. Apparemment, l'enquête sur l'incendie piétinait, il recherchait les témoignages des femmes que Victor Minville avait sauvées des flammes. Or, ayant découvert par voie de presse matinale que le jeune homme était un terroriste, ces bonnes dames s'étaient rétractées une à une. Hennion semblait convaincu que l'anarchiste n'était pas coupable. Lucile savait que Mattéo, ami d'enfance de Victor Minville, lui aussi le pensait innocent.

Lucile n'avait pas hésité à se rendre illico rue des Saussaies pour parler à son parrain. Après tout, elle n'était pas obligée d'évoquer Odette.

– J'ai une info qui va te plaire…, claironna-t-elle en faisant irruption dans le bureau du commissaire, penché sur un dossier. La fille de Jeansin a été sauvée de l'incendie par Victor Minville. Un témoin les a vus.

Hennion s'enfonça dans son fauteuil, ravi.

– Entre, je t'en prie, lui indiqua-t-il, impatient d'en savoir plus.

– 31 –

9 mai 1897, 9 h 50.

– Louise, vous avez vu ma fille ?

Auguste de Jeansin, fin prêt pour les fiançailles d'Alice avec Julien de La Ferté, était sur son trente-et-un, mais fébrile. Il gardait en mémoire la terrible vision de ce terroriste, Victor Minville, trouvé en pleine nuit dans la chambre de sa fille. Cela le contrariait et l'accablait.

– Non, monsieur, répondit la bonne en train de dresser le couvert.

Plus loin, Auguste repéra Mathilde. Elle dirigeait les préparatifs d'une main de maître.

– Ah, Mathilde ! Je cherche Alice partout, tu sais où elle est ?

– Partie faire du cheval, expliqua-t-elle, concentrée sur une gerbe de roses blanches.

– Du cheval le jour de ses fiançailles ? s'inquiéta Auguste.

– Pourquoi pas ? lança-t-elle en le fusillant du regard. Elle avait besoin de se détendre, précisa-t-elle comme pour enfoncer le clou.

Le majordome introduisit Julien, la mine lumineuse et splendide, dans le vestibule.

– Tu l'accueilles, s'il te plaît ? lui lança-t-elle en tournant ostensiblement le dos.

Auguste suivit du regard son épouse, puis s'exécuta.

– Julien, bonjour ! fanfaronna Auguste, feignant la jovialité. Vous ratez Alice de peu, elle est allée faire du cheval au bois !

– Formidable ! répliqua le jeune fiancé, gai comme un pinson. Je pars la chercher ! improvisa-t-il, joyeux.

– Vous aurez du mal à la retrouver, poursuivit Auguste, mal à l'aise.

Il redoutait qu'Alice soit partie rejoindre celui qu'elle considérait comme son seul sauveur.

– Le bois est trop grand…, insista-t-il en voyant que Julien était déjà en route.

– Ne vous inquiétez pas ! le rassura le jeune homme. Quand on cherche, on trouve !

*
* *

– Vous faites une petite partie ?

De La Trémoille se tenait dans l'embrasure de la porte, un verre de whisky à la main.

– Tu veux jouer avec nous ? surenchérit Thomas, qui jouait aux petits chevaux avec « sa maman » défigurée.

– Non… pas avec toi, précisa son père, l'œil torve, fixant le décolleté de Rose.

Rose, consternée, ne voulait pas faire d'esclandre devant le petit garçon, elle se raidit, mais se contenta de sourire, afin de rassurer l'enfant.

– Thomas ? demanda de La Trémoille sans regarder son fils.

– Oui ?

– Tu veux bien sortir de cette chambre, s'il te plaît ?

Il s'était approché de Rose.

– Hier, tu m'as fait jouir comme jamais, susurra-t-il dans

le creux de son oreille en caressant ses fesses. Maintenant, c'est moi qui vais m'occuper de toi…

Écœurée, Rose ne broncha pas. Elle comprenait soudain les mots de Sidonie Huchon. « Vous ne savez pas où vous mettez les pieds… » Rose était prise au piège. Elle savait, par son ancienne maîtresse Alice, les ardeurs sexuelles de l'époux d'Odette. Tout Paris était au courant. En endossant le rôle de la fille de Mme Huchon, elle s'était juré que jamais ce porc ne la toucherait. Mais il y avait cette grossesse à laquelle elle ne s'attendait pas.

– Non ! chouina Thomas. On finit la partie !

– Thomas ! s'énerva son père en avalant une lampée d'alcool. Tu obéis et tu sors de cette chambre !

– On terminera tout à l'heure, mon ange. Laisse-nous juste un instant.

– Tu promets ?

– Je te promets, mon cœur, confirma Rose en l'embrassant sur la joue.

Rassuré, Thomas partit dans le jardin.

Rose veilla à fermer la porte à double tour, combla le trou de la serrure avec son mouchoir brodé : elle était bien placée pour savoir que certains domestiques n'hésitaient pas à regarder à travers.

Elle n'y tenait pas. Les fantasmes de M. de La Trémoille étaient sans limites.

*
* *

– Je savais que tu partirais avec moi…

Alice préférait rester sur son cheval pour refréner ses désirs de toucher la peau de Victor, contenir l'inéluctable attirance qui les enrôlait. Cela lui donnait une contenance.

– Je ne peux pas…, dit-elle en calmant son animal. Tu le sais bien.

– Tu ne peux pas, ou tu ne veux pas ?

– Écoute, je ne suis pas venue pour ça, Victor. Je veux t'aider. Tu n'as rien fait, je vais le prouver.

– Si tu es venue, c'est que tu m'aimes. Il faut arrêter de se mentir, Alice.

Soudain, un bruit de galopade : Julien !

– C'est lui ? pesta Victor, qui avait compris. Je vais lui dire ce que je pense de ce mariage, ajouta-t-il en fusillant du regard le jeune homme qui s'approchait.

– Arrête ! s'interposa Alice, livide. Tu n'as pas le droit ! ajouta-t-elle en partant à vive allure vers son fiancé.

– Toute ta vie, tu le regretteras ! cria Victor, vexé et impuissant.

Alice ne l'entendit pas.

– Qui était-ce ? demanda Julien lorsqu'elle l'eut rejoint.

– Quelqu'un qui cherchait sa route, mentit Alice en lui souriant.

– Il faut que je te demande quelque chose, annonça soudain le jeune homme en approchant son cheval de celui d'Alice. Veux-tu devenir ma femme ? demanda-t-il, solennel, s'emparant d'une petite boîte à bijoux dans sa poche qu'il tendit et ouvrit sous les yeux d'Alice.

Un énorme diamant serti dans un anneau étincela de mille feux, éblouissant la jeune femme.

– C'est au déjeuner que tu dois me l'offrir…, lui fit-elle remarquer.

Elle avait du mal à s'extasier, pensait à la pleuterie de son fiancé, à Victor, aux menaces de guillotine qui pesaient sur lui, à la promesse qu'elle venait de lui faire. Elle voulait le sauver. Mais comment allait-elle s'y prendre ?

– Je sais, confirma Julien, mais je voulais que nous soyons seuls tous les deux.

– Mais je te l'ai déjà dit, Julien, éluda Alice qui avait décidément du mal à prononcer ce « oui » capital…

– Ton père m'a dit oui. J'aimerais l'entendre de ta bouche…

– Oui… c'est oui…

Julien, soulagé et comblé, enfila maladroitement la bague de fiançailles au doigt d'Alice, faisant mine de ne pas s'apercevoir de la crispation de sa fiancée.

*
* *

Marc-Antoine de Lenverpré arriva chez les de Jeansin pour les fiançailles d'Alice et Julien de La Ferté l'esprit ailleurs. Les commentaires et jacassements des invités bourdonnaient dans ses oreilles. « Quelle magnifique robe de fiançailles ! » « Félicitations ! » « Tu es ravissante ! » « Et ce diamant, il est sublime ! » Julien regardait Alice amoureusement, c'était vrai qu'elle était splendide dans sa tenue pastel, un bouquet de pois de senteur immaculés à la main.

Mine de rien, Marc-Antoine de Lenverpré observait à la dérobée sa fille Camille s'amuser avec son cousin et sa cousine. Rien sur son visage ou dans son attitude ne permettait de soupçonner que la fillette était au courant que sa mère était en vie. Rien non plus n'indiquait qu'elle avait tout à l'heure rendez-vous au parc avec elle. Camille jouait la comédie aussi bien qu'Adrienne, le député n'en revenait pas. *Elles vont être surprises, les garces*, marmonna-t-il en son for intérieur.

La gouvernante, la mère de lait du député en quelque sorte, sa nourrice en tout cas, était son alliée de toujours. Son œil de Berlin. La vieille acariâtre, Prussienne d'origine, lui avait bien évidemment rapporté que l'enfant avait réclamé une promenade au parc ce jour même. Il sourit intérieurement, verrouillant les derniers détails de son plan.

Ses autres sbires, les apaches, l'avaient par ailleurs informé qu'ils avaient localisé l'amant d'Adrienne. Hugues Chaville. Un journaliste de merde qui sévissait à *La Chouette*, ce torchon de gauchistes. Comment Adrienne avait-elle pu tomber aussi bas ?

De Lenverpré remarqua le majordome des de Jeansin, l'air soucieux, rejoindre Auguste, Mathilde et les jeunes fiancés.

– Monsieur…, annonça le serviteur à son maître. Il y a un monsieur de la police qui veut parler à Mlle Alice…

Auguste se rembrunit, Mathilde se liquéfia.

– La police ? s'inquiéta cette dernière.

– Il dit que c'est urgent, que c'est au sujet de l'enquête sur l'incendie du Bazar.

– Eh bien, dites-lui que ce n'est pas le jour !

Dans le vestibule, le commissaire Hennion, courtois, souleva son couvre-chef en direction d'Auguste.

– Moi, je veux bien lui parler, annonça soudain Alice en souriant au majordome.

*
* *

– Est-ce que vous sauriez me dire où se trouve madame ? demanda, guilleret, de La Trémoille au majordome.

– Dans la bibliothèque.

Il y entra sans frapper.

– Ma chère belle-mère…, commença-t-il, mielleux. J'aimerais que nous organisions un grand dîner en l'honneur de ma femme, des victimes et des rescapés de ce drame abominable. Je crois que la vie doit continuer, assura-t-il, grandiloquent. Vous vous chargerez du traiteur, je m'occuperai des invitations. Il faut que ce soit grandiose.

– Et vous comptez repartir quand ? s'enquit Mme Huchon, mine de rien.

– Pas tout de suite, l'informa-t-il. Je souhaiterais rester près d'Odette. Pour m'occuper d'elle. Le temps qu'elle se rétablisse.

En principe, il réservait sa hardiesse et sa générosité à ses maîtresses, pas à son épouse. Ça ne présageait rien de bon.

*
* *

Dans le fumoir, Alice faisait face à Hennion. Auguste et Julien à ses côtés.

– Mademoiselle de Jeansin, je suis désolé de vous faire rappeler à ce jour si funeste le jour de vos fiançailles, mais je ne me le serais jamais permis si cela n'avait pas été important, commença le chef de la Sûreté générale. On vous a vue parler avec cet homme, poursuivit-il en présentant à Alice le portrait anthropométrique de Victor. Le principal suspect de l'attentat, le saviez-vous ?

– Vous auriez pu attendre demain, non ? s'offusqua Auguste de Jeansin.

– Non, reprit Hennion avec calme. Les événements sont suffisamment graves. On dit que cet homme s'est comporté comme un héros pendant l'incendie, poursuivit-il en fixant Alice. On dit qu'il vous aurait sauvé la vie…

– C'est vrai ! confirma la jeune fille, spontanément. Sans lui, je serais morte. Pourquoi serait-il venu à mon secours et à celui des autres personnes qu'il a sauvées s'il avait voulu notre mort ?

Julien blêmit.

– Pour moi, dit-il d'une voix blanche, un homme qui fuit la police est un homme qui a quelque chose à se reprocher.

– Pas forcément ! On l'accuse sans preuves, il y a de quoi se méfier, tu ne crois pas ?

– Seriez-vous prête à témoigner en sa faveur ? lui demanda Hennion.

– Un témoignage public ? s'inquiéta Auguste. Il n'en est pas question !

– Avec les lois d'exception mises en place par le gouvernement, cet homme risque d'être condamné à mort sans aucun procès, expliqua le commissaire, insistant.

– Je tiens à témoigner, déclara Alice, en faisant fi des mines outragées de ses parents et de son fiancé.

– Merci, mademoiselle. Je vous attends demain à mon bureau.

–Je ne vous raccompagne pas, vous connaissez le chemin, pesta Auguste en l'invitant à sortir.

– Pourquoi ne m'as-tu pas dit que c'était cet homme qui t'avait sauvé la vie ? reprocha Julien à Alice lorsque le policier fut parti.

– Qu'est-ce que ça aurait changé ? répondit-elle en lui tournant le dos.

Le ton glacial d'Alice, s'il consterna sa mère, enragea Julien. Sa fiancée lui échappait, il ne le tolérait pas. Ce mariage était une mascarade.

– Tu ne m'as pas pardonné, en fait ! remarqua-t-il, la retenant par le bras. Tu as fait semblant, tu préfères témoigner pour un anarchiste…

– Lâche-moi ou je crie !

Dépitée, elle se dégagea et se dirigea vers la sortie, ignorant l'assemblée des invités qui assistaient, choqués, à la dispute des amoureux le jour de leurs promesses.

– Tu as pensé au scandale, Alice ? hurla Julien, hors de lui. Tu as pensé à ça ? Non, parce que tu ne penses à rien ! poursuivit-il, insultant.

– Cesse de te ridiculiser ! ordonna Alice d'une voix ferme.

Julien se tut, la fusillant du regard, et la rejoignit sur le pas de la porte.

– Tu es prête à aller jusqu'où pour sauver ce moins que rien ?

– Pour sauver la vie d'un innocent, j'irai jusqu'au bout ! le toisa-t-elle. Maintenant, laisse-moi, précisa-t-elle, le regard noir. J'ai besoin de prendre l'air !

Consternée par ce que son mari et elle avaient créé malgré eux, Mathilde éclata en sanglots.

– 32 –

9 mai 1897, 14 h 40.

– Mademoiselle Camille, attendez-moi !

Camille marchait si vite que la gouvernante avait bien du mal à la suivre. Lorsqu'elles franchirent les grilles du parc Monceau, bondé de monde en cette splendide journée de printemps, la gouvernante se sentit rassurée. L'esprit tranquille, elle laissa Camille jouer et se consacra à son tricot, assise à l'ombre sous un marronnier. Elle ne remarqua pas Adrienne, laquelle s'avançait doucement avec un long manteau et un large capuchon tombant bas sur le front et les épaules qui cachaient sa silhouette et son visage. L'ombre prit place sur un banc, s'immobilisa comme pour disparaître. Elle garda son capuchon rabattu. C'est alors qu'au même moment, Camille s'assit sur le banc d'à côté. La fillette, confiante, attendait sa mère sans l'avoir reconnue sous sa capuche, toute proche. Elle serrait dans sa poche le petit mot dans lequel elle lui avait donné rendez-vous comme s'il s'était agi d'un talisman. La nuit, elle le plaçait sous son oreiller, l'emportant dans ses rêves. Adrienne n'eut pas le temps de la rejoindre, ses yeux rencontrèrent ceux du policier croisé chez Hugues. Constatant que d'autres flics en civil faisaient le guet, Adrienne comprit qu'elle devait déguerpir.

Rapidement, elle se baissa pour que ni Hennion ni la gouvernante ne la voient parler à la fillette.

– Camille, chuchota-t-elle. Il faut que tu rentres à la maison.

L'enfant, subjuguée de reconnaître sa mère, la dévisagea, les yeux embués de larmes.

– Maman ! dit-elle à voix basse.

– Je reviendrai te chercher, parvint à prononcer Adrienne, bouleversée. Je te le promets.

Elle partit sans courir pour ne pas attirer l'attention. Les apaches aux ordres de Lenverpré n'avaient rien capté au manège.

Adrienne n'eut pas le temps de traverser l'avenue de Wagram, un homme lui saisit le poignet.

– Police, asséna le commissaire Hennion avec fermeté. Je vais vous demander de me suivre.

– Et pour quelles raisons ? rétorqua Adrienne, sans se démonter.

– Ne me forcez pas à vous passer les menottes, madame de Lenverpré…

– Ce ne sera pas la peine, comprit Adrienne en suivant le policier.

Elle songea qu'elle avait bien fait de ne pas garder sur elle son magot et de le mettre en sécurité à la consigne de la gare, en prévoyance de leur départ pour Le Havre.

*
* *

De Lenverpré était fou de rage : non seulement, Adrienne n'était pas venue au rendez-vous qu'elle avait fixé à sa fille, mais elle n'était pas non plus chez son amant. La garce se payait décidément la tête de tout le monde.

Talonné par ses sbires lourdement armés, il avait investi l'appartement d'Hugues Chaville, cueillant le journaliste en train de taper à la machine un papier sur le viol et le meurtre de plusieurs prostituées de Montmartre. Les faits divers se suivaient sans toujours se ressembler.

– Où est ma femme, monsieur Chaville ? demanda de nouveau le député.

Le journaliste était ligoté sur une chaise de son salon, entouré d'apaches à la gueule haineuse. De Lenverpré s'était servi un cognac et fumait le cigare, il se tenait assis sur le tabouret du piano, faisant face à Hugues.

– Partie à l'étranger… Vous ne la retrouverez jamais…

– C'est fou comme ça m'agace d'avoir à répéter une question, insista de Lenverpré, sarcastique. Où est ma femme, monsieur Chaville ? poursuivit-il en soufflant la fumée de son cigare vers Hugues.

– Vous auriez une cigarette ? demanda ce dernier, absolument pas décontenancé.

De Lenverpré se leva. Ordonnant d'un signe de tête au chef des apaches de donner une tige au journaliste, il s'empara d'une pomme dans le compotier posé sur un guéridon, comme s'il était chez lui. Il se rassit en face d'Hugues en la croquant. Ce morveux voulait jouer, pas de problème, il allait être servi et sentir passer les pépins.

– 33 –

9 mai 1897, 16 h 20.

– Vous êtes une femme surprenante, commença Hennion en s'enfonçant dans son fauteuil. Pourquoi vous faire passer pour morte en profitant de l'incendie ? Pourquoi avoir vendu vos bijoux à un receleur ? Et pourquoi vous introduire chez vous en pleine nuit, comme une voleuse ? À quoi jouez-vous, madame de Lenverpré ?

Adrienne, méfiante, soutenait le regard insolent et ironique du flic. La donzelle avait des yeux superbes, elle n'en jouait pas, c'était appréciable.

– Vous êtes un flic, répondit-elle en le fixant. Vous êtes à sa botte, comme tous les autres. Allez-y, ramenez-moi à mon ordure de mari ! Au moins, je l'empêcherai de s'en prendre à ma fille…

– Je ne comprends pas, sourit le commissaire, pas du tout offusqué. Expliquez-moi, poursuivit-il patiemment, aguerri qu'il était aux techniques d'interrogatoire.

– Vous n'avez pas le droit de me garder, décréta la jolie dame, décontenancée. Ce n'est pas interdit par la loi de disparaître.

– C'est exact. Mais ici, vous êtes à la Sûreté générale, pas chez les flics. Je vous garde si j'ai envie de vous garder.

Adrienne se liquéfia.

– Alors, dites-moi, pourquoi fuyez-vous votre mari, madame de Lenverpré ?

– Pourquoi vous ferais-je confiance ? se décida finalement Adrienne après un moment d'hésitation.

– Parce que votre mari représente tout ce que je déteste.

Il se leva et se planta devant Adrienne, entravée.

– Je vous laisse réfléchir, poursuivit-il. La nuit porte conseil, conclut-il en la laissant face à elle-même.

*
* *

– Odette !

Alice avait eu besoin de retrouver quelqu'un qui serait vraiment heureux de la voir. Si Rose était vivante, c'était à elle qu'elle serait allée se confier. Mais Rose avait péri dans l'incendie à cause de Julien.

– Que se passe-t-il, Alice ? s'enquit la fausse Odette, inquiète de voir débarquer son amie les yeux rougis, le jour de ses fiançailles.

– Je me suis disputée avec Julien, avoua la jeune femme, désemparée. J'avais juste besoin de prendre l'air…

– Tu veux m'en parler ? insista Rose.

– Victor Minville…, commença Alice. L'homme qu'on accuse d'avoir posé une bombe au Bazar… C'est lui qui m'a sauvé la vie, il est innocent.

– Tu le revois ?

– Oui ! Tu sais, il n'a rien fait ! Mon père, Julien, mon oncle… Tout le monde s'acharne sur lui. Mais je t'assure, Victor n'a rien fait.

Ainsi, Alice l'appelait par son prénom… Rose, pas dupe, sourit à son amie. Elle ne pouvait pas expliquer à son ancienne maîtresse qui la croyait morte qu'elle n'était nullement Odette, mais Rose. Cela lui pesait.

– Il faut que je l'innocente, tu comprends. Je…

– J'étais au cinéma avant l'explosion, expliqua soudain Rose, bouleversée de voir son amie si démunie. J'étais venue récupérer Thomas auprès de Rose.

– Rose…, murmura Alice dans un souffle, émue de penser à son ancienne bonne, disparue.

À cet instant, Rose aurait tout donné pour serrer Alice contre elle, lui avouer qui elle était.

– Il y a eu un début de feu dans le local du cinématographe, poursuivit-elle, je me souviens qu'un homme a essayé de l'éteindre, il n'y est pas parvenu et il s'est enfui. Je n'ai pas vu son visage, déplora-t-elle, culpabilisant.

– Le projectionniste ? s'enquit Alice en fronçant les sourcils.

Odette opina du chef.

– J'ai entendu mon père dire qu'il était mort, on n'a pas retrouvé son corps, enchaîna Alice, la mine grave.

– Pourtant, il s'est enfui. Il est sûrement vivant.

– Si c'est le cas, pourquoi ne donne-t-il pas signe de vie ?

– Peut-être qu'il a peur, suggéra Rose en essayant de comprendre. Peut-être qu'il se sent responsable de ce qui nous est arrivé.

Alice, impatiente d'aller prévenir Victor que la police n'avait aucune preuve contre lui, se leva.

– Prends soin de toi, dit-elle en l'embrassant affectueusement. Je reviendrai dès que…

Remarquant que Lucile de Mermet, l'amie journaliste d'Odette, avançait à leur rencontre, Alice cessa de parler, intimidée, et prit congé. Elle se délectait des enquêtes fouillées de la reporter. Son immersion dans le service des aliénistes femmes de l'hôpital Sainte-Anne l'avait notamment bouleversée. La jeune fille, impressionnée de croiser cette icône journalistique, n'osa pas la saluer ni lui confier que c'était grâce à l'un de ses articles qu'elle avait découvert George Sand, que Lucile citait parfois comme exemple d'indépendance.

Pour l'heure, investiguant sur les rescapées du Bazar, Lucile fut ravie de trouver celle qui prétendait être Odette. Elle avait remisé au placard sa première idée d'article – confronter les rescapées à leur sauveur. Étant donné la tournure des événements, elle souhaitait rédiger un pamphlet bien plus percutant. Elle allait quitter Paris le 12 mai prochain pour son long voyage vers le capitaine Dreyfus, il était fort probable qu'elle serait déjà loin lorsque son article paraîtrait. Séverine gérerait les grincements de dents – sans jeu de mots – que ne manquerait pas de provoquer son brûlot. « *Le Bazar de la Parité* » : voilà le titre des quatre pages qu'elle comptait proposer.

Enfin en tête à tête avec la jeune femme qui se présentait comme Mme de La Trémoille, Lucile joua cartes sur table.

– Je sais que vous n'êtes pas Odette. Elle avait les dents du bonheur. Ne me forcez pas à faire déterrer les victimes du Bazar pour prouver que j'ai raison. Il suffirait que le dentiste d'Odette expertise leurs dentitions et les compare à la fiche de sa patiente pour débusquer où est la véritable Mme de La Trémoille…

Comme si elle attendait cette libération, Rose prit une profonde inspiration et raconta l'idée de Mme Huchon, sa proposition. L'affection qui prenait corps, l'attachement à Thomas, si gentil.

– J'ai accepté, je ne veux pas que Jean découvre celle que je suis devenue, dit-elle en effleurant son visage blessé.

Lucile l'avait écoutée sans lui couper la parole. La folie de cette petite histoire la bouleversait. Il y eut un silence. Rien de pesant, plutôt libérateur. L'ancienne bonne de De Jeansin s'était allégée d'un secret trop lourd pour elle.

– Trouvez le projectionniste, dit-elle enfin. Je témoignerai en tant que Mme de La Trémoille.

– Vous feriez ça ? demanda Lucile, les yeux brillants en pensant à son parrain qui serait ravi de la nouvelle.

– Oui. Je leur dois bien, à Odette et toutes les autres…

Les deux jeunes femmes échangèrent un sourire chargé de connivence.

– Vous…, suggéra alors la journaliste avec beaucoup de douceur… dites à Alice qui vous êtes. La vérité éclaire toujours l'amitié et l'amour, affirma-t-elle en se retournant alors qu'elle partait, comme si elle était la spécialiste des sentiments.

– Vous reviendrez me voir ? ajouta Rose, sans certitude que la journaliste l'ait entendue.

Cette histoire de dentition l'avait bluffée.

*
* *

De Lenverpré était de plus en plus nerveux, Hugues de plus en plus assommé par les coups. Jouissif.

– Sérieusement, vous pensiez rendre Adrienne heureuse ? ironisa le député, caustique.

Chaville était toujours ligoté. À sa merci.

– Vous, le petit journaliste de merde, dans votre appartement minable ?

Hugues parvint à redresser la tête pour le fixer. Il savait l'homme puissant et dangereux, corrompu et traître, parfois sadique, mais ignorait tout de la fureur et de la haine qui l'habitaient.

– C'est pourtant le petit journaleux de merde qu'elle aime ! rétorqua Chaville, lui tenant tête. Je me souviens la première fois que je l'ai rencontrée, c'était devant chez vous, elle était belle, elle n'avait pas l'air très heureuse, on s'est désirés dès le premier regard… follement… Ça ne s'est jamais arrêté. On a fait l'amour partout… partout… dans des calèches… dans les hôtels… dans ce lit, derrière…

Il fit une pause, appuyant un rictus ironique, sachant pertinemment que cela rendrait fou de rage son interlocuteur. Ce dernier ne put en effet s'empêcher de se tourner pour fixer le lit, imaginant la croupe de sa femme.

– C'était beau…, précisa Hugues. C'était tendre… Je l'ai aidée à partir parce qu'elle vous hait ! Vous la salissez ! Et maintenant elle est loin, très loin… Et vous pouvez toujours courir pour que je vous dise où elle se trouve, conclut-il, insolent.

De Lenverpré comprit qu'il ne tirerait rien de ce téméraire, il avait suffisamment perdu son temps. Il tendit la main, l'un des apaches lui donna un couteau. De Lenverpré le planta dans l'abdomen d'Hugues, hébété de surprise. Puis il s'empara d'une fiole qu'il gardait dans sa poche et la versa sur son prisonnier. Du pétrole… Hugues s'agita, paniqué. Il vit le rire diabolique du député lancer une allumette sur ses pieds. Il s'évanouit, transformé en torche vivante.

De Lenverpré et ses sbires quittèrent l'immeuble au pas de charge.

Le député dut reconnaître que les pompiers avaient fait fort : ils étaient déjà quai d'Orléans.

*
* *

Avec la proximité de la cathédrale Notre-Dame, joyau national, Mattéo et ses équipiers redoublèrent d'efficacité pour éviter la propagation du feu. Il n'y avait pas de petite victoire.

Hugues fut transféré à Beaujon dans un état plus que critique.

*
* *

– Où étais-tu ? demanda Julien à Alice, à peine eut-elle franchi le portail.

Alice ne s'attendait pas à ce qu'il ait patienté. Elle était épuisée, morte d'inquiétude, n'avait pas trouvé Victor au Boucan.

– Chez Odette, répondit-elle avec calme. J'avais besoin de parler à une amie.

– Je suis désolée, Alice, dit alors le jeune homme, contrit. Je n'aurais pas dû réagir comme ça.

Alice, surprise par la bienveillance de cette attitude, eut un léger mouvement de tête.

– Si cet homme t'a sauvée et qu'il est innocent, il mérite d'être défendu.

Julien s'approcha de sa fiancée, déposa un baiser au coin de ses lèvres, puis rejoignit son fiacre.

– À demain, Alice…

– À demain, Julien, répondit-elle, déstabilisée.

Dans le salon, les vestiges du buffet des fiançailles et Auguste, hagard et angoissé. Voyant Alice, il soupira, incapable de se lever tant l'inquiétude l'avait rongé.

– Ta mère était dévastée quand tu es partie.

– Je n'aurais pas dû, je suis désolée.

– Heureusement, Julien te comprend et t'excuse. S'il savait que cet homme est venu te voir, dans ta chambre…

– Il n'en saura jamais rien, le coupa Alice. Je vais l'épouser, tout va bien.

Elle se dirigea vers l'escalier pour gagner sa chambre.

– Tu as vraiment l'intention de témoigner en faveur de ce terroriste ? insista Auguste, maladroit.

– Je suis fatiguée, papa…

Le monde entier ne le serait-il pas à moins ?

*
* *

Lucile saisit l'épais dossier que lui tendait Mattéo. Une impressionnante tête de mort avait été dessinée sur la couverture, code rouge chez les reporters pour indiquer que le contenu était sulfureux, ou pour le moins important. Le sapeur l'avait sauvé du feu, avec quelques effets professionnels, dans l'appartement incendié de l'île Saint-Louis.

Il s'agissait de l'enquête secrète sur de Lenverpré que le journaliste avait commencée.

Lucile n'avait jamais vu Hugues aussi démuni et cela la déchirait. Abruti par la morphine à cause de la douleur, il était plongé dans un état comateux et n'avait pas prononcé un seul mot. L'infirmière pria la jeune femme de quitter la chambre, le grand brûlé devait se reposer.

– Il va s'en sortir ?

Lucile avait rejoint Mattéo. En soldat du feu, il connaissait les brûlures graves et leurs terribles conséquences. C'était lui qui était arrivé le premier sur l'île Saint-Louis et avait sauvé Hugues des flammes, constatant que l'homme ne survivrait probablement pas à ses blessures.

Il sentait l'angoisse et le chagrin de sa petite amie, et comprit qu'il allait devoir user de tact. Une brûlure grave correspondait à une atteinte de plus de quinze pour cent de la surface corporelle. Hugues en était à trente-cinq pour cent. Le feu détruisait un nombre insensé de cellules, entraînant une série de réactions inflammatoires en chaîne jusqu'à aboutir à une décompensation cardiaque fatale. Selon ses prévisions, c'était ce qui attendait Hugues, à plus ou moins brève échéance.

– Je ne pense pas, énonça le sapeur qui préférait ne pas embellir la situation.

Bouleversée, Lucile ne trouva rien à ajouter. La porte s'était refermée, Mattéo la prit par la taille. Pour la première fois, elle se sentit soutenue. Ce n'était pas si désagréable.

– 34 –

9 mai 1897, 23 heures.

– Une République qui maintiendra les femmes dans une condition d'infériorité ne pourra pas faire des hommes égaux ! déclara Émeline, perchée sur une estrade.

Alice n'avait pas reconnu la promeneuse qui la croisait parfois sur son parcours du bois de Boulogne. La terroriste rescapée du Bazar avait perdu la mobilité de son bras gauche, brûlé jusqu'aux tendons. Peu lui importait, elle avait gagné en sagesse et retrouvé sa verve.

Profitant des applaudissements qui jaillissaient de l'assistance, Alice chercha une nouvelle fois Victor du regard. Le patron du cabaret avait accepté de la laisser entrer, assurant que le beau gosse n'allait plus tarder.

– Ça commencera par le droit de vote ! poursuivit Émeline. Par l'accès à l'université ! Par la possibilité d'exercer le métier de notre choix ! Par la libération de notre corps !

Alice, interpellée par ses mots, croisa son regard. Elles se virent et se reconnurent. Alice sourit, sans se rendre compte qu'Émeline la dévorait des yeux.

– Camarades…, reprit cette dernière, il est temps de faire place à une femme nouvelle ! Pour une société nouvelle !

Émeline leva son poing valide et commença à entonner *La Ravachole*. Elle ne loupa rien de l'arrivée de Victor et des joues d'Alice qui s'empourprèrent en le voyant. La concurrence n'impressionnait pas la jeune terroriste, elle saurait attendre son tour.

L'orchestre avait commencé à jouer, les gens à danser.

– Elles plaident pour la libération de la femme, elles ont bien raison, tu ne trouves pas ? taquina le beau gosse. Tu devrais essayer de faire pareil, toi aussi. Te libérer.

– C'est ce que je fais en venant ici, répondit Alice dans un sourire éclatant.

Elle avait du cran, Victor adorait cette insolence. Il allait l'inviter à danser, n'en eut pas le temps, Alice le devança, annonçant à voix basse :

– Je sais ce qui s'est passé au Bazar. Ce n'était pas un attentat.

Victor, circonspect, eut un mouvement de recul. Qu'allait-elle lui apprendre ? Était-elle au courant de l'identité de la personne qui avait posé la bombe retrouvée dans les décombres et qui n'avait pas explosé ?

Au Boucan, des bruits commençaient à courir. Les regards étaient tournés vers Émeline. La jeune fille avait beau répéter qu'elle ne se trouvait pas au Bazar, que la blessure de son bras était due à sa chute d'un arbre, les suspicions allaient bon train. Ses complices de bombe, celles qui l'avaient aidée à préparer l'engin explosif, avaient juré de tenir leur langue. Combien de temps tiendraient-elles ?

Repérant qu'Émeline matait Alice et qu'Octave le surveillait du coin de l'œil, Victor l'entraîna dehors.

– Viens. On sera plus tranquilles, les murs ont des oreilles…

*
* *

À cette heure tardive, le quartier de Belleville avait perdu de sa superbe, il charriait bien quelques rares noctambules pourtant, dans son ensemble, la ruelle était tranquille.

– Avant l'explosion, il y a eu un départ d'incendie dans la cabine du projectionniste, expliqua Alice, troublée par la proximité physique de Victor.

– Comment tu le sais ? s'enquit ce dernier, curieux.

– C'est une amie qui a survécu qui me l'a raconté. Elle a vu un homme essayer de l'éteindre, mais pas son visage.

– Je parie que c'est Joyce, le projectionniste.

– Tu le connais ? demanda Alice, interloquée.

– Un peu. Il a été viré de la cellule politique, il avait piqué dans la caisse. Il crèche près de l'abattoir.

– Il faut aller lui parler, décréta la jeune femme. Si c'est lui, on pourra prouver que tu n'as rien fait, poursuivit-elle, exaltée.

Alors, dévasté par un désir aussi puissant qu'un tourbillon, Victor l'embrassa. Leurs lèvres ne se quittèrent pas un long moment… Pour Julien, planqué dans sa calèche, le temps se figea lorsqu'il vit Alice s'offrir au terroriste avec tant de sensualité. Fou de douleur et de jalousie, il fit signe à son cocher de dégager.

– 35 –

10 mai 1897, 8 heures.
Six jours après l'explosion.

– Tenez, dit Hennion en tendant une tasse de café à Adrienne à travers les barreaux de la cellule.

Si la dame acceptait, cela voulait dire qu'elle allait passer à table. Une nuit dans une cellule de garde à vue de la Sûreté générale portait toujours conseil.

– Mon mari n'a pas supporté que je demande le divorce, expliqua Adrienne en soufflant sur le liquide chaud qu'elle avait saisi. La loi nous y autorise, les hommes nous l'interdisent. Je le fuis parce qu'il m'a enlevé ma fille pour la mettre en pension, loin de moi. Il est cruel. Quand vous m'avez arrêtée dans le parc, j'étais sur le point de la récupérer. À cause de vous, elle est retournée chez son père.

La dame en avait gros sur le cœur pour s'être exprimée si vite. Elle semblait solide, Hennion espéra que ce n'était pas qu'une apparence. Ce qu'il allait lui annoncer risquait de la bouleverser.

– Votre ami Hugues Chaville a été sauvagement agressé chez lui. Il est grièvement brûlé et…

Adrienne se sentit défaillir.

– Laissez-moi sortir ! Il faut que j'aille le voir !

– Votre mari vous cherche, tempéra Hennion. Il vient d'engager des hommes pour vous retrouver.

– Laissez-moi voir Hugues, commissaire, supplia-t-elle. Juste cinq minutes.

– Je connais votre mari mieux que vous ne le pensez. Je n'ai jamais réussi à le prouver, mais il a tué une femme il y a quinze ans. Sauvagement… Il l'a rouée de coups, étranglée. Elle s'appelait Eva Schaff. J'étais en charge de cette enquête. Ça m'a coûté ma place.

Adrienne, abasourdie par ces confidences, termina son café en fixant du coin de l'œil le policier.

– Pourquoi me racontez-vous tout ça ? demanda-t-elle en lui rendant la tasse vide.

– Je vous raconte tout ça pour que vous fassiez attention à vous. Vous tuer, pour votre mari, sera un jeu d'enfant. N'oubliez pas que vous êtes déjà morte, conclut-il en lui ouvrant la cellule.

*
* *

– Vous êtes sa femme ? prit la peine de demander le Dr Malo.

– Oui, je suis sa femme…, acquiesça Adrienne, en larmes.

– Il a plusieurs côtes cassées, expliqua-t-il, omettant le coup de couteau qui avait transpercé le foie et les brûlures qui avaient rongé plusieurs tendons. Bon courage, madame, ajouta le médecin en prenant congé.

– Hugues…, s'empressa immédiatement de murmurer Adrienne à l'oreille de son amant. Hugues…

Le journaliste, toujours dans le coma, reconnut l'écho lointain de la voix d'Adrienne, cependant il ne parvenait pas à répondre. Il aurait aimé lui expliquer que son mari était celui qui l'avait mis dans ce piètre état, qu'elle ne devait pas uniquement s'en méfier, mais s'en protéger. Hélas, seul un râle rauque se fit entendre.

– Chut… Repose-toi… Ne parle pas…

Fais attention à toi fut la dernière phrase qu'il ne prononça pas avant de sombrer de l'autre côté du miroir, dans un dernier soubresaut de douleur.

– 36 –

10 mai 1897, 11 h 10.

– Julien ne devait-il pas venir ce matin signer le contrat de mariage ?

Mathilde, soucieuse, était entrée dans le bureau d'Auguste sans s'annoncer et avait surpris son mari les yeux dans le vague, perdu dans les mensonges et autres petits arrangements avec la vérité dans lesquels il s'emberlificotait.

– Exact, répondit-il, sans conviction.

– Et ? insista Mathilde, agacée par la torpeur de son époux.

– Il n'est pas là, que veux-tu que je te dise !

Le visage de Mathilde s'assombrit.

– Auguste…, réfléchit-elle. Qu'est-ce qui s'est passé, hier ?

Elle n'avait pas fermé l'œil, ressassant la dispute d'Alice et Julien, au milieu de leurs fiançailles. Mal à l'aise avec les scandales, elle cherchait à comprendre pourquoi les invités avaient assisté à cette déplorable image que les amoureux leur avaient offerte en guise de toast. Surtout, elle souhaitait en savoir plus sur l'homme dont était venu leur parler ce policier. Celui qui avait sauvé leur fille. Pourquoi la Sûreté générale sollicitait-elle en urgence le témoignage d'Alice ? Y avait-il un lien avec le terroriste qui avait sévi au Bazar ? Mathilde, naturellement inquiète, pouvait se faire des nœuds dans la tête si elle n'obtenait pas rapidement des réponses à ses questions.

Auguste, mal à l'aise, détourna le regard. Mathilde connaissait son mari sur le bout des doigts, elle savait que c'était chez lui un signe de nervosité.

– Si tu sais quelque chose, Auguste, dis-le-moi, demanda-t-elle, contrariée.

– Il n'y a rien à dire que tu ne sais déjà, assura-t-il, fermé.

Au ton qu'il avait employé, Mathilde, piquée, tourna les talons.

– Très bien, répondit-elle sèchement, imitant son mari. Si tu le dis…, conclut-elle. Elle sortit sans refermer la porte.

*
* *

Adrienne, d'abord anéantie par la mort d'Hugues, n'avait pas eu le temps de se vautrer dans l'amertume et la tristesse. Elle devait penser à sa fille, à leur avenir. Son mari ne les lâcherait pas, il leur fallait partir loin et vite. Londres n'était-il pas encore trop proche ? Peut-être mettraient-elles le cap sur Buenos Aires.

Adrienne avait récupéré sans peine son joli magot. Il l'avait attendue au chaud, à la consigne de la gare. L'argent n'était plus un souci. Sans certitude sur la méthode à adopter, sa priorité était de mettre sa fille adorée en sécurité.

Elle s'assit un instant au bord de la Seine, admira une dernière fois la flèche de Notre-Dame, fière de dominer le monde. Adrienne avait vécu des moments si doux sur cette île Saint-Louis, dans les bras de son amant… Marc-Antoine était monstrueux, il n'avait pas hésité à commanditer la mort d'Hugues. Alors, fixant le ciel, elle se fit la promesse de venger celui qu'elle avait tant aimé, et de couler son mari avant de quitter Paris. Les ordures devaient payer.

Chassant la nostalgie qui ne demandait qu'à s'inviter, elle traversa la passerelle, tournant le dos à ce passé qui lui collait à la peau.

– 37 –

10 mai 1897, 11 h 40.

– C'est moi qui ai couvert l'affaire, à l'époque. Eva Schaff, une chanteuse prussienne sauvagement assassinée. On la soupçonnait d'être une espionne pour le compte des Allemands. J'ai toujours pensé qu'elle avait été tuée par les services secrets. Mais l'enquête a conclu à un meurtre crapuleux. Battue à mort, ses boucles d'oreilles arrachées, le visage à moitié défiguré : une véritable boucherie.

Séverine, rédactrice en chef de *La Chouette*, présidait la conférence de rédaction extraordinaire convoquée à la suite du décès d'Hugues et aux révélations fracassantes de Lucile. Cette dernière avait potassé toute la nuit la minutieuse enquête sur de Lenverpré que son grand frère de cœur avait effectuée et que Mattéo lui avait confiée. Édifiant. Du lourd qui, s'il se confirmait, pouvait faire tomber très bas le conservateur véreux.

– Tu devrais aller voir le flic qui était sur l'affaire, à l'époque.

– C'était qui ? s'enquit Lucile, au taquet.

– Hennion. Ce meurtre, c'était son obsession. D'ailleurs, il lui a coûté sa place. Juste après, il a été envoyé aux colonies. Une affaire magnifiquement enterrée.

Lucile, dans les starting-blocks, était déjà en train de partir.

– Fais attention à toi si tu mets le nez là-dedans, ajouta Séverine, soucieuse.

*
* *

– Qu'est-ce que tu zones ici ? s'étonna Joyce, le projectionniste, sur la défensive.

Il se demandait comment Victor avait fait pour le retrouver, sa présence n'augurait rien de bon.

– Tu te demandes ce que je fous ici ? réagit vivement ce dernier.

Le jeune homme qui faisait face au beau gosse n'avait rien d'un caïd avec sa tête bonhomme, sa dégaine longue et fine, taillée par la lâcheté. Victor faisait la une des journaux, difficile de ne pas savoir qu'il était traqué, accusé d'avoir posé une bombe au Bazar.

– On ne lit plus les nouvelles ? poursuivit-il. C'est quoi cette histoire de projecteur !

– Mais de quoi tu parles ? renchérit le projectionniste, mal à l'aise.

– Ne me prends pas pour un con, tu veux ? s'énerva Victor en le plaquant contre le mur. Je sais très bien ce qui s'est passé au Bazar. Je sais que le feu est parti de ta cabine de projection. Et je sais aussi que tu t'es barré comme une merde, juste avant que ça pète. Je suis sûr que les flics aimeraient bien entendre ça !

– Mais je voyais rien ! craqua Joyce. C'était n'importe quoi, ce local où ils avaient mis le cinématographe… Quand j'ai changé la bobine, j'ai cramé une allumette pour y voir quelque chose. La lampe du projecteur, avec les vapeurs d'éther, s'est embrasée, je…

– C'est un accident ? intervint Alice, restée jusque-là en retrait.

– C'est qui, celle-là ? demanda Joyce, méfiant.

– Fous-lui la paix ! ordonna Victor, à cran. En attendant, c'est moi qui suis accusé d'avoir assassiné tous ces gens !

– Je pouvais pas savoir que ça allait péter comme ça ! J'avais encore jamais travaillé dans des conditions aussi pourries.

– Il faut dire la vérité à la police, insista Alice.

– Je peux pas ! Merde, si je parle, ça va me retomber sur la gueule ! Ils vont dire que c'est de ma faute ! Et c'est moi qui vais finir en taule !

– Mais c'est un accident, vous n'y êtes pour rien ! insista-t-elle.

– Je l'avais dit à l'organisateur, c'est de sa faute… Ils n'ont pas voulu mettre une fenêtre ! On aurait vu, ça aurait respiré… « Trop cher » qu'il a dit, le patron…

– Casse-toi ! intervint Victor.

Le grand échalas, surpris de ce revirement, disparut sans demander son reste. Les yeux écarquillés, abasourdie, Alice regardait Victor. Ils avaient mis la main sur l'homme susceptible de lui éviter la guillotine, il l'avait laissé partir, elle ne comprenait pas cette décision.

– C'est bien ton père qui a installé le cinéma au Bazar ? questionna Victor en guise d'explication.

Son père. C'est lui qui serait tenu pour responsable du drame et accusé. Alice se liquéfia : Victor, une nouvelle fois, se sacrifiait.

*
* *

– Choupi ! Choupi ! cria la fillette, paniquée.

Camille cherchait son cochon d'Inde, introuvable.

– C'est ça que tu cherches ? demanda son père, lui tendant la boîte fermée qu'il portait.

Camille se figea, incapable de la saisir, redoutant le pire. Son père l'ouvrit, un sourire sadique aux lèvres. Horrifiée, l'enfant découvrit la bestiole, morte au fond de la boîte.

– J'ai retrouvé Choupi dans la gueule de Rex, expliqua de Lenverpré, s'agenouillant pour se mettre à la hauteur de sa fille. Tu sais, continua-t-il, les méchants sont toujours punis, ma chérie. Choupi, par exemple, il s'est échappé de sa cage, il a fugué de sa maison, et il est mort, le pauvre.

Camille, tétanisée, sanglotait en silence.

– Oui, je sais, c'est triste, confirma son père qui ne l'était pas du tout. Maman aussi, elle est partie de la maison…, poursuivit-il. Et moi, je suis inquiet pour elle, assura-t-il, sévère. J'ai peur que Rex ne la dévore… Alors, sois gentille.

La fillette s'était mise à trembler, saisie par le regard menaçant de son père.

– Dis-moi ce que tu sais ! éructa-t-il.

Camille, sous le choc, les yeux baignés de larmes, partit en courant dans sa chambre. Elle aurait tout donné pour se blottir contre sa maman.

– 38 –

10 mai 1897, 13 h 15.

Adrienne avait bien fait d'arriver plus tôt que Mathilde. Elle eut le temps de se recueillir et prier. Cela la surprit elle-même, en principe mal à l'aise au milieu de l'austérité des églises. Les deux sœurs n'avaient pas choisi le même chemin.

Mathilde pénétra dans la chapelle, vérifiant que personne ne l'avait suivie. La paranoïa la gagnait depuis que ce commissaire avait débarqué chez eux, sans compter la perfidie des sous-entendus que son beau-frère lui adressait depuis ce jour. Mathilde avait le sentiment qu'il se doutait qu'Adrienne était en vie.

– Marc-Antoine est un assassin, dit cette dernière qu'elle venait de rejoindre.

– Quoi ?

Mathilde, livide, manqua de s'étouffer.

– Il a tué une femme avant de me rencontrer, poursuivit sa sœur. Une ancienne maîtresse.

– Enfin, Adrienne ! parvint-elle à prononcer. Mais qu'est-ce que tu racontes ?

– Promets-moi que si jamais il m'arrivait quelque chose, supplia soudain Adrienne, grave, tu prendras soin de Camille. Ne la laisse pas avec lui, je t'en supplie.

– Pourquoi me dis-tu cela ? s'inquiéta Mathilde, éberluée.

Adrienne lui prit les mains et la fixa intensément, comme s'il était question de vie ou de mort.

– Promets-le-moi.

Mathilde n'avait jamais vu sa sœur aussi triste et pâle.

– Oui…, répondit Mathilde, abasourdie. Oui, bien sûr, confirma-t-elle, tentant de se montrer rassurante. Bien sûr, répéta-t-elle. Je te le promets.

Au contraire de rassurer sa nature inquiète, cette promesse démesurée qu'elle venait de faire à sa sœur l'affola. Qu'avait donc en tête cette dernière ?

Mathilde resta sans voix lorsque Adrienne, camouflant son visage sous sa capuche, la planta là sans lui en dire plus.

*
* *

– Elle devait venir te chercher au parc, hier, n'est-ce pas Camille ?

La fillette, en train de nourrir ses oiseaux, se figea. Ce fut quasi imperceptible.

– Qui ? demanda-t-elle, innocemment.

– Ta mère, précisa de Lenverpré.

– Maman ? Mais… Mais maman est morte ! Je ne comprends pas ce que vous dites, papa, assura-t-elle.

De Lenverpré la fixait. Courageuse, elle ne baissa pas les yeux.

– Tu es de son côté, affirma-t-il, furieux. Vous avez toujours été contre moi. Toutes les deux.

Camille éluda, feignant de ne pas comprendre. Sauvée par le gong – la gouvernante, en l'occurrence –, elle sortit de la volière. Sa leçon de piano allait débuter.

– Méfie-toi, Camille, marmonna son père, menaçant. Méfie-toi…

*
* *

– Vous avez des nouvelles de Julien ?

Auguste, à cran, faisait les cent pas.

– Non, monsieur, répondit le majordome.

– Renseignez-vous, ordonna-t-il, irrité. Il devrait être là.

Alice fit alors irruption, reprenant son souffle.

– Alice ! se précipita son père. Tu as des nouvelles de…

– Je peux te parler ? demanda-t-elle sans lui laisser le temps de terminer sa question.

Intrigué, s'attendant au pire – en quelques jours, sa fille avait quelque peu joué avec ses nerfs et fait preuve de versatilité –, Auguste l'entraîna dans son bureau.

– Papa…, commença-t-elle, alors que son père n'avait pas encore fermé la porte. C'est le cinéma qui a pris feu au Bazar.

– Qu'est-ce que tu racontes ? blêmit Auguste.

– Le projectionniste a avoué.

– Le projectionniste ?

– La lampe du cinématographe n'avait plus d'éther… Il a fallu la remplir, il faisait sombre, il a craqué une allumette pour y voir plus clair, tout a brûlé…

Auguste se liquéfia. Les vapeurs d'éther qui alimentaient les lampes des projecteurs étaient hautement inflammables. Si Alice disait vrai, il devenait le responsable de cette catastrophe. Il s'appuya sur le dossier de son fauteuil pour s'asseoir avec le sentiment que le sol se dérobait sous ses pieds.

– Tu te rends compte…, articula-t-il, la bouche soudain sèche. Tu te rends compte ? répéta-t-il, accablé par cette hypothèse.

– C'est un accident, papa ! Tu n'es pas responsable. Il faut que tu parles à la police, enchaîna-t-elle.

Auguste la dévisagea, de plus en plus mal.

– Tu as des relations, assura-t-elle, confiante. Tu t'en sortiras. Alors que lui… Il faut que tu dises la vérité pour sauver Victor.

– Tu as revu cet homme, Alice ? se braqua Auguste, furieux.

– Ce n'est pas le problème, dit-elle en soutenant son regard. Papa, poursuivit-elle en prenant sur elle pour rester calme, je t'en supplie. Je vais tenir mes engagements, je vais épouser Julien, tout ce que je te demande c'est de témoigner pour sauver la vie de cet homme.

Auguste baissa les yeux et resta silencieux. Alice, interloquée, fixa son père.

– Tu serais capable de laisser un homme se faire guillotiner pour sauver ta réputation ? demanda-t-elle en reculant, livide.

Auguste, une nouvelle fois, choisit de se taire. Écœurée, Alice sortit en claquant la porte.

*
* *

– Voici la robe que vous porterez ce soir, expliqua Sidonie Huchon en présentant son choix à Rose.

Rose s'extasia, caressant le mélange de soie sauvage et d'organdi. Jamais la jeune femme n'avait imaginé qu'elle porterait un jour une tenue si élégante, assortie à ses yeux.

La Huchon déposa délicatement une perruque et un masque sur le lit d'Odette.

– Vous ne serez pas la seule, assura-t-elle en voyant Rose, dubitative, détailler les accessoires. Beaucoup de femmes qui ont été victimes de l'incendie en portent à Paris.

Rose s'empressa de les essayer. Les faux cheveux faisaient la blague, donnant l'illusion qu'elle n'avait pas été victime du feu. Le masque, ourlé de pierres précieuses, de plumes et de dentelle, était un véritable joyau.

– Tout va bien se passer, assura la Huchon. Évitez de trop parler, ne vous attardez pas au dîner. Les invités vous excuseront, vu votre état.

À l'écouter, être une autre était un jeu d'enfant.

– 39 –

10 mai 1897, 13 h 50.

– Ce n'est pas un attentat et c'est maintenant que vous vous en rendez compte ?

La réunion du parti des conservateurs n'allait plus tarder, de Lenverpré avait accepté d'accorder cet entretien à son beau-frère en toute dernière minute sans se douter de la teneur de ses propos. Auguste ferma les yeux. La voix de Marc-Antoine de Lenverpré était toujours aussi dure et accusatrice.

– C'est un terrible accident…, confirma de Jeansin en se préparant avec bravade à sa réaction.

Cette dernière ne se fit pas attendre, malgré un bref instant de réflexion.

– Pour assurer mon élection, il faut que ce soit un attentat anarchiste, assena de Lenverpré. Ça ne peut pas être le projecteur, vous m'entendez ?

– Mais c'est un mensonge…, rétorqua naïvement Auguste, scotché.

– Vous oubliez que si on découvre que c'est le cinématographe qui a mis le feu, vous êtes foutu, enchaîna le député avec un sourire cynique. Le cinéma aussi, d'ailleurs. On vous fera un procès, prévint-il en tirant sur son cigare.

Vous n'avez pas besoin de ça, Jeansin. Pensez à votre famille, votre réputation, poursuivit-il, connaissant le point faible de son beau-frère.

Auguste déglutit, mal à l'aise. Les explications d'Alice l'avaient taraudé, puis torturé. Tourmenté, il avait décidé de demander conseil à de Lenverpré. Sa réaction le laissait perplexe, il ne s'était pas attendu à autant de détachement de la part d'un homme qui avait perdu sa femme dans la catastrophe.

– Vos aveux ne feront pas revenir ces femmes, fit remarquer ce dernier. Quelqu'un d'autre est au courant, à part vous ?

– Personne, sauf le projectionniste, mentit Auguste, qui ne souhaitait pas mêler Alice à cette conversation.

– Vous savez où il habite ?

– Oui.

– Bien…, dit de Lenverpré en lui posant amicalement la main sur l'épaule. Je vais m'occuper de lui. Une belle somme d'argent, un joli poste dans les colonies, il tiendra sa langue, promit-il, confiant. De toute façon, ces anarchistes sont les ennemis de la société. S'ils ne sont pas responsables ce coup-ci, ils le seront la prochaine fois, conclut-il, achevant de convaincre Auguste.

*
* *

Dans le vaste salon, dominé par le portrait d'Adrienne, les conservateurs applaudirent de Lenverpré lorsqu'il entra. De Jeansin, à sa suite, repéra Julien et se précipita vers lui. Le jeune homme avait-il oublié la signature du contrat de mariage ?

– J'étais inquiet, dit Auguste à voix basse pour ne pas être entendu de l'assistance. Vous êtes souffrant ?

– En quelque sorte, approuva froidement le jeune homme en se détournant de l'homme qui ne serait jamais son beau-père.

– Vous connaissez tous la situation, embraya de Lenverpré. Paris est sous tension. Cela fait maintenant trois ans que nous sommes sous la menace d'attentats terroristes. C'est une guerre déclarée contre la bourgeoisie…

Un frémissement s'empara de l'assistance, approuvant le député.

– Si je ne suis pas élu, la France sera livrée à l'anarchie, à ces fauteurs de troubles qui veulent détruire la société…

Les applaudissements volèrent, l'encourageant.

– Il nous faut frapper un grand coup, poursuivit-il. Pour commencer, nous exigeons la tête de ce terroriste…

– Qu'est-ce qu'on attend pour l'arrêter ? demanda l'un des hommes.

De Lenverpré se tourna vers le préfet.

– Venez leur expliquer, Leblanc.

– Nous le recherchons activement, confirma ce dernier. Mais c'est difficile, il se cache dans les bas-fonds de la ville.

– Je sais où il est, déclara soudain Julien, sûr de lui. Au Boucan, du côté de Belleville.

Le silence se fit, tout le monde se retourna vers lui.

– C'est impossible, dit Leblanc en fronçant les sourcils. Hennion a perquisitionné tous les cabarets.

– Hennion ? Vous êtes naïf, Leblanc ! s'esclaffa de Lenverpré. Il les protège. C'est un anarchiste qui n'a rien à faire dans notre police.

– Vous êtes certain de ce que vous avancez ? interrogea Leblanc.

– Absolument certain. Je l'ai vu de mes propres yeux. Et pas plus tard qu'hier soir.

Ignorant le brouhaha de surprise qui s'empara de l'assistance, Julien se pencha à l'oreille d'Auguste, au plus mal.

– J'ai suivi Alice. Elle est entrée dans ce cabaret…

Auguste blêmit, les yeux écarquillés.

– Elle a embrassé le terroriste…

Julien n'hésitait pas à enfoncer le clou.

– Vous comprendrez que, dans ces conditions, le mariage est annulé. Je suis désolé pour vous et votre famille, dit le jeune homme en déchirant le contrat qu'il avait sorti de sa poche.

Anéanti, Auguste fixa les morceaux de papier éparpillés à ses pieds telles des pierres sous une calèche en pleine vitesse et n'entendit même pas de Lenverpré, victorieux.

– Allez le cueillir, Leblanc, exigea le député avec une lueur triomphale dans les yeux. Qu'on en finisse !

– 40 –

10 mai 1897, 15 h 10.

Au Boucan, l'ambiance était aussi électrique qu'enfumée. Derrière le comptoir du bar, Janvier essuyait des verres. Accoudés, son fils Octave, Victor et des clients taillaient une bavette. La mort du journaliste Hugues Chaville était sur toutes les langues et secouait les habitués du Boucan. Chaville ne s'était jamais encarté, pourtant ils le considéraient comme l'un des leurs tant ses articles n'oubliaient jamais de donner la parole à leur mouvement.

– Moi, ça m'étonnerait pas qu'on l'ait tué parce qu'il s'en est pris aux aristos en les traitant d'assassins…

– Enfoirés de bourges ! aboya Octave qui avait trop bu. Je vais tous les buter !

Soudain, Lucile entra. Tous les regards convergèrent dans sa direction. La protégée d'Hugues. Janvier lui servit son thé préféré.

– Je sais qui est l'assassin de cette femme, dit Lucile en avisant une vieille affiche qui annonçait le tour de chant d'une certaine Eva Schaff. Je veux le faire tomber.

Lucile avait la conviction que de Lenverpré n'était pas uniquement un conservateur corrompu, un traître à la botte des Allemands, mais bien un assassin qui avait tué Eva Schaff en son temps et, plus récemment, Hugues.

Victor avait posé son verre et la regardait droit dans les yeux.

– Parce que tu sais qui l'a tuée ?

– Marc-Antoine de Lenverpré, répondit Lucile en lui renvoyant son regard.

– Tu es en train de me dire que le fils de pute qui veut se payer ma tête aurait tué ma mère ? Pourquoi je te croirais ?

– Parce qu'il fait passer sa femme pour morte, alors qu'en réalité il la séquestre. Vous n'avez qu'à vérifier dans le journal ! Cherchez la liste des victimes du Bazar de la Charité et vous y verrez son nom.

– Va vérifier ! ordonna Janvier à son fils.

– Elle raconte n'importe quoi, répliqua ce dernier qui n'avait pas envie de bouger ses fesses.

– Va vérifier, je te dis !

Octave sortit en maugréant.

Janvier mit le thé de Lucile et le café de Victor sur un plateau en leur faisant signe de le suivre.

*
* *

– Les fiançailles sont rompues. On est ruinés, Alice. Julien t'a vue avec lui, devant le cabaret anarchiste…

– Il m'a suivie ? hallucina la jeune fille.

– Il t'a vue embrasser cet homme ! explosa Auguste. Comment as-tu pu faire ça, Alice ? Comment ?

– Je ne l'ai pas embrassé, mentit Alice, exaspérée. Je suis allée lui parler du projecteur, c'est tout.

– Arrête de mentir ! Tu me fais honte ! Tu me dégoûtes.

Jamais son père ne lui avait envoyé à la face des propos aussi virulents. Elle resta un bref instant totalement décontenancée. Puis la colère s'empara d'elle. Elle s'approcha de son père, le défiant.

– Moi, je te dégoûte ? Qu'est-ce que je devrais dire…

– Tais-toi ! Ça suffit, maintenant ! En ce moment, les policiers sont en train de l'arrêter au Boucan. Ils vont le guillotiner. C'est terminé, Alice. Terminé !

Alice, stupéfaite, comprit que son père n'était pas allé prévenir la police. Consternée, des larmes de rage et de dépit coulèrent sur ses joues.

– Tu n'as rien dit ? Tu n'as rien dit pour le projecteur ? répéta-t-elle, interloquée. Tu laisses condamner un innocent ?

Auguste, comme à son habitude, gardait le silence. Il déglutit pour se donner une contenance.

– Vous avez laissé accuser un innocent ! hurla de douleur Alice qui refusait d'y croire.

Bouleversée, elle tourna les talons.

– Où vas-tu ? exigea de savoir Auguste en lui barrant le chemin, comme si elle était une enfant.

– Laisse-moi passer ! dit-elle en le défiant.

– Tu n'iras nulle part ! Tu ne bouges pas d'ici !

– Laisse-moi passer !

– Hors de question, tu ne bouges pas d'ici !

Le ton montait, la tension suivait la courbe.

Écœurée, Alice ne se contrôla pas et la gifle claqua sur la joue de son père, les prenant de court tous les deux.

Bouche bée, il n'eut aucune réaction, sauf se frotter la joue.

Atterrée par la lâcheté de son père, Alice essuya ses dernières larmes du revers de la main en passant devant lui sans le regarder.

Elle partit en courant. Il avait fini par la laisser passer.

*
* *

– Attends ! Tu es en train de me dire que tu savais que ce fils de pute de Lenverpré a tué ma mère ?

– Oui.

En voyant les éclairs dans les yeux de Victor, Janvier préférait éviter de tergiverser. Parfois, rien ne valait la vérité brute.

– Pourquoi tu ne m'as rien dit ? demanda le beau gosse, franchement ébahi.

– Parce que j'ai promis à ta mère de te protéger, rétorqua Janvier, penaud.

– Me protéger de quoi, putain ?

Victor ne comprenait rien et lorsqu'il ne comprenait pas quelque chose, il pouvait perdre son sang-froid.

– De lui, de Lenverpré.

– Quoi ?

Victor semblait perdu dans une forêt inextricable. Il regarda Lucile, comme si la petite amie de son copain d'enfance était une bouée de sauvetage. La jeune femme lui sourit. Ça ne pouvait pas suffire, mais c'était déjà ça.

– Ta mère et lui se sont rencontrés après votre arrivée à Paris, avoua Janvier. Elle était belle, très belle. Et elle avait une voix incroyable. Tout Paris se déplaçait pour entendre chanter Eva. Lui était tout jeune député. Il était fou amoureux d'elle. Elle aussi était amoureuse. Il l'a utilisée pour vendre des secrets militaires. Il l'obligeait à coder des partitions musicales.

– À coder des partitions musicales ? répéta Victor, abasourdi. C'est quoi, cette connerie ?

– Il collaborait avec l'Allemagne pour financer ses ambitions. Et puis, un jour, elle a rencontré un autre homme. Du sérieux. Elle a voulu tout arrêter avec de Lenverpré, leur relation et ses petits trafics, il ne l'a pas supporté.

Lucile garda le silence, préférant s'abstenir d'attiser le feu. Cette enflure était un traître, Hugues avait vu juste.

De Lenverpré l'avait-il tué parce qu'il était l'amant de sa femme ou parce que le journaliste avait découvert le pot aux roses ?

Elle réalisa soudain que le dossier sur de Lenverpré préparé par Hugues contenait quelques partitions. Sur le moment, elle n'y avait pas prêté attention. Les confidences de Janvier changeaient la donne. Le député sans scrupule continuait de trahir son pays en toute impunité.

– Il faut le faire tomber ! dit Lucile en se levant.

– Si on avait les preuves, on l'aurait déjà fait !

Les élections sénatoriales avaient lieu dans quelques jours et de Lenverpré risquait d'emporter la présidence, Lucile n'allait pas tarder à partir au bout du monde. Il n'y n'avait pas de temps à perdre. Elle avala son thé, se leva et rassembla ses affaires.

– Pourquoi il l'a tuée ? insista Victor, qui ne pensait qu'à sa mère.

– Un jour, elle a refusé de continuer à travailler pour lui. Elle aimait un autre homme. Il ne l'a pas supporté. Et puis il l'a menacée. C'est ce jour-là qu'elle m'a tout raconté. Elle m'a fait promettre de ne jamais parler de cette histoire pour qu'il ne t'arrive rien, à toi.

Victor restait sans voix. Hier de Lenverpré avait tué sa mère, aujourd'hui il s'acharnait sur lui. À ce rythme, que ferait-il demain ?

– Les flics ! Les flics ! cria soudain Octave en faisant irruption. Ils sont en train de nous cerner !

Confirmant les prédictions du jeune homme, des coups de feu retentirent, provenant de la salle du cabaret. Les anarchistes étaient armés, ils ripostèrent.

La loi du nombre se chargea de faire le reste et tout alla très vite.

– Messieurs, je veux Minville vivant, déclara le préfet. C'est bien compris ? Pour les autres, pas de quartier.

Ils étaient là pour Victor, couvert par ses amis qui essuyaient les coups de feu des policiers. Janvier se mit en position pour toucher ceux qui grimpaient vers eux. Il y eut un échange de tirs. Janvier, atteint par une balle en plein front, fit une chute spectaculaire dans la cage d'escalier.

Victor, coincé au fond du couloir, n'eut pas le temps de sauter par la fenêtre, les policiers lui tombèrent dessus à dix contre un. Victor tenta de se défendre avec ses poings et ses pieds. Peine perdue.

– Tu vas payer pour la Charité, fumier ! déclara l'un des condés en lui envoyant un puissant coup de poing dans le flanc.

De sous le lit où elle avait eu le réflexe de se glisser, Lucile entendit le clic des menottes se refermer et Victor crier.

– Foutez-moi la paix ! J'ai rien fait !

– 41 –

10 mai 1897, 16 h 20.

Dans son bureau, Hennion était en train de s'entretenir avec le major Krebs, lequel lui résumait le rapport d'intervention de Mattéo et ses équipiers chez Hugues Chaville. Pour le commissaire, il ne faisait aucun doute que le député avait commandité le meurtre du journaliste. Peut-être était-ce même lui qui s'était chargé des basses œuvres. Comment le prouver ?

– Les voisins n'ont rien vu, rien entendu ? insista-t-il.

– Rien. Et quand bien même ils auraient vu ou entendu quelque chose, tout le monde se tait.

– Il va encore s'en sortir ! ragea Hennion, dépité.

Krebs sortit alors un bocal de la poche de son uniforme dans lequel trônait un trognon de pomme que les flammes n'avaient pas eu le temps d'avaler. Les empreintes laissées par les dents de celui qui avait croqué le fruit défendu pourraient peut-être intéresser le policier.

– Mattéo l'a trouvé chez Hugues. Il a pensé à Lucile et au Dr Oscar. Voulez-vous que je le leur transmette ?

Les yeux du commissaire s'illuminèrent, il n'eut pas le temps de répondre, dérangé par un raffut provenant du couloir.

– Qu'est-ce qui se passe, ici ? demanda-t-il en découvrant que des policiers en uniforme poussaient jusqu'aux cellules de nombreux anarchistes. C'est quoi, ce bordel ?

– On a fait votre boulot, dit alors le préfet Leblanc, qu'Hennion n'avait pas vu. On a arrêté le terroriste.

– C'est de la folie ! s'insurgea le commissaire. Qui a donné l'ordre ?

– C'est moi.

– Vous commettez une énorme erreur, ce gamin n'a rien fait. Il est innocent. Vous aurez son sang sur les mains. Il vous a promis quoi ? Un ministère ?

– M. de Lenverpré occupera bientôt les plus hautes responsabilités au sein de l'État. Or, moi, je suis au service de l'État, déclara Leblanc avec un rictus de dédain. C'est fini pour vous, Hennion. Je vous arrête pour intelligence avec l'ennemi d'État.

Consterné, Hennion n'opposa aucune résistance.

– Allez-y, ordonna Leblanc à un policier en uniforme.

Le condé menotta le chef de la Sûreté générale.

– Je ne voulais pas y croire, précisa Leblanc. Un flic comme vous…

– Un flic comme moi préfère mourir debout que vivre couché comme vous, trouva le courage de dire Hennion, la tête haute.

Leblanc ne prit même pas la peine de saluer le major Krebs, ébahi par cette situation ubuesque : il devait y avoir une erreur, Hennion ne pouvait être un traître.

Krebs, soucieux, rangea dans sa poche le bocal avec le trognon de pomme récupéré chez Hugues Chaville et s'éclipsa.

*
* *

Dès qu'il avait obtenu la confirmation de l'arrestation de Victor Minville, de Lenverpré avait convoqué la presse.

– C'est une véritable tragédie qui a frappé la France, dit-il, pompeux, aux journalistes présents.

La plupart d'entre eux ne loupaient rien des mots du député et grattaient frénétiquement dans leurs carnets. Seule Lucile, au premier rang, fixait ce dernier sans écrire. Elle savait ce qu'il allait annoncer, et, surtout, ce qu'il se garderait bien de révéler – l'arrestation d'Hennion.

– Certains d'entre nous ont perdu une sœur, d'autres des enfants, d'autres encore leur épouse…

Il prit soin de marquer une pause, histoire de rappeler à l'assistance que c'était son cas. Et de savourer la révélation qu'il s'apprêtait à lâcher et qui, à n'en point douter, ferait l'effet d'une bombe.

– Grâce au travail extraordinaire de la police, je vous annonce que le terroriste a été arrêté.

Comme il l'avait présagé, aussitôt un brouhaha se propagea dans l'assistance.

– C'est dégueulasse ! marmonna le voisin de Lucile. Il récupère l'affaire pour ses intérêts politiques…

– Je tiens tout particulièrement à féliciter le préfet Leblanc qui a mené cette opération, précisa de Lenverpré en se tournant vers ce dernier, lequel affichait une mine satisfaite. Croyez-moi, la peine sera exemplaire.

Plusieurs mains se dressèrent pour poser des questions. Lucile, elle, ne prit pas cette peine.

– Monsieur de Lenverpré, dit-elle sans qu'on lui ait donné la parole. Peut-on savoir pourquoi c'est vous qui annoncez cette arrestation ? Vous n'êtes pas encore le président du Sénat que je sache.

– Vous travaillez pour quel journal ? demanda le député en la fixant d'un regard noir.

– Je suis indépendante.

De Lenverpré eut un rictus de mépris – l'indépendance n'était pas pour cet homme une notion envisageable pour une femme.

– Avec moi au pouvoir, il n'y aurait pas eu de terroriste au Bazar de la Charité, poursuivit-il en bottant en touche.

Il adressa un signe de tête à l'un des journalistes qui levait la main. De Lenverpré ne se rappelait pas son nom, en revanche il n'avait pas oublié que c'était l'un des fidèles du journal des conservateurs, *Le Temps*, dirigé par de Jeansin.

– C'est dans votre programme d'envoyer tous les anarchistes au bagne ?

– Absolument, expliqua le député, ravi de cette question. Tous, sans exception.

Soudain, de Lenverpré se figea, saisi par la vision d'une femme qui était apparue dans le fond de la salle, le visage caché par une large capuche.

– 42 –

10 mai 1897, 17 h 30.

– Félicitations, beau discours, dit Adrienne sans ciller. Aujourd'hui, le Sénat. Demain, la présidence de la République, ton rêve…

La gouvernante de Lenverpré l'avait aussitôt introduite dans le bureau du maître de maison qui lui faisait face. Il ordonna d'un signe de tête à sa bonne de les laisser.

– Pourquoi tu es revenue, Adrienne ? demanda-t-il, ultraméfiant.

– Je ne sais pas ce qui m'a prise, mentit-elle, séductrice. Tu m'avais enlevé Camille, ça m'a rendue folle, je regrette…

– Et d'avoir couché avec ce journaliste, tu regrettes aussi ?

La voix était aussi tranchante que méprisante, Adrienne fit un effort surhumain pour ne pas céder à l'émotion et resta silencieuse, détournant le regard. Il avait le don pour rendre ses interlocuteurs morveux.

– Viens avec moi ! dit-il en lui prenant le bras.

Il l'obligea à entrer dans leur chambre, ferma la porte à clé.

– Je te préviens, Adrienne, n'essaie pas de me la faire à l'envers. Je dois malheureusement te laisser, j'ai à faire avant le dîner chez La Trémoille. Désolé, mais je n'avais pas prévu ton retour…, s'amusa-t-il, ironique.

Adrienne s'assit sur le lit, histoire de montrer sa bonne volonté.

– Ne cherche pas à me quitter une nouvelle fois, prévint de Lenverpré. N'oublie pas qu'aux yeux du monde, tu es morte, ajouta-t-il en sortant.

Adrienne l'entendit fermer la porte à clé. Le regard déterminé, elle s'allongea, parfaitement calme. Tout se passait comme elle l'avait envisagé.

*
* *

– C'est la grossesse de votre femme qui vous rend nerveux ?

La jeune bonne de Mme Huchon, provocante et gouailleuse, était en train de dégrafer sa robe.

– La grossesse ? tiqua de La Trémoille en avalant une gorgée de vin.

– Ah… Vous n'étiez pas au courant… Pourtant elle a des nausées, des vertiges et même des envies de jus de pomme alors qu'elle n'en boit jamais, poursuivit la soubrette en dévoilant des petits seins tendus.

– Qu'est-ce que tu racontes ? demanda-t-il en matant le décolleté.

– Vous savez, poursuivit-elle en retirant ses dessous, j'ai même surpris une conversation avec votre belle-mère. Elles parlaient d'avortement.

De La Trémoille eut un éclair de rage qui traversa ses yeux. Que signifiait cette révélation ?

– Tu sais très bien que c'est impossible, dit-il en secouant énergiquement la tête.

– Je sais ! Vous ne l'avez pas prise depuis des années, dit-elle en se trémoussant.

La bonne était maintenant à poil et bien roulée. Lorsqu'elle se frotta à de La Trémoille, il ne résista pas. Elle le poussa sur lit.

– Allez, venge-toi…, susurra-t-elle en l'enfourchant.

*
* *

– Lève la tête quand je te parle, Minville ! éructa Leblanc en tapant la table de sa paume. Tu te rends compte de ce que tu dis ? Accuser le projectionniste, franchement, tu n'as pas trouvé mieux, non ?

Leblanc jubilait, enfoncé dans son large fauteuil. Face à lui, Victor, pieds entravés, poignets menottés, gardait la tête haute.

– Mais c'est la vérité ! Allez lui demander, c'est sa putain d'allumette qui a tout cramé au Bazar !

Leblanc, excédé, secoua la tête en se levant.

– Tu ferais mieux d'avouer, si tu ne veux pas qu'on te coupe la tête !

– Cet enfoiré me la fera couper, que j'avoue ou pas… Il vous manipule…

Leblanc était maintenant debout. Il posa ses fesses sur son bureau.

– De qui parles-tu ? demanda-t-il en croisant ses bras. Je suis préfet de police, personne ne me manipule.

– Lenverpré vous manipule tous. Vous vous faites bouffer, vous ne voyez rien, lâcha-t-il en s'énervant. Ce type c'est un malade ! Il a tué ma mère !

Leblanc le toisa un bref instant.

– Qu'est-ce que tu vas inventer comme connerie ? Tous ces gens morts dans les flammes, tu ne crois pas qu'ils méritent tes aveux ?

– Ce jour-là, je suis allé les chercher dans le feu ! Tu étais où, toi, avec ta tête de con ? dit Victor, insolent.

– Ferme ta gueule, le coupa Leblanc en lui envoyant une claque magistrale. Tu feras moins le malin sur l'échafaud…

*
* *

Victor et ses acolytes avaient été embarqués *manu militari*, Alice était arrivée trop tard au Boucan. Postée à deux pas de *La Chouette*, elle scrutait les journalistes qui allaient et venaient. C'était l'effervescence dans toutes les salles de rédaction de la capitale depuis la conférence de presse de Lenverpré. Lorsque, enfin, elle aperçut Lucile, elle la héla.

– J'ai des choses à vous dire, annonça-t-elle.

– À propos de quoi ? répondit Lucile, reconnaissant la fille de Jeansin.

Elle avait du travail et se demandait ce que faisait ici la jeune amie d'Odette de La Trémoille.

– L'incendie du Bazar de la Charité, dit Alice sans hésitation.

Lucile la dévisagea, intriguée.

– Suivez-moi, dit-elle finalement en l'invitant à entrer dans le local du journal.

*
* *

– Ça fait des heures qu'elle a disparu…

Mathilde, morte d'inquiétude, fixait son mari.

– Elle va bien finir par rentrer…, tenta de relativiser ce dernier.

– Tu me caches quelque chose, je le sens.

Auguste détourna le regard, essayant de garder une contenance face à son épouse, de plus en plus sceptique.

– Auguste…, insista-t-elle.

– Il n'y a plus de mariage, Mathilde…, explosa-t-il soudain. Tout est annulé.

– Pardon ? parvint-elle à prononcer alors que le sol se dérobait sous ses pieds.

– Notre fille préfère un anarchiste à Julien. Celui qui est accusé d'avoir posé la bombe au Bazar.

– Et tu ne m'as rien dit ? s'insurgea-t-elle en s'asseyant, les yeux noirs. Je reste ici.

– Non ! Tu viens avec moi à ce dîner ! Déjà qu'Alice n'y sera pas, les gens vont se poser des questions.

– Mais je me moque de ce que les gens vont penser ! articula-t-elle, outrée. Tu ne sais même pas où est notre fille et il n'y a que ta réputation qui te préoccupe ?

– Pour l'argent, continua Auguste sur sa lancée, je vais trouver une solution… Je vais en parler à Marc-Antoine.

– Je ne veux rien devoir à mon beau-frère ! prévint-elle, furieuse. Et pour le dîner… Tu fais ce que tu veux, moi, je reste ici, poursuivit-elle en jetant son manteau par terre. J'attends ma fille !

– 43 –

10 mai 1897, 19 heures.

La salle de rédaction bruissait du cliquetis des machines à écrire. Séverine, concentrée, assise sur un bureau, écoutait le récit d'Alice de Jeansin, que venait de lui présenter Lucile.

– Le projecteur du cinéma ? Vous êtes sûre de ce que vous dites ?

– J'en suis certaine, affirma Alice très calmement.

Elle venait de relater sa rencontre avec le projectionniste, dont la nouvelle de la mort était tombée par dépêche télégraphique quelques minutes auparavant. Le pauvre gars avait été percuté par une calèche lancée à vive allure.

Séverine était en train de réaliser qu'en accusant Victor Minville, de Lenverpré fournissait au peuple un coupable idéal, alimentant ainsi sa ligne politique…

– Un boulevard vers les élections, remarqua Lucile.

– Victor Minville n'aura aucune chance à son procès, dit Séverine en se frottant les sourcils. Vis-à-vis de votre père, ça va mettre un sacré bordel. Si vous voulez que votre témoignage ait de l'impact, il faut le signer de votre main, demanda-t-elle en levant les yeux sur Alice. Vous seriez prête à le faire ?

Tous les regards convergèrent vers la demoiselle, dans l'attente de sa réponse.

– Oui, affirma-t-elle avec clarté, sans bien mesurer les conséquences de cet aval.

*
* *

De Lenverpré tendit une énorme liasse de billets à de Jeansin qui les empocha, soulagé.

– Je vous les rembourserai, bien évidemment.

– Je n'en doute pas. Ne vous inquiétez pas, la famille, c'est fait pour ça, dit le député en soufflant la fumée de son cigare. Au fait, il n'y a plus de problème avec le projectionniste, l'affaire est réglée.

– Réglée ? s'étonna de Jeansin. Réglée comment ?

– Il aurait été renversé par une calèche. Pauvre homme, poursuivit-il avec une ironie non feinte.

– Qu'est-ce que vous avez fait ? blêmit Auguste, stupéfait.

– Moi ? s'étonna de Lenverpré en élargissant un peu plus son sourire carnassier. Je vous ai sauvé d'un désastre…

*
* *

– Vous êtes magnifique ! applaudit de La Trémoille en admirant Odette.

Rose était effectivement sublime dans sa robe de soie sauvage, sa perruque et son masque. De La Trémoille n'avait pas attendu les invités pour commencer à s'enivrer.

– Si vous étiez enceinte, poursuivit-il en avalant une gorgée de champagne, vous me l'auriez dit, n'est-ce pas ? Parce qu'il y a des bruits qui courent…

Décontenancée, Rose se tut, prenant sur elle pour ne pas montrer sa fébrilité.

– Vous n'auriez quand même pas couché avec moi pour me faire endosser un bâtard… Parce que, si c'était le cas, vous seriez une sacrée putain ! Alors je vous le dis : si cette chose existe, là, ajouta-t-il en pointant le ventre de Rose, elle ne vivra pas !

Les battements du cœur de Rose se mêlèrent aux bruits des calèches en train de se ranger dans la cour… Les invités arrivaient, l'épreuve du dîner approchait.

*
* *

– Vous m'avez fait appeler ? demanda la gouvernante revêche en veillant à bien refermer la porte à double tour.

– Oui, confirma Adrienne avec douceur. Vous pourriez m'aider avec le corset, s'il vous plaît ?

La vieille bonne s'exécuta en silence.

– Est-ce que Camille sait que je suis ici ? demanda mine de rien Adrienne. Vous pourriez au moins me dire si elle va bien ?

– N'insistez pas, je ne vous dirai rien.

– Vous n'avez pas d'enfants…, dit la belle rousse en tentant d'apitoyer l'odieuse femme.

– Ça fait quarante ans que je suis au service de votre mari, depuis que sa mère l'a abandonné, je l'ai élevé comme mon fils.

Comprenant qu'elle n'en tirerait rien, Adrienne ne dit plus un mot. Ce n'était pas cette vieille peau qui allait la décourager.

– 44 –

10 mai 1897, 20 heures.

– Mes amis, venez s'il vous plaît, venez, dit Sidonie Huchon en saisissant la main de Rose. Merci d'être là, ce soir. Je suis très heureuse que ma fille Odette soit parmi nous, vivante, et qu'elle puisse assister à ce dîner donné en son honneur et en l'honneur de toutes les femmes victimes de l'incendie du Bazar…

L'émotion était réelle parmi les convives, lesquels scrutaient la pauvre Odette masquée. Huchon avait raison, d'autres rescapées étaient elles aussi affublées d'un masque. Seul de Lenverpré, pas certain de la reconnaître, observait en silence la fille de Mme Huchon.

– Mais bientôt, la justice leur sera rendue grâce à M. de Lenverpré qui nous fait l'immense honneur de sa présence parmi nous…, annonçait justement l'hôtesse de maison en applaudissant le député.

L'assistance l'imita, des « bravos » retentirent.

– Et comptez sur moi, improvisa de Lenverpré, flatté. Le procès de Victor Minville sera exemplaire et sans appel, pour que justice soit faite.

Il n'en fallait pas beaucoup à de Lenverpré pour se considérer comme un roi en son royaume, cette popularité l'exaltait et il continua sa diatribe enflammée.

– Je tiens à remercier M. de La Trémoille de nous accueillir chez lui, pour nous retrouver entre amis après ce drame affreux.

Rose, prise d'un soudain malaise, se laissa tomber dans un fauteuil.

– Odette, ma chérie, ça va ? se précipita Huchon.

– Tout va bien, assura Rose, feignant de se relever avec peine. Mon mari et moi, nous avons une grande nouvelle à vous annoncer…

De La Trémoille, comprenant le manège d'Odette, blêmit. Cette garce n'allait quand même pas oser…

– Nous attendons un heureux événement ! Je suis enceinte, dit Rose en ventilant son éventail.

– Félicitations ! applaudit de Lenverpré qui comptait bien reprendre la main. Cet enfant renaît des cendres de l'enfer. Il sera le symbole de notre force à tous, et aussi de notre combat contre le terrorisme. Bravo ! Bravo !

*
* *

Dans la cour de la maison, Jean, le cocher des de Jeansin, attendait la fin de la réception pour raccompagner son patron en fumant une sèche roulée. Lorsque Odette prit la parole, il se raidit. Cette voix… Intrigué, il s'approcha discrètement de la fenêtre du salon, observant la jeune femme qui parlait. Jetant son clope, il entra par la porte de service. Valets et bonnes s'activaient pour le service du dessert.

– Je m'en doutais, moi, que madame était enceinte ! dit la bonne de la maison à la cantonade. Mais alors, c'est du Saint-Esprit…, ajouta-t-elle, sournoise.

– Pourquoi tu dis ça ? demanda Jean, curieux.

– Parce qu'ils couchaient plus ensemble depuis des années ! Faut dire que, depuis l'incendie, madame a bien changé, expliqua-t-elle à voix basse. Tu vois ce que je veux dire ?

– Non, pas vraiment.

– Comme si c'était une autre femme qui était sortie des flammes !

*
* *

– Ton père m'a tout raconté à propos de cet anarchiste, dit Mathilde lorsque sa fille se décida enfin à rentrer. Il faut que tu l'oublies, Alice.

Mathilde vacillait entre consternation et contrariété.

– Il m'a sauvé la vie ! répéta la jeune fille, pour la énième fois.

– Il est surtout responsable de la mort de plus de cent personnes ! objecta Mathilde, contrariée.

Alice, aussi lasse que dépitée, préféra garder le silence.

– Parle-moi, Alice, supplia sa mère en remarquant sa mine livide.

– Tout est dit, conclut Alice froidement en montant les escaliers sans se retourner.

Dans sa chambre, désespérée, elle s'allongea tout habillée.

– Tu dois oublier cet homme, Alice, dit Mathilde qui l'avait talonnée. C'est un assassin.

– Ce n'est pas un assassin, dit Alice en tournant le dos à sa mère. Tout le monde ment, même papa, précisa-t-elle en éteignant sa lampe de chevet. Laisse-moi, s'il te plaît…

Mathilde eut un moment d'hésitation. Elle avait envie de la serrer contre elle. Pressentant qu'Alice se déroberait, elle sortit de la chambre, chamboulée par la certitude de sa fille.

*
* *

Jean aimait Rose d'un amour tellement puissant qu'elle avait toujours été comme sa deuxième peau. Les apparats ne pouvaient tromper une telle complicité. Il avait immédiatement reconnu sa voix lorsque Odette avait pris la parole. Si, au début, il avait cru à une hallucination, il avait passé une partie de la soirée à l'observer et tout avait confirmé son intuition : derrière l'accoutrement de Odette en bourgeoise masquée, la voix, le regard, l'attitude et la grâce étaient ceux de Rose. Alors, il l'avait guettée et attendue.

De son côté, Rose avait croisé le regard de Jean et manqué défaillir. L'assistance, convaincue que sa grossesse était la cause de ce malaise, avait bien sûr salué leur hôtesse lorsqu'elle avait pris congé pour aller s'allonger dans ses appartements.

C'est dans le couloir que Jean l'avait interceptée. Si la Huchon ou La Trémoille les surprenait, ce serait une catastrophe, c'est pourquoi elle se faufila dans le boudoir et referma la porte derrière eux.

– Comprenez bien, dit-il sans la quitter des yeux. Si ma femme avait été brûlée comme vous, j'aurais continué à l'aimer comme avant, exactement pareil. Si elle avait décidé de disparaître pour une raison ou pour une autre, je lui aurais pardonné parce que c'était ma femme, c'était l'amour de ma vie.

Tétanisée face à Jean, elle ne parvenait pas à détacher son regard du sien. C'était si insensé.

– J'ai fait quelque chose de mal ? dit alors Jean en s'approchant encore du visage de Rose.

Elle hocha la tête, incapable de parler, trahie par l'émotion.

Avec une douceur infinie, Jean prit la main gauche de Rose. La cicatrice qu'elle avait sur le poignet depuis son enfance, il la connaissait bien.

– Je savais que c'était toi…, dit-il, ému aux larmes. Je savais que c'était toi, répéta-t-il en tentant de la serrer contre lui. Je t'aime…

– Non ! dit Rose en se détachant. Je suis devenue un monstre…

Elle retira son masque, découvrant ses boursouflures et ses cicatrices.

– Tu vois…, confirma-t-elle, dévastée, Rose n'existe plus… D'abord, tu aurais eu pitié de moi, et puis, un jour, tu serais parti…

Des larmes avaient commencé à couler sur sa joue. Elle voulut remettre son masque. Jean l'attira contre lui, doucement, dans ses bras.

– Chut… Chut… Je ne te laisserai plus jamais seule… Tu m'entends ? Plus jamais ! Regarde-moi, mon amour !

Elle sanglotait, bouleversée. Comment ne pas céder à la vérité de cette déclaration ?

– Et maintenant, on fait quoi ? murmura-t-elle en se laissant aller dans les bras de son homme retrouvé.

– 45 –

10 mai 1897, 23 heures

– Alors, ce dîner ? demanda Adrienne en jouant avec la mousse de son bain dans lequel elle se tenait, alanguie.

Elle avait pris soin d'allumer des bougies dans la chambre où son mari la tenait captive, adjacente à la salle d'eau.

– Ils étaient tous à mes pieds, répondit son mari, subjugué par son épouse, décidément toujours aussi sublime.

– Je n'en doute pas…, dit-elle en se levant, révélant ses courbes harmonieuses ourlées de mousse. Tu peux me passer mon peignoir, s'il te plaît ?

De Lenverpré obtempéra, captivé par sa nuque dégagée, ses cheveux partiellement relevés en un magnifique chignon, quelques mèches effleurant son visage parsemé de taches de rousseur.

Envoûté, il caressa l'épaule de son épouse. Fou d'elle, incapable de lui résister, il l'étreignit. Adrienne, au contraire de le repousser, se cambra, encore plus provocante.

*
* *

– Qu'est-ce qui vous a pris ? demanda la Huchon, furieuse. Vous êtes devenue folle ?

– Il sait que je suis enceinte, dit-elle, impavide, en rangeant son masque avec précaution. Il fallait bien faire quelque chose, il voulait tuer mon bébé.

– Odette ! hurla de La Trémoille en faisant irruption, passablement ivre et une coupe de champagne à la main. Je crois qu'il faut qu'on ait une petite discussion.

Il titubait, avançant vers Rose.

– Tu t'es bien payé ma tête, ce soir ! Il est de qui ? poursuivit-il en avalant cul sec ses bulles alcoolisées. Vous étiez au courant ? dit-il soudain, menaçant, en voyant la Huchon. Il est de qui, ce bâtard ?

Furieux, il jeta le verre en cristal par terre et empoigna Odette, sidérée.

– Arrêtez ! intervint Huchon. Lâchez-la !

– De qui est cette putain de larve ? Espèce de salope !

– Allez cuver chez vous ! dit la Huchon en le repoussant.

– Vous étiez au courant de ça, la vieille ? demanda-t-il en manquant de tomber, ivre. Elle était forcément au courant, la belle-maman ! Oh ! La reine mère ! Tu réponds quand je te cause !

La Huchon resta imperturbable. Sur le pas de la porte, il retint le battant avec le pied.

– Si je retrouve l'homme qui a mis cette petite larve dans le ventre d'Odette, je le crève ! dit-il avant de leur tourner le dos. J'ai le code rouge avec moi ! J'ai le droit ! Je le crèverai ! Heureusement, encore aujourd'hui il y a les textes pour nous défendre, nous, les hommes. Oui, insista-t-il. Je le crèverai !

Huchon ferma la chambre. De La Trémoille continua à pérorer.

– Espèce de salope !

Ses pas incertains continuèrent à retentir dans le couloir jusqu'à disparaître.

– Allez-vous recoucher, l'incident est clos, assura la Huchon à Rose. Vous pouvez dormir tranquille, il ne reviendra pas.

Je vais rester un peu, ajouta-t-elle en s'asseyant pour veiller sur la jeune maman.

La jeune femme, éprouvée, mais comblée d'avoir retrouvé son Jean, s'endormit en quelques minutes.

Cinquième partie

– 46 –

11 mai 1897, 6 h 10.
Sept jours après l'explosion.

– C'est déjà le matin ? demanda Thomas, encore endormi.

– Dors mon ange, dit Rose en lui embrassant le front. Il est tôt.

L'enfant décolla ses paupières et vit Rose, habillée d'une cape, le visage couvert de son bijou.

– Tu t'en vas ? s'inquiéta le garçon en s'asseyant d'un bond. Je ne veux pas que tu t'en ailles. Je suis tout seul, sinon.

– Mais non. Je ne vais nulle part, répondit-elle en caressant sa joue.

– Je t'aime, Rose, dit alors l'enfant en se recouchant, rassuré.

Saisie de l'entendre prononcer son vrai prénom, Rose embrassa une nouvelle fois le petit garçon.

*
* *

– J'avais peur que tu ne viennes pas !

Jean, planqué dans les écuries, prit Rose dans ses bras. Ils s'embrassèrent longtemps, ils s'embrassèrent beaucoup.

– C'était donc ça… dit alors de La Trémoille en surgissant.

Il les tenait en joue un pistolet armé à la main. Apparemment, il n'avait pas cessé de boire de toute la nuit, son élocution était pâteuse, ses gestes flous, le danger réel.

– Ton amant, c'est le cocher ! ricana-t-il. Ma pauvre Odette, tu es tombée bien bas… Remarque, pour une fille de paysans, pourquoi pas… C'est comme un retour aux sources !

– C'est un malentendu, intervint Jean en tentant de calmer le jeu. On va tout vous expliquer…

– Un malentendu ? Tu te tapes ma femme et tu appelles ça un malentendu ?

Il visa Rose, s'apprêtant à tirer. Jean se jeta sur lui, les deux hommes roulèrent dans la paille et commencèrent à se battre.

– Non ! cria Rose, désespérée.

Jean tentait de récupérer l'arme sans y parvenir, de La Trémoille tira, un coup partit, sans blesser personne. Jean parvint à saisir le pistolet et l'envoya valdinguer, de La Trémoille en profita pour prendre le dessus et l'étrangler.

– Non ! Non ! hurla Rose en saisissant une fourche posée contre le mur.

Alors, frappant une première fois le crâne de La Trémoille, elle s'acharna jusqu'à ce qu'il s'écroule, sans connaissance. Rose, sidérée, lâcha l'outil. Immédiatement, Jean se pencha sur le corps inerte et vérifia son pouls.

– Il est mort ! constata-t-il, blême. Viens ! On se tire ! poursuivit-il en entraînant Rose dehors.

La jeune femme, prostrée et horrifiée, ne bougeait pas.

– Mon Dieu, Jean. Mais qu'est-ce que j'ai fait ?

– Viens, ma chérie, viens, je t'en prie.

– On ne peut plus partir, maintenant, dit-elle en se liquéfiant. Mme Huchon… Elle va me dénoncer, elle va faire le lien entre la mort de La Trémoille et moi…

– Mais on s'en fout, ils ne nous retrouveront pas, viens, allez !

– Non ! Je ne veux pas d'une vie de fugitifs, poursuivit-elle en implorant son mari. Je ne veux pas que notre enfant naisse en prison.

– Si jamais on se fait attraper, je dirai que c'est moi. Viens ! insista-t-il en lui prenant la main pour l'entraîner dans sa course.

– Non ! résista Rose avec fermeté. Écoute-moi : rentre chez les Jeansin. Moi, je vais faire passer la mort de La Trémoille pour un accident de cheval. Tout le monde sait qu'il boit, il a pu en avoir un…

Jean, sceptique, ne savait que penser. Et si Rose avait raison ?

– Fais-moi confiance, mon amour, insista-t-elle en se blottissant contre lui. On se retrouvera, je te le jure.

*
* *

Adrienne terminait sa toilette quand de Lenverpré entra dans la chambre.

– Je dois m'absenter pour affaire, dit-il en dévorant des yeux la silhouette de son épouse. Alors, cette première nuit à la maison ? ajouta-t-il en déposant un baiser sur sa nuque.

– J'ai dormi comme un loir. La vie de nomade n'est pas faite pour moi. Et toi ?

– Je ne dors pas bien quand tu n'es pas à côté de moi, tu le sais bien.

– Marc-Antoine… dit-elle alors qu'il s'apprêtait à ressortir. Laisse-moi la voir, s'il te plaît.

– Il n'y a que ta fille qui compte.

– C'est mon unique enfant, je te rappelle que tu n'en as pas voulu d'autres, dit-elle en minaudant.

– On était bien, tous les deux, souffla-t-il dans le creux de son oreille.

– On pourrait l'être à nouveau, confirma-t-elle.

Circonspect, de Lenverpré dévisagea sa femme. Qu'entendait-elle par là ?

– Si tu me ramenais à la vie, tout pourrait recommencer comme avant…

– Te ramener à la vie ? répéta-t-il, incrédule.

– J'aurais pu être victime d'amnésie à l'issue de l'incendie… Tu imagines les gros titres ? « La femme du futur président du Sénat rescapée de l'incendie du Bazar. » Ça fera pleurer dans les chaumières… Et tout le monde ne parlera que de toi !

Admiratif de son idée, de Lenverpré ne put s'empêcher de se projeter.

– Et j'aurai tout le peuple avec moi… Magnifique… Je veux qu'on fête ça ce soir.

– Juste toi et moi…, proposa Adrienne, sensuelle. Dans le salon de musique… Comme avant… Tu t'en souviens ?

– Oui… Je m'en souviens…

Adrienne l'embrassa tendrement. Il mordait à l'hameçon.

*
* *

Dans les écuries, Rose sortit un cheval de son box. Elle le guida jusqu'au cadavre de La Trémoille.

Alors, le faisant se cabrer, elle le laissa piétiner le corps inerte.

Nourrissant désormais l'espoir d'une vie meilleure, loin des vicissitudes de cet homme retors, elle regagna sans bruit la chambre d'Odette.

*
* *

– « *Le projecteur du cinématographe responsable de l'incendie. Un témoignage accablant d'Alice de Jeansin. La fille du président du comité de l'organisation accuse le cinématographe d'être responsable de l'incendie et réfute la piste anarchiste !* » lut à voix haute Mathilde, effarée, au moment même où Alice entrait dans la salle à manger.

– Ce n'est pas contre toi, papa. Je suis désolée…

Auguste, incapable de parler, restait prostré, aussi pâle qu'un drap neuf.

– Tu te rends compte de ce que tu as fait ? s'indigna Mathilde en se tournant vers sa fille. Traîner dans la boue mon mari, mes enfants… Tout ça pour sauver ce terroriste dont tu t'es amourachée…

– Victor n'est pas un terroriste !

– Ça suffit, Alice ! Ce n'est plus une histoire de mariage et d'argent, tu viens de salir ta famille. Ton frère, ta sœur… Et tu nous fais passer pour des complices !

– Dis-lui que c'est la vérité ! demanda Alice en fusillant son père du regard. De quoi tu as peur, papa ? Tu n'es même pas responsable, c'était un accident !

Auguste détourna le regard, contrit.

– Auguste ? demanda Mathilde, abasourdie. C'est vrai ? Ce n'est pas un attentat ? Auguste, parle-moi, dis quelque chose. De quoi tu as peur ?

Las, pour toute réponse, Auguste s'empara du journal et quitta la table du petit déjeuner, laissant son épouse et sa fille à leurs déceptions.

– 47 –

11 mai 1897, 9 h 25.

– On l'a trouvé comme ça, avec son cheval à côté de lui, expliqua le palefrenier à Mme Huchon, penchée sur le cadavre de son gendre. On suppose qu'il a voulu le monter et que le cheval s'est cabré.

– Faut-il appeler la police, madame ? poursuivit le majordome.

– Oui, acquiesça-t-elle. Qu'ils viennent constater l'accident. Et avertissez les services funéraires, précisa-t-elle. Vous avez prévenu ma fille ?

– Pas encore.

– Je m'en occupe. Laissez-moi maintenant.

Sidonie Huchon attendit que le majordome et le palefrenier sortent pour ramasser une pierre précieuse qui brillait dans la paille. L'une des émeraudes du masque d'Odette… Huchon la glissa dans sa poche.

*
* *

– Pourquoi tu pleures ? demanda Thomas, impuissant devant les larmes qui coulaient sur la joue de Rose. Tu t'es fait mal ? C'est quelqu'un qui t'a fait mal ?

– Non, c'est moi, dit-elle en se reprenant. C'est moi qui ai fait quelque chose de très mal.

– Ça m'arrive à moi aussi, tu sais, la consola l'enfant.

– J'ai une terrible nouvelle à vous annoncer, déclara Sidonie Huchon en entrant dans la chambre. À tous les deux.

Elle prit soin de vérifier qu'il n'y avait personne dans les parages, puis ferma la porte derrière elle.

– Thomas, ton papa a eu un accident de cheval.

– C'est grave ?

– Oui. C'est très grave.

– Ça veut dire qu'il est mort ?

– Oui, ça veut dire ça, je suis désolée mon poussin.

Thomas se tourna vers Rose.

– Je pourrai dormir avec toi, cette nuit ?

Rose, bouleversée, l'étreignit. La maturité du petit garçon était proportionnelle à la bêtise de ce père disparu.

– Bien sûr, dit-elle en déposant un tendre baiser sur son front. Bien sûr, répéta-t-elle en comprenant qu'elle aimait cet enfant.

*
* *

– J'ai une surprise pour toi, annonça Marc-Antoine de Lenverpré, tout sourire, en entrant dans le salon.

Adrienne leva la tête de son livre et son visage s'illumina : Camille arrivait, accompagnée par la gouvernante. Lorsque la fillette reconnut sa mère, elle se précipita dans ses bras en courant.

– Maman !

– Ma chérie…, dit cette dernière en la couvrant de baisers. Mon amour… Je suis tellement heureuse de te voir. Regarde-moi…

L'émotion était à son comble. De Lenverpré, mal à l'aise avec les effusions de tendresse lorsqu'elles ne lui étaient pas adressées, les observait du coin de l'œil, un brin jaloux.

– Je vous laisse à vos retrouvailles, déclara-t-il en tournant les talons.

La gouvernante le suivit, comme un chien fidèle.

– Ma chérie, ça va ? s'empressa de demander Adrienne, une fois seule avec Camille.

– Je ne veux plus rester avec papa…

– Je sais, mon cœur, moi non plus. Écoute-moi bien, dit-elle en prenant sa fille sur ses genoux, tu vas partir aujourd'hui. J'ai une amie qui va t'accompagner dans un endroit où tu seras en sécurité.

– Je veux rester avec toi, maman.

– Je viendrai te chercher dans quelques jours, expliqua Adrienne en serrant sa fille contre elle. La police va bientôt arrêter ton père et je ne veux pas que tu sois là.

– Mais si c'est dangereux ici, pourquoi, toi, tu restes ?

– Parce que moi je ne risque rien, mentit-elle. Il faut que tu sois courageuse, mon ange. Et bientôt on sera toutes les deux, d'accord ?

– 48 –

11 mai 1897, 9 h 55.

– Vous vouliez me voir ? demanda Rose en s'asseyant.

– J'avais envie de prendre un thé avec ma fille, expliqua la Huchon en la regardant dans les yeux. J'ai trouvé ça dans les écuries, poursuivit-elle en posant sur la table l'émeraude ramassée sous la paille. Près du corps de La Trémoille. Qu'y faisiez-vous hier matin ? Que s'est-il passé ? Qui était avec vous ?

Rose hésitait à répondre. Elle tourna la tête vers la fenêtre et se permit de rester un moment sans rien dire.

– Jean, dit-elle, les yeux vers le ciel. On voulait s'enfuir tous les deux, continua-t-elle en soutenant le regard de la Huchon. Je voulais quitter votre maison.

Sidonie Huchon fut saisie par une violente quinte de toux. Elle détourna la tête afin de dissimuler le sang qu'elle sentait dans sa bouche. Les crises s'aggravaient.

– La Trémoille nous a surpris, ajouta Rose. Il voulait tuer mon mari, je l'ai défendu. Jean n'y est pour rien.

– Je suis très contrariée d'apprendre que vous vouliez partir en abandonnant votre enfant.

– Je ne suis pas sa mère.

– Il vous aime. Il vous aime beaucoup. Et vous aussi, vous l'aimez. Vous devez rester.

Rose se sentait tiraillée. Thomas la bouleversait, il avait quelque chose d'intact qui réveillait son instinct maternel. Mais elle était enceinte. Elle allait avoir son bébé. Leur bébé.

– Non, je ne peux pas faire ça. Pas à Jean, avec notre bébé.

– Laissez-moi finir. Quoi qu'il arrive, je ne vous dénoncerai pas. Dans quelques mois, je ne serai plus de ce monde. Je suis gravement malade. Et Thomas n'aura plus personne pour s'occuper de lui. Sauf si vous décidez de rester. Et que vous me jurez que vous élèverez cet enfant comme s'il était le vôtre.

La jeune femme eut du mal à dissimuler son émotion.

– Rose, j'ai confiance en vous. Je n'ai besoin que de votre parole. À ma mort, vous hériterez de tout. Absolument de tout. Aujourd'hui, Odette est veuve, elle est libre. Dans quelque temps, elle pourra se remarier avec qui bon lui semble. Elle aura les moyens d'ignorer ceux qui trouveront à redire.

Rose resta songeuse. Sidonie Huchon trimballait un caractère et une réputation bien trempés, en vivant à ses côtés, Rose l'avait découverte touchante et attachante. C'était une femme dont le deuil était devenu la véritable maladie.

*
* *

– Qu'est-ce qui lui a pris ? éructa de Lenverpré en brandissant le journal.

– Alice a toujours eu à cœur de défendre la vérité, expliqua Auguste, penaud.

– La vérité, c'est la mienne. Excepté le témoignage de votre fille qui pourrait malheureusement innocenter Victor Minville, rien ne prouve que le projecteur a flambé !

J'ai fait disparaître toutes les preuves, dit-il en mâchouillant nerveusement son cigare. Vous allez faire ce que je vous dis, Jeansin. Vous allez ordonner à Alice de faire un démenti que vous ferez paraître dans la presse. Et si elle refuse, vous direz que votre fille a perdu la tête à cause de l'incendie.

– Faire passer ma fille pour folle ? déglutit Auguste, outré. Mais enfin, vous…

– N'oubliez pas ce que je fais pour vous, Jeansin, le coupa le député. Sans moi, vous êtes à la rue avec votre petite famille. Tenez-la tranquille ! Sinon, c'est direct à l'asile.

*
* *

Auguste, remonté comme un coucou, fit irruption dans la chambre d'Alice.

– Ton témoignage dans la presse n'a servi à rien ! Toutes les preuves ont été détruites par ton oncle !

– Mais il n'a pas le droit de faire ça, blêmit Alice.

– Il a tous les droits ! Il a le pouvoir, le réseau et l'argent qui nous sauve de la faillite ! énuméra-t-il. Sans Julien, je n'ai pas eu le choix ! Tu nous as détruits, Alice. Détruits, répéta-t-il, plein de rage et de fureur. Alors maintenant, tu vas faire un démenti !

– Jamais ! Jamais, tu m'entends !

Soudain, Auguste s'empara de la clé de la porte et, sans qu'Alice ait le temps de réagir, sortit de la chambre et la verrouilla.

– Papa ! cria la jeune fille en bondissant de son lit. Qu'est-ce que tu fabriques ? Laisse-moi sortir ! Maman ! Maman, s'il te plaît ! Aide-moi ! supplia-t-elle en tambourinant sur la porte. Vous êtes des monstres ! Victor n'a rien fait ! Il m'a sauvé la vie et vous allez le tuer, juste pour votre confort. Je vous hais !

– Qu'est-ce que tu fais, Auguste ? s'enquit Mathilde en s'approchant, ameutée par le bruit.

– Je nous protège, Mathilde, répondit Auguste, d'un ton sec.

– Maman ! Maman ! cria de nouveau Alice, à travers la porte.

– Je nous protège ! répéta-t-il en s'éloignant.

– 49 –

11 mai 1897, 11 h 45.

Adrienne, debout près du piano, faisait répéter à Camille la *Sonate au Clair de Lune*. Un des apaches lisait son journal en gardant un œil sur elles. L'air de rien, Adrienne surveillait le parc par la fenêtre. Soudain, elle aperçut Lucile, accompagnée d'un beau métis. La journaliste avait eu l'idée de mettre la fillette à l'abri dans la caserne des sapeurs-pompiers de Mattéo. Au moins, elle y serait en sécurité.

– Mon amie est ici, Camille, chuchota-t-elle pour que l'apache ne l'entende pas. C'est maintenant.

Camille comprit que le moment était venu. D'un coup, elle se mit à jouer faux.

– Non, Camille ! gronda Adrienne, faisant semblant de la disputer. Concentre-toi !

– J'y arrive pas ! C'est trop difficile !

– Pas quand on a travaillé !

– Non ! Je n'aime pas le piano. Et j'en ai marre de toi et de papa ! ajouta-t-elle, capricieuse. Je vous déteste, tous les deux !

Camille se leva et courut vers la porte en boudant. L'apache bondit pour l'empêcher de sortir, Adrienne s'interposa, sévère.

– Laissez-la, ordonna-t-elle. Qu'elle aille se calmer dans le jardin ! Ça lui fera du bien !

Le cerbère retourna à sa lecture, Camille sortit.

Par la fenêtre, Adrienne la vit courir jusqu'au fond du jardin, s'engouffrer dans une brèche et disparaître avec Lucile et Mattéo, Adrienne comprit que sa fille était sauvée.

– Camille n'est pas avec toi ? demanda de Lenverpré qui venait de faire irruption, talonné par sa fidèle gouvernante.

– Non, répondit Adrienne, feignant la contrariété. Elle est partie bouder dans le jardin. Elle n'arrivait pas à jouer sa sonate.

– Allez me chercher ma fille ! exigea de Lenverpré, méfiant, en se tournant vers l'apache.

Celui-ci obtempéra.

– Je pensais que, après les élections, on pourrait partir tous les trois à Deauville, proposa le député en se tournant vers son épouse. Qu'est-ce que tu en dis ?

– Très bonne idée… improvisa Adrienne. Camille sera ravie de voir la mer. Mais tu es sûr que tes obligations nous en laisseront le temps ?

– Le temps, ça se prend, affirma-t-il, ravi de cette perspective.

– Monsieur ! dit l'apache en revenant, seul et livide. Votre fille n'est plus dans le jardin. Elle a disparu.

– Où est Camille ? éructa de Lenverpré en fusillant du regard Adrienne.

– Mais je ne sais pas ! mentit Adrienne, feignant l'inquiétude.

– Ne me prends pas pour un con ! Elle est où ?

– Je ne sais pas, je t'assure ! Tu crois que je l'aurais laissé partir toute seule dans Paris, comme ça ?

De Lenverpré, comprenant qu'elle se fichait de lui, la dévisagea.

– Tu l'as fait évader ! Bravo ! Tu es vraiment une petite garce. Qui t'a aidée ?

Adrienne fulminait intérieurement, pourtant elle resta de marbre. Lorsqu'il lui serra la gorge, elle poussa un cri de surprise et de douleur. Ses yeux étaient emplis de rage.

– Tu m'as trahi, Adrienne, dit-il entre ses dents.

– Tu comptes faire quoi ? le défia-t-elle. Me tuer ? Comme Eva Schaff ? Comme Hugues ?

Surpris, de Lenverpré lâcha Adrienne. Comment son épouse connaissait-elle Eva ?

– Je suis peut-être une garce, fulmina-t-elle. Mais toi, tu es une ordure doublée d'un assassin.

– Eva… répéta avec un temps de retard le député, perplexe. Comment tu sais ? Elle aussi, c'était une salope. Vous êtes toutes des salopes sans scrupule, poursuivit-il, en rage. Elle était belle, elle aussi. Mais ça ne l'a pas sauvée, dit-il, sadique, en fixant sa femme. Finalement, c'est bien que Camille ne soit plus là… On va être seuls tous les deux et on va pouvoir s'amuser !

Alors, de Lenverpré caressa la joue d'Adrienne, puis la saisit par les cheveux et la jeta au sol. Adrienne eut le réflexe de se protéger le visage, redoutant les coups de cet époux brutal.

*
* *

– Tu vas écrire ce démenti, dit Auguste en tentant de garder son calme. Tu vas dire qu'on t'a mal informée, et qu'on a abusé de ta naïveté.

Alice, mutique, tournait le dos à ses parents.

– Alice… Tu ne peux pas savoir ce que tu risques… Ce qu'on risque tous…, précisa Auguste, sincèrement inquiet. Il s'agit de ta vie Alice… de ta vie, tu entends ?

– Depuis que je suis gamine, tu me répètes que la peur empêche le progrès.

Elle se tourna vers sa mère, la regardant droit dans les yeux, calme.

– Et le progrès, c'est notre liberté, celle des femmes. Ça ne peut plus durer, ajouta-t-elle en fixant son père. Votre domination masculine nous oppresse… Il fallait que je parle. Que ça te plaise ou non.

– Tu vas finir dans un couvent, tança Auguste, amer.

Au mot couvent, Alice, consternée, fusilla son père du regard. Mathilde, redoutant que ça ne dégénère de nouveau, attrapa le bras de son mari et l'entraîna dehors.

– N'oublie pas de fermer à clé ! dit Alice en claquant elle-même la porte au nez de ses parents.

Dépitée, elle entendit son père donner effectivement un tour de clé.

– 50 –

11 mai 1897, 16 h 20.

– Je n'ai pas lu le démenti que je vous ai demandé dans la dernière édition du jour. Vous avez une explication ? interrogea le député, enfoncé dans son fauteuil.

– Alice refuse de le faire, avoua Auguste, les traits tirés.

– Et alors quoi, sombre crétin ? vous avez décidé de vous laisser conduire par le bout du nez par votre traînée de fille ? Nous nous passerons d'elle, écrivez-le à sa place, ordonna-t-il en glissant une feuille blanche vers son beau-frère. Je ne peux plus attendre ! Minville passe cet après-midi en comparution immédiate. Votre démenti mettra fin aux doutes sur sa culpabilité, conclut-il en lui tendant une plume.

De Lenverpré laissa de Jeansin seul. Hésitant, ce dernier fixa un long moment la page blanche. Puis, s'asseyant, il se résolut à écrire.

– 51 –

11 mai 1897, 17 h 30.

– Ce que je pense de vous vous importe peu ? questionna le magistrat.

– J'ai déjà été jugé, monsieur, répondit Victor. Ce que vous pensez ne change rien, poursuivit-il. Les gens veulent un coupable. Si un crime a été commis, ils veulent savoir par qui. Ils n'aiment pas douter.

– Je ne vois pas ce que vous voulez dire.

– J'entends par là que vous avez d'autres chats à fouetter.

Le juge, mal à l'aise avec l'impertinence de Victor, chaussa son binocle.

– Laissez-moi vous lire votre déclaration…

– Ce n'est pas ma déclaration, le coupa Victor sans élever la voix. C'est ce que mes avocats m'ont soufflé et ce que la presse a raconté.

– 52 –

11 mai 1897, 18 heures.

Les députés conservateurs avaient le regard rivé sur de Lenverpré.

– Les élections sénatoriales vous donnent largement vainqueur, dit l'un d'eux en levant son verre de cognac.

– Merci, merci, mais ce n'est pas encore gagné… répondit-il, faussement modeste. Le témoignage de Mlle de Jeansin a troublé l'opinion publique. En accusant le projecteur du cinéma d'avoir mis le feu au Bazar, cette jeune femme nous accuse de falsifier la vérité et de faire condamner un innocent.

Les regards dédaigneux des députés se tournèrent vers Auguste de Jeansin.

– Pauvre enfant, dit de Lenverpré, caustique. L'incendie lui a fait perdre la tête… Au point d'accuser son propre père… Cher monsieur Jeansin, poursuivit-il en avalant une gorgée, je compatis à votre douleur, croyez-moi.

Auguste, pâle comme un linge, prenait sur lui pour ne pas craquer.

– Je vous remercie d'avoir fait le nécessaire pour rétablir la vérité…, ajouta de Lenverpré comme si de rien n'était.

Julien, mal à l'aise, regarda celui qui aurait dû être son beau-père, pour l'heure totalement décomposé. De Lenverpré n'y allait pas de main morte.

– Monsieur Leblanc a une annonce à faire ! dit alors ce dernier en se tournant vers le préfet.

– Demain matin, à l'aube, l'homme à l'origine de la catastrophe du Bazar de la Charité, Victor Minville, l'anarchiste responsable de la mort de tant d'innocentes victimes, sera guillotiné.

Un murmure de soulagement et de contentement se propagea dans l'assistance. L'un des hommes leva son verre en entonnant *La Marseillaise*. Les autres l'imitèrent, solennels.

*
* *

– C'est vrai, tout ce qu'il dit à propos d'Alice ?

– Non, prit le temps de répondre Auguste à Julien. Il ment. Tout ce qu'elle raconte dans *La Chouette* est vrai. C'est bien le cinématographe qui a mis le feu au Bazar.

– Vous allez laisser un innocent se faire guillotiner ? demanda le jeune homme, choqué.

– Lenverpré menace de la faire interner si je ne raconte pas sa vérité. Il en a besoin pour les élections. Les temps sont troubles, Julien, poursuivit Auguste, Lenverpré en tire profit. Un jugement et une exécution sommaires, personne n'ose s'y opposer. Il tient tous les députés, tous lui doivent quelque chose. Moi le premier.

Ils étaient arrivés devant le fiacre de Julien.

– Vous saviez tout cela quand j'ai dénoncé Victor Minville ? ajouta Julien en s'asseyant à l'intérieur.

– Oui, avoua Auguste, contrit.

Julien, consterné, claqua la portière. Puis, lui jetant un regard lourd de mépris, il ordonna à son cocher de déguerpir.

*
* *

– Allez, c'est fini, on remballe ! exigea le maton en adressant un signe de tête à Mattéo pour qu'il sorte.

Grâce à Krebs, le pompier avait obtenu de visiter Victor dans sa cellule de la prison de la Roquette où il avait été transféré. Le sapeur refusait de croire que son ami d'enfance allait être exécuté alors qu'il était innocent. Son statut de militaire l'obligeait à obéir à l'autorité, celui de pompier à sauver ses semblables. En républicain progressiste, il estimait de son devoir de protéger quiconque de l'injustice. Être aux côtés de Victor était bien la moindre des choses.

Ils avaient eu peu de temps, mais suffisamment pour que Mattéo explique qu'avec Lucile et Krebs, ils étaient en attente imminente des résultats de plusieurs expériences « scientifiques » qui permettraient la grâce du Président. Victor n'y croyait plus, il avait du mal à faire semblant.

Par la fenêtre de sa cellule, il regardait la guillotine se monter. Depuis plusieurs années, l'estrade avait été supprimée afin de ne pas en rajouter au spectacle.

Il n'empêche, songea Victor, le résultat est le même.

*
* *

Julien, encore sous le coup des révélations d'Auguste, entra sans se faire annoncer.

– Où est Alice ? demanda-t-il sèchement au majordome des de Jeansin.

Ce dernier, mal à l'aise, hésitait à répondre.

– Elle est où ? éructa le jeune homme, d'habitude courtois.

– Dans sa chambre, monsieur, concéda le bonhomme.

– Qu'est-ce que vous faites là, Julien ? interrogea Mathilde qui venait d'apparaître.

– Votre mari m'a tout dit, il faut que je parle à Alice…

Mathilde, le visage fermé et tendu, s'interposa au bas de l'escalier, empêchant Julien de passer.

– J'ai besoin de lui parler, expliqua-t-il, comprenant qu'il n'était décidément plus le bienvenu.

– Et moi, je ne suis pas certaine qu'elle en ait envie, le moucha Mathilde.

Piqué au vif, Julien fit demi-tour et sortit de la maison. Cependant, il ne se dirigea pas vers le portail, mais contourna la propriété.

– Je ne savais pas que c'était un accident ! cria-t-il en s'arrêtant sous la fenêtre d'Alice. Tout le monde disait que c'était un attentat ! Tout le monde ! J'étais persuadé que c'était lui, le coupable ! Qu'il avait posé cette putain de bombe et qu'il avait tout détruit.

Il fixait le premier étage, espérant qu'Alice se montre. En vain.

– Tu m'entends, Alice ? poursuivit-il, la voix cassée par l'émotion. Aujourd'hui, je ne peux plus rien. Je sais que je ne réparerai jamais ce que je vous ai fait. Mais je peux t'aider, Alice. Tu m'entends ? Je peux t'aider ! répéta-t-il avec détermination. Je peux faire en sorte que vous vous revoyiez. Avant qu'il ne soit trop tard !

Dans sa chambre, Alice, toujours enfermée, ne rata rien des mots de son ex-fiancé. Elle n'aurait certainement jamais imaginé une chose pareille.

– 53 –

11 mai 1897, 21 h 30.

C'était une occasion qu'elle n'avait pu laisser filer.

Julien, accompagné d'un gardien, sortit de la prison de la Roquette et rejoignit Alice. Elle l'attendait devant son fiacre.

– C'est arrangé, dit-il. Tu peux y aller.

– Je regrette que ça se soit passé comme ça…

– Moi aussi, reconnut-il en la regardant dans les yeux. Ne perds pas de temps, lui conseilla-t-il.

– Julien… Merci…

Bouleversée, elle rejoignit le gardien de la paix qui s'impatientait et le suivit dans le sous-sol du bâtiment.

Les couloirs étaient sinistres. Pour se donner du courage, elle se remémora la raison pour laquelle elle se trouvait ici et, s'efforçant de dissimuler son appréhension, elle talonna le maton jusqu'à la cellule de Victor, stupéfait de la voir là.

– Je vous accorde cinq minutes, grogna le maton en refermant la porte.

Une fois à l'intérieur, ils s'étreignirent, fous de bonheur.

– J'ai parlé à la presse, je leur ai dit la vérité. Ça va s'arranger, ajouta-t-elle, confiante.

– Je ne crois pas, non… Ils m'ont jugé, Alice. Un procès à huis clos. Ils m'exécutent demain matin à la première heure !

– Non ! La jeune fille, folle de douleur, manqua de s'évanouir. Ils n'ont pas le droit de faire ça.

Elle fondit en larmes et sanglota de plus belle, désespérée.

– Eh, regarde-moi ! dit Victor en prenant le visage de sa bien-aimée entre ses mains. Regarde-moi, répéta-t-il pour la calmer. Il n'y a rien à regretter. Rien. Sans l'incendie, poursuivit-il, le visage tout près du sien, je ne t'aurais jamais rencontrée. Rien que pour ça, ça vaut le coup de mourir…

Elle entendit combien sa voix était douce et réprima un nouveau sanglot. Ces derniers jours avaient été si irréels. Ses parents n'arrivaient pas à comprendre que la catastrophe de la rue Jean Goujon l'avait transformée. Qu'elle ne pourrait jamais redevenir la même.

– Qu'est-ce que tu es belle… dit Victor en l'embrassant avec passion.

*
* *

– Où est-elle ? demanda Auguste, inquiet en découvrant la chambre d'Alice, vide.

– Je l'ai laissé rejoindre l'homme qu'elle aime pour qu'elle puisse lui dire adieu.

– Pourquoi as-tu fait ça ? demanda Auguste en encaissant calmement.

– Il est innocent, Auguste. Tu ne peux pas laisser faire ça. C'est injuste, ajouta-t-elle, sincèrement émue. Et Alice a raison, ça ne te ressemble pas.

– Je suis coincé, Mathilde, dit-il sans entrain. Je ne peux plus rien faire.

Il s'éloigna, voûté par le poids des remords et de la culpabilité, considérant la discussion close.

– Auguste, écoute-moi… Lenverpré est un assassin.

Auguste se figea sans se retourner.

– Il a tué son ancienne maîtresse, tu m'entends ? C'est un meurtrier.

– Mais qu'est-ce que tu racontes ? demanda-t-il, stupéfait, en fixant son épouse.

– C'est Adrienne qui me l'a dit. Avant-hier. Elle est vivante.

Abasourdi et comprenant qu'il ignorait beaucoup de choses et qu'il s'était fourvoyé, Auguste se tint à la rambarde de l'escalier pour s'asseoir sur une marche. Le choc était trop violent.

*
* *

Alice avait su très vite qu'elle ferait tout et irait jusqu'au bout pour Victor.

Avec la rumeur de l'imminente exécution qui circulait au Boucan, la mort de Janvier, les proportions démesurées que l'affaire prenait, certaines langues s'étaient déliées. Les deux anarchistes qui avaient aidé Émeline à fomenter son attentat ne pouvaient plus se taire. Certes, leur engin explosif n'avait pas fonctionné. Mais ce n'était pas Victor qui en était à l'origine.

Émeline refusait obstinément d'aller parler à la police ou au juge, ce qui aurait permis d'alléger les charges contre Victor. Elle ne risquait rien, en tout cas pas la guillotine, mais s'obstinait à garder le silence, provoquant l'ire de ses camarades.

Dans l'incendie, Émeline avait perdu un bras, pas son sens des négociations. Elle voulait Alice de Jeansin pour elle. Juste quelques heures, à défaut de quelques jours. Son attirance pour la jeune bourgeoise restait toujours aussi vive, elle avait fini par l'accepter et cesser de se flageller. À l'hôpital, elle avait eu le temps de relativiser, comprendre que la culpabilité était mauvaise conseillère, que ce désir lui appartenait.

Lorsqu'elle avait revu la jeune femme au Boucan, l'autre nuit, cela s'était confirmé.

Avec la condamnation de Victor, Émeline avait décidé de saisir sa chance et de proposer à Alice de témoigner en sa faveur contre une nuit d'amour. Qui ne tente rien n'a rien.

Alice lui tendit la main, Émeline la prit puis se pencha pour l'embrasser. Son cœur fit un bond, le désir s'insinuait au creux de son ventre.

Alice défit son corset, attrapa le bas de la chemise d'Émeline, la lui retira et la jeta par terre. Émeline recula d'un pas pour la contempler, Alice s'empourpra.

– Tu as déjà fait ça ?

– Non… Bien sûr que non, répondit Alice qui ne pensait qu'à sauver Victor.

Émeline l'attira contre elle, l'embrassa vigoureusement en poussant sa langue dans sa bouche.

Bientôt, Alice se perdit dans ce baiser. Émeline lui prit le visage entre ses mains, ses yeux explorant ses traits fins.

– Tu es très belle, Alice… C'est un véritable plaisir de te regarder. Viens… Tu sens tellement bon.

Alice s'allongea sur le ventre, Émeline commença à lui masser les épaules.

– Ça te plaît ?

Alice murmura un timide « Mmmm… » en se tournant sur le dos.

Émeline l'embrassa encore, doucement, passionnément, puis s'écarta de nouveau.

– Vous êtes si douce, mademoiselle de Jeansin.

Le vouvoiement électrisait Émeline. Son nez glissa de son ventre à sa toison.

Ses mains glissèrent vers ses seins qu'elle caressa avec beaucoup de douceur. Alice sentit sa respiration accélérer, elle se cambra instinctivement, Émeline fit coulisser sa main sur le sexe de sa maîtresse éphémère. Elle se pencha vers elle pendant qu'elle avait les yeux clos, l'entoura de ses lèvres et la suça timidement, faisant courir sa langue sur la pointe de son sexe.

Alice retint son souffle.

C'était si excitant d'inspirer du désir.

– Savez-vous à quel point votre odeur est enivrante, mademoiselle de Jeansin ?

Vidant son cerveau de toute pensée, de tout passé, Alice ferma les yeux. Le désespoir se mêla au plaisir, elle comprit que ce qu'elle vivait était hors du commun.

– 54 –

12 mai 1897, 3 h 40.
Huit jours après l'explosion.

Les étoiles dans le ciel se reflétaient dans les yeux d'Émeline, à moins que ce ne soit le contraire.

La jeune fille se présenta rue des Saussaies en pleine nuit, ignorant que le compte à rebours de l'exécution de Victor avait débuté. Dans sa cellule, ce dernier était en ce moment même en train de fumer la cigarette du condamné. Fidèle à ses convictions, il avait refusé le dernier sacrement du prêtre et envoyé paître le préfet Leblanc, lequel avait expliqué, solennel, que son recours en grâce avait été refusé.

Le concierge de la Sûreté refusa de la laisser entrer, lui indiquant de revenir aux horaires d'ouverture au public, comme s'il s'agissait d'un musée.

Bredouille, se demandant comment elle allait annoncer l'échec de sa démarche à la belle blonde qui lui avait offert son corps pour sauver la vie de celui qu'elle aimait, elle reconnut alors la journaliste aperçue au Boucan. La jeune femme était entourée de deux pompiers en uniforme et du Dr Oscar – la prouesse de son identification dentaire avait fait la une des journaux avec sa photo en médaillon – et le trio se dirigeait d'un pas rapide vers l'entrée de la Sûreté.

Lucile l'écouta avec attention expliquer « sa » bombe posée au Bazar qui n'avait pas explosé, l'innocence de Victor.

– Suivez-nous, conclut-elle.

Au premier étage, elle fut priée d'attendre sur un banc, dans le couloir, tandis que Krebs, Mattéo et Oscar entraient à la suite de la journaliste dans un bureau.

*
* *

Le Président Félix Faure, fasciné, écoutait les explications du dentiste expert en enchaînant les cafés. Oscar avait coulé un modèle en plâtre du trognon de pomme ramassé par Mattéo chez le journaliste assassiné et sur lequel apparaissait nettement l'empreinte des dents de celui qui avait croqué le fruit.

Le récent cambriolage dont avait été victime le cabinet dentaire du Tout-Paris avait mis la puce à l'oreille à Lucile. Elle savait qu'Adrienne de Lenverpré était en vie, avait même tenté de l'aider à récupérer l'argent de ses bijoux. Hugues lui avait confié qu'elle se cachait de son mari violent. Si elle lui avait promis de ne jamais révéler ce secret, aujourd'hui les circonstances avaient changé : Hugues était mort, Adrienne retenue chez son mari, leur fille à l'abri, et Victor allait être guillotiné.

Dans la mesure où Lucile avait de larges suspicions sur la présence du député conservateur dans l'appartement de l'île Saint-Louis et qu'Oscar avait confirmé que la fiche dentaire d'Adrienne de Lenverpré faisait partie des quelques documents dérobés – laissant penser que, grâce à cette astuce, le député avait découvert la supercherie de son épouse –, le Dr Oscar avait immédiatement récupéré le double du dossier dentaire de Marc-Antoine de Lenverpré : pour ses recherches personnelles, le médecin, prévoyant, gardait à la faculté un double de ses notes, fiches et moulages.

– C'est bien M. de Lenverpré qui a croqué dans la pomme, affirma le toubib en mettant à côté du modèle en plâtre du fruit le moulage dentaire du député.

L'un s'emboîtait parfaitement dans l'autre, avec une caractéristique probante : la canine supérieure droite du conservateur présentait une anomalie de taille et de forme qu'avait reproduite en miroir la morsure dans le fruit.

– Épatant ! s'extasia le Président en se servant un cinquième café.

Le major Krebs avait profité des explications du Dr Oscar pour installer l'appareil de projection d'images animées, reproduisant à l'identique les conditions du Bazar. Il comptait, grâce à l'expertise de Mattéo, procéder à une petite démonstration.

– M. de Jeansin avait installé le cinématographe dans un local de fortune, il n'y avait pas assez de place pour loger les appareils, les tubes d'oxygène et les bidons d'éther de la lampe Molteni, dit-il en avisant la reproduction de son installation, en effet confinée.

– Il aurait fallu séparer le mécanicien projectionniste du public pour que les reflets de la lampe ne gênent pas les spectateurs, ajouta Mattéo. Au lieu de cela, Jeansin s'est contenté de mettre une toile goudronnée autour de l'appareil, en guise de cloison, et un rideau pour cacher la lampe. Quant aux bouteilles et aux bidons, il n'a rien trouvé de mieux que de les entreposer sur le terrain vague, derrière le local.

– La lanterne de projection fonctionne à l'aide d'un chalumeau, enchaîna Krebs en le pointant, sans l'allumer. Un bâton de chaux est porté par une tige à l'avant de la lampe, dit-il en imitant le geste. On dirige la flamme donnée par l'éther vers le bâton de chaux en insufflant à la flamme de l'oxygène. La lampe a une autonomie d'un peu plus d'une heure.

Le Président bâilla avec discrétion, convainquant Lucile d'intervenir. Imitant le projectionniste, elle se plaça aux côtés de Krebs.

– À 16 h 19, expliqua-t-elle, théâtrale, la lampe s'éteint au moment où une nouvelle séance débute. L'opérateur n'y voit rien dans son local de fortune, il demande qu'on lui fasse un peu de jour, son assistant craque une allumette et là, les vapeurs d'éther s'enflamment, se propageant immédiatement aux bobines du film. Ni une ni deux, le grésillement est instantané, le nitrate de cellulose explose, puis s'embrase. Il est 16 h 20.

– Les fils électriques qui couraient dans tout le Bazar étaient dénudés, précisa Mattéo. Ça explique pourquoi le feu s'est propagé de gauche à droite à la vitesse de l'éclair. En quelques secondes, le hangar est devenu une fournaise. Quand le rideau isolant la cabine prend feu, la flamme remonte jusqu'au plafond goudronné qui crame à son tour.

– Avec les robes et les traînes des dames qui brûlent comme de la paille, la vente de charité se change alors en véritable Bal des Ardents…

Félix Faure, abasourdi, se frotta les tempes. Il sentit la sueur couler sous sa chemise et bégaya, tant la démonstration à laquelle il venait d'assister l'avait glacé.

– Vous… Vous êtes en train de me dire que c'est une erreur humaine qui est à l'origine de la catastrophe, et non un attentat ?

– Parfaitement, monsieur le Président, confirma Krebs.

– Mais… Mais alors, ce jeune Minville qui doit être exécuté à l'aube est innocent ?

– Parfaitement, répétèrent en chœur Lucile et Mattéo.

Le Président jeta un œil à sa montre gousset en blêmissant. Il y avait urgence.

La troupe sortit en courant du bureau, réveillant en sursaut Émeline qui s'était endormie sur le banc. Elle ne se souvenait plus où elle se trouvait, les regarda passer comme s'ils étaient des fantômes. Alors, se retournant sur le flanc, elle plongea à nouveau dans son rêve.

– 55 –

12 mai 1897, 4 h 20.

Lorsque le fiacre présidentiel fendit la foule qui avait afflué devant la prison de la Roquette où la guillotine avait été montée, Lucile comprit qu'ils n'arrivaient peut-être pas trop tard. L'assistance s'en donnait à cœur joie, insultant Victor : « Ouh ! À mort l'assassin ! » « À mort le terroriste ! » « Salopard ! T'as tué ma fille ! »

Le jeune homme, entravé et encadré par deux gardiens, avançait lentement. La journaliste repéra la fille de Jeansin qui tentait de s'approcher en pleurant le prénom du condamné. Le préfet Leblanc se liquéfia lorsqu'il vit le président de la République accourir vers la guillotine.

– Arrêtez ! ordonna celui-ci au bourreau. Arrêtez ! Cet homme est innocent !

Le silence se fit soudain dans l'assemblée, ébahie de voir le Président parmi eux.

– Parodie de justice ! hurla un homme. Non à la loi d'exception !

D'autres l'imitèrent et le grabuge reprit ses droits.

Soudain, Auguste de Jeansin se détacha de la foule pour l'interpeller.

– C'est vrai ! Victor Minville est innocent ! C'est le cinématographe qui a mis le feu au Bazar de la Charité.

Je suis Auguste de Jeansin… C'est moi qui ai fait installer le cinéma, c'est moi qui suis le responsable de l'incendie. Et de toutes ses victimes…

Une rumeur contradictoire enfla parmi l'assistance : « Qu'est-ce qui nous prouve que vous dites la vérité ? » « Pourquoi on ne l'a pas su avant, alors ? » « Parodie de justice ! À bas le gouvernement ! Démission ! »

Un jeune homme bondit sur une borne pour haranguer la foule.

– Non à la justice expéditive ! hurla-t-il, brandissant son poing.

Tournant casaque, la foule haineuse renchérit en grondant de colère. « C'est injuste ! On écrase le peuple ! Libérez Minville ! »

– Silence ! éructa Leblanc en tirant en l'air avec un pistolet.

L'effet fut immédiat, le calme se propagea.

– L'exécution est suspendue en attendant un complément d'enquête, annonça le Président.

Victor, pas certain d'avoir bien entendu, manqua de défaillir. Lorsque son regard croisa celui d'Alice, explosant de bonheur, et que la liesse s'empara de l'assemblée, une sorte de sentiment de triomphe l'emplit tout doucement. Peut-être y avait-il bien, depuis le début de leur rencontre, quelque chose de magique qui se cachait dans les recoins de leur amour.

– 56 –

12 mai 1897, 9 h 45.

Après le branle-bas de combat provoqué par les révélations de De Jeansin et l'annulation de l'exécution, le Président n'avait pas souhaité rentrer dormir, mais régler au plus tôt le point noir de Lenverpré. Les litres de café qu'il avait avalés durant la nuit y étaient sans doute pour quelque chose. Hennion avait immédiatement été tiré de sa cellule.

– Je vous écoute, commissaire.

– Vous vous souvenez de l'affaire Eva Schaff ? La chanteuse de cabaret assassinée ?

– Oui, opina le Président qui se rappelait surtout la beauté et le talent de l'interprète.

– Lenverpré l'a tuée parce qu'elle ne voulait plus coopérer.

– Coopérer ? C'est-à-dire ?

– Il l'utilisait pour transmettre des renseignements codés, à l'aide de partitions musicales, aux services secrets prussiens.

Lucile tendit au Président les partitions trouvées dans le dossier laissé par Hugues.

– Il y est question de missions de reconnaissance sur le Rhin, expliqua-t-elle. Lenverpré vend des secrets militaires à la Prusse.

Brusquement, c'était comme si toutes les pièces du puzzle se mettaient en place.

– Le traître ! Je me suis toujours demandé d'où il tirait sa fortune.

Il se retint de boire un énième café. Son médecin lui avait conseillé d'y aller mollo, son cœur avait tendance à palpiter lorsqu'il abusait des bonnes choses.

– 57 –

12 mai 1897, 10 h 25.

Dans son bureau, le député s'entretenait avec ses apaches. Il les payait grassement, mais les types en voulaient toujours plus et tentaient de lui soutirer une augmentation. Ce genre de chantage ne durait jamais très longtemps avec de Lenverpré, lequel ne cédait pas. Debout face à la fenêtre dominant le superbe parc qui cintrait sa propriété, il tirait sur son cigare sans écouter les récriminations de ses sbires lorsqu'il aperçut Hennion, Leblanc et quelques pompiers se diriger vers la maison. Le chef de la Sûreté n'était-il pas sous les verrous ?

– Tirez-vous ! ordonna-t-il.

Les apaches, qui avaient remarqué l'arrivée des condés, coururent vers la sortie sans demander leur reste tandis que de Lenverpré, calme, s'assit à son bureau. Massif, en bois de poirier, il regorgeait de plusieurs tiroirs que l'on pouvait fermer à l'aide d'une clé que le député prenait soin de toujours garder sur lui. Il tira sur l'un des tiroirs, vérifia que son pistolet était à sa place, puis le repoussa.

Ensuite, il prit sa plume et feignit de travailler en attendant ses visiteurs.

Lorsque la porte s'ouvrit, il termina la phrase qu'il était en train d'écrire, leva la tête et, apercevant la fine équipe, imita un parfait étonnement.

– Monsieur Hennion ! Leblanc ! Que me vaut l'honneur ? Un problème avec l'exécution ?

– Où est Mme de Lenverpré ? rétorqua le policier qui n'avait pas de temps à perdre.

– Au cimetière, vous ne lisez pas la presse ?

– À l'époque, je n'ai rien pu prouver… Le meurtre d'Eva Schaff et toutes les horreurs que vous avez commises. Aujourd'hui, j'en ai assez pour vous envoyer jusqu'à la guillotine, expliqua-t-il en posant devant de Lenverpré les partitions codées. Vous êtes en état d'arrestation. Pour trahison envers la patrie.

– Rien ne prouve qu'elles viennent de moi, rétorqua le député, impassible.

Le commissaire sentit que le moment était venu d'étendre l'ennemi rougi sur le sol.

– Sauf si l'on en trouve d'autres dans le coffre de votre bureau, par exemple. Une étude graphologique fera le reste.

Lenverpré le fusilla du regard. Cet échec amer ne faisait qu'attiser la fournaise de ses ambitions.

– Pour la dernière fois, monsieur, où est Mme de Lenverpré ?

Le député échangea un regard avec sa gouvernante, comme s'il s'agissait d'un code.

– Montrez le chemin à M. Hennion. Elle est dans une chambre au deuxième étage, poursuivit-il en souriant, je l'ai punie pour ce qu'elle a fait.

La gouvernante obtempéra et quitta le bureau. Le commissaire et Mattéo sortirent à sa suite.

– Je ne veux ni prison ni procès, annonça de Lenverpré, résigné, en fixant Leblanc. Permettez-moi, monsieur le préfet, de mourir en homme d'honneur.

Au nom de leur amitié, ce dernier accepta cette dernière requête. Leblanc avait toujours eu une profonde admiration pour cet homme qui n'hésitait pas à dire tout haut ce que les gens ne pensaient pas. Il adressa un signe de tête aux officiers de police afin qu'ils sortent, puis fit de même.

Seul face à lui-même, de Lenverpré ouvrit le tiroir dans lequel était rangé son pistolet. Il s'empara de l'arme en fixant intensément le portrait d'Adrienne.

*
* *

Au deuxième étage, la gouvernante avançait sans se presser dans le couloir vers la chambre de Camille, suivie par Hennion et Mattéo.

– Donnez-moi cette clef ! s'impatienta Hennion qui avait bien compris qu'elle grappillait des miettes de temps en jouant à l'escargot.

Il lui arracha la clef des mains, déverrouilla la porte et découvrit, furieux, une chambre vide.

– Où est-elle ? demanda-t-il en se retournant.

En guise de réponse, la gouvernante attrapa une fiole cachée dans sa poche, l'ouvrit et en but le contenu.

– Merde ! dit Mattéo en se précipitant vers elle.

Trop tard, la vieille bonne fut prise de convulsions et, les yeux exorbités, s'écroula, morte.

Hennion dévala en trombe les escaliers jusqu'au hall, ce fils de pute de conservateur s'était bien foutu de leur gueule, il allait falloir user des grands moyens.

– Il est où ? demanda-t-il en voyant Leblanc dans le vestibule. Il est où ? répéta-t-il, revêche.

Leblanc indiqua d'un geste du menton le bureau. Lorsque Hennion découvrit l'endroit vide, il ressentit tout à coup une énorme nostalgie. Il aurait donné n'importe quoi pour laisser tomber toute cette poisse, rentrer à la maison, se jeter par terre et chahuter avec ce chien qu'il n'avait pas.

*
* *

– C'est pour ça que tu es revenue ?

La voix de Lenverpré fendit l'air comme une lame de rasoir. Il se tenait face à Adrienne, ligotée au pied du lit. Il braquait son pistolet vers elle, les yeux pleins de fureur.

– Pardon ?

– Moi qui croyais que c'était pour Camille !

– Mais de quoi tu parles ?

– Les partitions…

– Quelles partitions ? insista Adrienne, paniquée, qui n'y comprenait rien.

– Tu les as envoyées aux flics ?

– Quelles partitions ? répéta-t-elle, comprenant soudain qu'il parlait certainement de celles qu'elle avait subtilisées dans son coffre-fort.

– Les flics sont là ! Ils arrivent trop tard, poursuivit-il, animé par la haine, mais ils sont là !

Elle n'avait jamais vu son époux dans un tel état de nervosité, ce n'était pas bon signe, elle le savait. Il lui donna une première gifle, elle comprit qu'elle ne s'était pas trompée. Lorsqu'il attrapa la lampe à pétrole posée sur la commode et qu'il l'arrosa du liquide, elle suffoqua de surprise et d'effroi.

– Arrête ! supplia-t-elle. Non, arrête !

– Tu aurais dû brûler vive au Bazar de la Charité…, dit-il en sortant de sa poche la boîte d'allumettes qui ne le quittait pas. Eh bien, ce n'est que justice !

Il éclata d'un rire dément.

– Non ! Non ! l'implora Adrienne, épouvantée et en larmes. Au secours ! hurla-t-elle en se souvenant que c'était sûrement de cette manière qu'il avait tué Hugues.

– Ça doit faire horriblement mal, poursuivit de Lenverpré, sadique, en secouant la boîte d'allumettes. Et ça doit durer longtemps. Mais ne t'inquiète pas…

– Non, ne fais pas ça ! Marc-Antoine, je t'en prie, ne fais pas ça !

Elle tentait de le raisonner, le combat était loin d'être égal.

– Je serai avec toi jusqu'au bout ! dit-il, caustique, en grattant une allumette.

– Tu brûleras en enfer, réagit Adrienne, à bout. Ordure !

Amusé, de Lenverpré souffla sur l'allumette qui s'éteignit.

– Tu verras…, dit-il alors en approchant ses lèvres des siennes. Je te manquerai, ajouta-t-il en l'embrassant.

Incrédule et tétanisée, elle le regarda se diriger vers la salle de bains.

– Adieu, Adrienne… débita-t-il en la fixant une dernière fois. Je t'aime.

Il ferma la porte derrière lui et, quelques secondes plus tard, une détonation retentit.

Adrienne, choquée, se débattit, tentant de dénouer avec ses dents les liens qui la retenaient. Lorsqu'elle y parvint, elle paraissait totalement effondrée et se mit à haleter. De soulagement, de frayeur.

Enfin, Hennion fit irruption et il dut se retenir pour ne pas la prendre dans ses bras, tant elle semblait perdue. Elle indiqua d'un mouvement de tête la salle de bains dans laquelle son mari venait de se donner la mort.

– Occupez-vous d'elle, indiqua le flic à Mattéo. J'y vais.

– Allez me chercher du linge et de l'eau ! ordonna le pompier à ses équipiers qui arrivaient. Vite !

Il épaula Adrienne et l'aida à quitter cette chambre où elle avait vécu l'enfer.

Lorsque Hennion ouvrit la porte de la salle de bains, il se liquéfia : le député ne s'était absolument pas suicidé. Le vent faisait voler le rideau de la fenêtre ouverte par laquelle il avait pris la fuite.

– 58 –

12 mai 1897, 16 h 20.

« *Bravo ! Liberté ! Liberté !* »

Au milieu de la foule qui l'acclamait et des flashs qui crépitaient, Victor, hébété, ne voyait qu'elle. Non pas sa liberté retrouvée, mais Alice.

Son nouveau souffle. Là, tangible, courant vers lui. Elle semblait si vulnérable, il eut envie de caresser chaque centimètre de sa peau et écarta ses bras pour l'accueillir.

– Je t'aime, murmura-t-il en l'enlaçant, ému aux larmes.

Emportée par cet amour en devenir, Alice l'embrassa longtemps. Un baiser définitif et éternel, empli de promesses.

*
* *

– La ville est quadrillée, mais on n'a toujours rien… expliqua le commissaire à Adrienne alors qu'ils arrivaient devant la BSPP. On pense qu'il s'est réfugié en Allemagne.

Elle n'avait aucune envie de gâcher l'instant en pensant à ce salaud.

– Vous ne le retrouverez jamais, déplora-t-elle en retour.

– On va vous garder sous protection pendant quelque temps.

– Je n'ai pas l'intention de rester en cage. Et puis, j'ai des projets avec ma fille.

Hennion acquiesça en silence, incapable de lui demander lesquels.

– Comme vous voulez, dit-il finalement en lui serrant la main.

Adrienne disparut à l'intérieur de la caserne où Camille l'attendait.

Hennion alluma une cigarette en la regardant s'éloigner. Un brin trop maigre à son goût. Mais pas mal, pas mal du tout.

*
* *

– Qu'est-ce que Jean fait ici, Odette ?

Au loin, sur l'autre berge de l'étang, le cocher des de Jeansin tenait Thomas contre lui, sur un cheval qui trottait. Rose avait demandé à Alice de venir, elle avait quelque chose à lui dire.

– Il vit ici, maintenant. Mme Huchon l'a embauché comme cocher.

– Il a l'air heureux, sourit Alice en le regardant. Il était tellement triste…

– Ce n'est pas l'Amérique, expliqua Rose en retirant son masque. Mais on sera bien ici…

Alice, ébahie, dévisagea Odette et, reconnaissant Rose, écarquilla les yeux de surprise.

– Rose ? parvint-elle à prononcer, totalement bouleversée.

En guise de réponse, cette dernière serra sa main avec la certitude absolue que le bon l'avait emporté sur le mauvais.

– Je m'en suis tellement voulu d'avoir douté de lui, dit Rose en se retenant de pleurer, tant l'émotion était vive et palpable. J'avais peur… Peur de son regard, peur qu'il me rejette. Peur qu'il ne m'aime plus ou qu'il ne me reconnaisse pas.

Alice, abasourdie, n'en croyait pas ses yeux ni ses oreilles. Avec une douceur infinie, elle caressa la joue détruite par le feu de son amie, comme si elle avait besoin de s'assurer que ce n'était pas un rêve.

– … Mais il est toujours là, poursuivit Rose. Alors je voulais tenter ma chance avec… avec une personne… une personne que j'aime profondément. Espérons qu'elle me pardonne. Et qu'elle accepte… qu'elle accepte ce que j'ai fait…

Ébranlée, Alice étreignit son amie retrouvée. Julien l'avait poussée dans les flammes, elle resterait défigurée, mais n'était pas morte. C'était un miracle.

– Je suis désolée… dit-elle en sanglotant. Je suis désolée !

– Alice… murmura Rose en serrant la jeune femme contre elle. On a survécu…

Soudain, comme en réponse à leurs retrouvailles impromptues, une galaxie de pétales voleta, donnant l'impression que les dieux lançaient des confettis.

– 59 –

12 mai 1897, 18 heures.

– C'est un honneur que vous me faites de me recevoir en tête à tête, monsieur le Président.

– Un honneur ? demanda Félix Faure, pas dupe de l'hypocrisie. N'en rajoutez pas, monsieur le préfet. Vous savez que je suis attaché à ce que l'administration fonctionne rationnellement. Malgré l'importance que votre police a acquise dans cette ville, j'ai toujours pensé qu'il ne vous appartenait pas d'outrepasser le ministre.

– Probablement parce que, contrairement à d'autres, je ne fais pas carrière et je n'ai pas à proprement parler d'ambitions politiques, mentit Leblanc.

– Vous êtes surtout quelqu'un d'habile, Leblanc. Vous vous êtes rendu incontournable. Je ne vous ai jamais caché que je n'apprécie pas particulièrement vos méthodes, visiblement elles ont les faveurs du peuple et des parlementaires. Je ne partage pas non plus votre éthique, cette manière de tenir les gens par les aspects les plus privés de leur vie est très éloignée de la mienne. Vous savez que je n'accorde aucun crédit aux ragots dont vos services se sont fait les collecteurs méticuleux.

Leblanc encaissa en silence l'allusion à peine masquée du Président pour le fiasco de l'enquête Dreyfus, toujours en cours.

– Comment ce de Lenverpré, qui n'est rien d'autre qu'un opportuniste en mal de notoriété, est-il parvenu à se procurer une telle masse d'informations sans l'aide de vos services ?

– Je proteste, monsieur le Président…

– Ne vous méprenez pas, Leblanc, je ne suis pas là pour régler des comptes. Je plante juste le décor d'un certain nombre de vérités qui vont nous être d'une grande utilité pour progresser. De Lenverpré a fait sa campagne et déclamé sur le thème de ma tolérance supposée pour l'anarchisme. Nous savons tous que c'est faux. Comme nous savons tous qu'aujourd'hui les anarchistes menacent moins notre pays et votre ville que le crime organisé. Je crois que l'acharnement montré par certains membres conservateurs dans l'orientation de l'enquête du Bazar de la Charité est un peu excessif. Je ne voudrais pas d'une autre affaire Dreyfus, comprenez-vous ?

– Si je puis me permettre, monsieur le Président…

Mais Leblanc n'eut pas le temps de terminer sa requête, Félix Faure le coupa avec une fermeté qui ne laissait place à aucune ambiguïté.

– L'heure n'est plus aux permissions, mais aux décisions, Leblanc.

Le Président lui tapota l'épaule, Leblanc détestait cette familiarité, mais se contenta d'opiner sèchement.

Il imprégna sa plume d'encre, parapha puis signa sa mutation. Après ce que venait de lui expliquer le Président, il n'était plus en mesure de décliner le poste dans les colonies qui lui était imposé.

– Bon courage, Leblanc, conclut le Président avant de retourner s'asseoir derrière son bureau, signifiant la fin de l'entretien.

– 60 –

4 juillet 1897, Paris, Ambassade des États-Unis, 16 h 20.
Deux mois après l'incendie.

– Commissaire Hennion ? interrogea une voix dont l'accent américain ne put que rappeler au policier où il se trouvait.

– *Yes*, répondit le flic.

Le type en livrée lui tendit un plateau en argent sur lequel trônait un télégramme.

– *Thank you*, remercia le policier en le saisissant.

Sauf ses équipiers de la Sûreté, personne ne savait où il se trouvait. Pressentant une urgence, il déchira le pli sans plus prêter attention aux remises de médaille et discours qui s'enchaînaient.

Une phrase barrait la feuille sur une seule ligne, comme on déclare une guerre : « *Marc-Antoine de Lenverpré localisé en Allemagne. Exécuté d'une balle dans la tête.* »

Il poussa une lente inspiration, ayant du mal à croire à ce hasard. Comme si de Lenverpré continuait la mise en scène de sa mort pour mieux tromper la vie des autres. Deux mois, jour pour jour, après l'incendie du Bazar de la Charité qui avait permis d'éteindre les mensonges du député véreux et criminel, ce dernier se rappelait aux bons souvenirs du commissaire…

Hennion n'allait pas rentrer à son bureau maintenant, il comptait bien profiter de l'atmosphère festive, les occasions n'étaient pas si courantes : ce vendu de De Lenverpré lui avait suffisamment pourri la vie, il n'allait pas, en plus, quitter cette réception qui mettait à l'honneur ceux qui servaient Paris, dont il faisait partie.

Ceux qui avaient permis la vérité sur cet incendie dont le brasier avait révolutionné pas mal de petites histoires, tout autant que la Grande.

Le gouvernement étudiait l'éventualité d'installer les cinématographes dans des endroits *ad hoc*, des salles conçues pour accueillir en toute sécurité les spectateurs.

Le problème des portes de sortie et des issues de secours dans les lieux publics était également à l'ordre du jour : les battants ne devraient plus s'ouvrir vers l'intérieur, plus jamais des foules enfermées entre les murs d'un espace clos ne se retrouveraient coincées à l'intérieur à cause d'issues bloquées. Le ministre souhaitait qu'une exception à cette règle soit notifiée : sauf dans les banques où, justement, les battants s'ouvrant vers l'intérieur pouvaient être un sérieux avantage pour y coincer les apaches venus dérober l'argent des honnêtes gens.

Hennion sortit de sa torpeur, demanda où il pouvait téléphoner, le majordome l'accompagna. Avec sa discrétion légendaire, il quitta l'assemblée sans que personne ne s'en aperçoive. Il disparut le temps d'appeler son bureau, obtenir la confirmation de cette blague, éventuellement en apprendre un peu plus sur les circonstances de cette mort qui arrangeait surtout de Lenverpré, le commissaire n'en était pas dupe.

*
* *

Dans le jardin de l'ambassade, l'assemblée applaudissait à tout rompre les invités d'honneur de la soirée – rescapées et sauveurs de ces dames – que l'ambassadeur et son épouse congratulaient avec une vive émotion.

Mattéo reçut la médaille d'honneur pour son arrivée expresse rue Jean Goujon, alors même que l'incendie s'était tout juste déclaré. Le menton haut et fier, il regarda Lucile, à l'écart, qui lui fit un clin d'œil en songeant à tous les incendies qu'il allait pouvoir éteindre.

Solennel, l'ambassadeur remit ensuite à Victor la médaille du courage et de la bravoure. Il la reçut avec fierté, lui qui avait échappé de justesse à la peine de mort. Enfin on reconnaissait son honnêteté, presque son patriotisme – le comble pour cet anarchiste.

Il avait sauvé vingt-quatre personnes des flammes, elles avaient finalement réitéré leurs témoignages en sa faveur, confirmant son courage.

Parmi ces vingt-quatre rescapées, cinq étaient américaines. L'une des blessées se trouvait être l'épouse de l'ambassadeur. Ce dernier avait spontanément proposé de commémorer le drame du Bazar lors de la fastueuse réception annuelle organisée par l'ambassade pour célébrer la fête nationale. Deux mois après le drame qui avait endeuillé la France, l'Amérique était heureuse de rendre hommage aux sauveurs et aussi aux victimes. Le feu avait tout de même emporté le fils d'amis de l'ambassadeur, celui-là même qu'Oscar Oscar était parvenu à identifier.

En outre, grâce à son travail sur la dépouille de la duchesse d'Alençon, pour la première fois une identification dentaire avait été reconnue comme preuve par la justice française. Ensuite, cela avait servi les victimes étrangères dans leurs démarches administratives.

Oscar avait tenu à ce que Lucile le rejoigne sur l'estrade afin de la présenter et partager sa médaille avec elle.

– C'est elle qui a eu l'idée ! C'est elle qui est venue me chercher alors que je n'étais même pas au courant de l'incendie !

L'assemblée rit aux éclats, les applaudissements avaient couvert la fin de sa phrase, Lucile repéra le champagne qui arrivait et s'éclipsa.

*
* *

– Ah ! Ma filleule préférée !

Lucile sourit, il n'en avait qu'une et il répétait au fil des ans cette même réplique, inlassablement.

– Alors, ce voyage ? enchaîna Hennion.

Lucile était revenue de l'île du Diable depuis trop peu de temps, elle n'avait pas encore vu son parrain de commissaire.

– Extra !

– Et Dreyfus ? demanda Hennion, les yeux taquins. Que racontent ses dents ? Il est innocent ?

– Mes analyses sont en cours, commissaire… répondit Lucile, malicieuse. Vous lirez bientôt mon rapport, chef.

Elle se mit au garde-à-vous, ils trinquèrent en riant.

– On blasphème ? demanda Mattéo qui venait de voir Lucile imiter le salut militaire.

Il avait une bouteille de champagne à la main, ce qui était rare chez ce sapeur à la sobriété ascétique.

Il n'eut pas le temps de la sabrer qu'il se mit à suffoquer. Ce n'était pas la première fois et il savait ce qui se passait. Une alerte interne. Il se sentait oppressé. Étranglé.

Buvant la tasse.

Mattéo avait du mal à recouvrer son souffle, il ferma les yeux, Lucile le soutenait, tentant de comprendre ce qui arrivait à son amant.

– Tu sens le feu, c'est ça ?

– Non… L'eau… articula-t-il en comprenant qu'un accident de noyade avait lieu dans les parages. Je dois y aller… ajouta-t-il dans le creux de l'oreille de Lucile.

Elle avait percuté qu'une urgence appelait le beau sapeur, sauver ou périr exigeait des sacrifices, louper le bal de l'ambassadeur en était un.

– *Take care, sweety*… susurra Lucile pour rester dans l'ambiance américaine, alors qu'il déposait un discret baiser dans son cou.

*
* *

La jeune journaliste réfléchissait, observant l'assistance. Son article qu'elle avait intitulé « Le Bazar de la Parité » était paru le lendemain de son départ sur l'île du Diable. Sans écrire le nom de la baronne de Chapuis, Lucile s'était surtout concentrée sur la trajectoire de cette femme que son mari avait mise dehors et que ses parents avaient refusé d'accueillir. L'aristocrate, amie de Séverine, avait, en quelques semaines, basculé dans la misère.

Si certains conservateurs avaient crié au scandale, les lecteurs avaient plébiscité la longue enquête de la reporter, son titre provocateur, tellement évocateur de la problématique soulevée par la catastrophe. Le quotidien avait depuis doublé ses ventes et Lucile s'était vu proposer le poste de rédactrice en chef par Séverine. Elle avait quarante-huit heures pour donner sa réponse. Pas certaine d'avoir envie de troquer sa liberté de mouvement contre des responsabilités aussi lourdes, elle hésitait.

Terminant sa coupe de champagne, elle reconnut Theodore Roosevelt, le chef de la police de New York, de passage à Paris avant de poursuivre son tour d'Europe. Le jour même, il avait rencontré le commissaire Hennion, son homologue en quelque sorte, et visité la rue des Saussaies.

L'Américain avait été bluffé par l'organisation pyramidale, quasi militaire, de la Sûreté générale – organisation mise en place par Hennion. Il avait félicité le commissaire pour la modernité de sa lutte contre le crime, n'avait pas caché qu'il comptait s'en inspirer à New York.

La journaliste savait qu'il avait un programme chargé en réceptions et réunions – le lendemain, il devait visiter la BSPP –, mais elle souhaitait obtenir un entretien exclusif. De nombreux terroristes anarchistes sévissaient de l'autre côté de l'Atlantique, Lucile souhaitait connaître son point de vue sur la peine de mort.

– *With pleasure, my dear*, assura Roosevelt. *Would you be free at breakfast, tomorrow morning ?*

– *Of course !* s'empressa-t-elle de répondre. *Thank you mister…*

Elle n'eut pas le temps de terminer sa phrase, un invité s'incrusta. Roosevelt, le reconnaissant, l'étreignit chaleureusement : un vieil ami, apparemment.

– *Call me Theodore*, ajouta Roosevelt à l'attention de Lucile, en s'éloignant avec son camarade.

– *See you there !* eut le temps de confirmer la jeune femme, aux anges.

Le chef de la police de New York se sentait ici et partout chez lui, sans doute son charisme et son aisance le lui permettaient-ils. Cet homme irait loin.

ÉPILOGUE

4 juillet 1897, Paris, ambassade des États-Unis, 19 h 20.
Deux mois et trois heures après l'incendie.

La fête battait son plein, Lucile se tenait à l'écart, attendant l'ouverture du bal. Lorsque Victor Minville arriva, le visage livide, le regard hébété, elle sentit immédiatement que quelque chose ne tournait pas rond et se précipita vers lui.

– Ça ne va pas ? s'enquit-elle, franchement soucieuse.

– Si, si, mentit Victor.

Le jeune homme venait de croiser le commissaire Hennion. Ce dernier lui avait appris la mort de De Lenverpré. Mais ce n'était pas le mieux : entre deux gorgées de champagne, il venait de déclarer à Victor qu'il était son père.

– Lenverpré ? Mon père ? C'est quoi ces conneries, encore ? s'étouffa Victor.

– Non, le coupa Hennion. Pas lui, précisa-t-il. Moi.

Tout de go, il avait ensuite proposé au jeune Minville de l'adopter.

– Une simple formalité, tu sais.

Victor, abasourdi, n'avait pas su quoi dire. Pas un mot n'avait franchi ses lèvres. Il avait besoin de temps.

– Promets-moi juste d'y réfléchir, fils, avait prononcé le commissaire avant de rejoindre le buffet sous les yeux ahuris de Victor.

– Tu en veux un ? proposa Lucile en lui présentant un plateau garni d'appétissants petits-fours.

Victor sortit de sa torpeur et, bien décidé à remettre à plus tard les questionnements existentiels qui ne manqueraient pas de bouleverser sa vie, il attrapa un financier. En bon anticapitaliste, il s'amusa de l'ironie lorsqu'il mordit dedans.

*
* *

Lorsqu'il avait découvert le télégramme l'informant du décès de De Lenverpré, Hennion s'était immédiatement rappelé la sentence qu'avait prononcée Lucile, après son expertise psychanalytique du moulage de la dentition du député. *Une personnalité double et retorse*, avait assuré la jeune femme.

Hennion cherchait le Dr Oscar Oscar parmi la foule. Il souhaitait que l'odontologue l'accompagne en Allemagne afin d'y effectuer une identification dentaire, vérifier que le cadavre annoncé comme étant celui de Marc-Antoine de Lenverpré était bien le sien. Connaissant le bonhomme, sa *personnalité double et retorse* capable des pires subterfuges, le chef de la Sûreté tenait à vérifier lui-même.

– *Cheers !* claironna Oscar en s'approchant de Lucile, songeuse.

Partout, toujours, la mort, la vie, l'amour et l'amitié reprenaient leurs droits. Le cycle restait éternel. Elle leva son verre en souriant à son ami. On pouvait bien rêver d'un monde sans Dieu ni traître.

REMERCIEMENTS

Un immense merci aux archivistes de la Préfecture de police pour leur disponibilité, ainsi qu'à la Brigade des sapeurs-pompiers de Paris.

Merci à mon épatante directrice littéraire, Maïté Ferracci, pour sa confiance, ses conseils et ses encouragements salvateurs.

Merci encore à mon agent Élisabeth Tanner et à sa dynamique équipe de Time Art pour leur précieux soutien.

Composition
PRESS·PROD

Imprimé en Espagne
Dépôt légal : novembre 2019
N° d'impression : 01
ISBN : 978-2-7499-4151-6
LAF : 2873